은해상단 막내아들 29

초판 1쇄 발행 2025년 10월 24일

지은이 ㅣ 향란
발행인 ㅣ 최원영
편집장 ㅣ 이호준
편집디자인 ㅣ 박민솔
영업 ㅣ 김민원 조은걸

펴낸곳 ㅣ ㈜ 디앤씨미디어
등록 ㅣ 2002년 4월 25일 제20-260호
주소 ㅣ 서울시 구로구 디지털로32길 30 코오롱디지털타워빌란트 1301-1308호
전화 ㅣ 02-333-2513(대표)
팩시밀리 ㅣ 02-333-2514
E-mail ㅣ papy_dnc@dncmedia.co.kr
블로그 ㅣ blog.naver.com/gnpdl7

ISBN 979-11-364-6471-2 04810
ISBN 979-11-364-4602-2 (SET)

※ 저자와 협의하여 인지는 붙이지 않습니다.
※ 이 책은 ㈜ 디앤씨미디어(파피루스)가 저작권자와의 계약에 따라 발행한 것으로 본사와 저자의 허락 없이는 어떠한 형태나 수단으로도 내용을 이용할 수 없습니다.

29

향란 신무협 장편소설
PAPYRUS ORIENTAL FANTASY

은해상단 막내아들

PAPYRUS
파피루스

143장. 귀신의 정체 ········· 7

144장. 마무리 ············· 53

145장. 태자의 조언자 ········· 153

146장. 약속의 결과 ········· 183

147장. 황제의 밀지 ········· 227

귀신의 정체

잠시 후.

나는 금봉 도장과 한 막사 안으로 들어갔다.

그를 암살하려 한 자는 제압된 채 뇌옥에 가둬 두기로 했다.

다른 건물은 무너졌어도 뇌옥은 멀쩡했으니까.

"앉으세요."

"후……."

내가 자리를 권하자, 그는 막사의 임시 침상에 걸터앉으며 한숨을 내쉬었다.

"지금 대체 이게 무슨 일인가 싶을 겁니다."

"네. 맞습니다."

그때 팔갑이 차를 가져왔고, 나는 직접 차를 따라 그에게 내밀었다.

"드시지요. 마음을 안정시켜 줄 겁니다."

차에 태음빙해신공의 기운을 담았으니, 정신이 좀 맑아질 터.

"……이제야 정신이 좀 듭니다. 그래서 지금 대체 어떻게 된 상황인 겁니까?"

"우선, 금봉 도장께서는 암살당하실 뻔했습니다."

"……!"

순간 커지는 눈동자.

그만큼 놀랐다는 의미겠지.

"아니, 대체 누가 저를……."

"그건 본인이 더 잘 알고 있지 않습니까?"

"……."

입술을 깨물며 잠시 침묵하던 그가 물었다.

"붉은 이파리 문신이 있던 자가 건네준 미혼약. 그게 문제였던 겁니까?"

"네? 붉은 이파리 문신이라고요?"

이미 인봉 도장의 아버지에게 들어서 아는 사실이지만, 이를 밝힐 수 없기에 처음 듣는 척하는 것이다.

"아…… 네. 그, 그렇습니다."

그는 난감한 표정을 짓고는 말을 이었다.

"사숙께서 이에 대해 다른 이들에게 말하지 말라고 하셨습니다만……. 저도 모르게 말을 해 버렸군요."

"실례가 되지 않는다면 그 이야기를 더 들었으면 합니다."

"알겠습니다. 제 목숨을 두 번이나 구해 주셨는데, 어찌 침묵하겠습니까?"

그가 씁쓸한 표정으로 고개를 끄덕였다.

"그 문신이 있던 자가 제게 접근해서 그것을 건넸습니다. 그러면서 그것을 아버지에게 드시게 하고, 저도 그것을 먹으면 아버지가 저를 아끼시게 될 거라고 했습니다."

금봉 도장의 설명에 나는 그가 사용한 약이 뭔지 알 것 같았다.

이전 삶에서 내가 죽기 몇 년 전 즈음에 질이 나쁜 상계의 인물들 사이에서 은밀히 돌아다니던 미혼약이다.

일생에 한 개체의 반려를 만나 평생 함께 붙어사는 항애충(恒愛蟲)이라는 벌레가 있다.

그 벌레를 재료로 해서 만든 것인데, 수컷 항애충으로 만든 미혼약을 먹으면 그 암컷 항애충으로 만든 미혼약을 먹은 자를 편애하게 되지.

처음에는 정체불명이었지만, 어느 정도 시간이 지난 후에 그 정체가 밝혀지고 해독법도 발견됐다.

바로, 다른 항애충으로 만든 미혼약을 먹는 것이다.

수컷으로 만든 것을 먹은 자는 암컷으로 만든 것을 먹으면 되는 것.

게다가 그 미혼약에는 치명적인 단점이 있다는 게 밝혀졌다.

상대방이 죽으면 그와 짝이 되는 미혼약을 먹은 사람이 곡기를 끊고 굶어 죽게 된다는 것이다.

너무 위험성이 큰 데다가 항애충이 워낙 희귀한 곤충이라 잘 쓰이지 않았는데, 벌써 이 시기에 쓰였다니!

아무튼, 이를 보면 그 항애충 미혼약을 만든 작자들은 수라혈교가 틀림없다.

나는 그에게 말했다.

"그 문신을 지닌 이들의 정체에 대해서는 저도 잘 모르겠군요. 하지만 하나 확실한 게 있습니다. 그런 자들은 목적을 위해서라면 수단과 방법을 가리지 않는다는 겁니다."

"그래서 저를 죽이고자 다른 제자까지 매수한 겁니까?"

"매수가 아닙니다."

"네? 그럼?"

"엄봉 도장을 살해한 후에 얼굴 가죽을 벗겨 인피면구를 만들었다고 합니다."

나는 그 말을 믿지 않지만, 일단 그가 그리 주장하고 있으니까.

이에 금봉 도장은 괴로운 표정을 지었다.

"그, 그럼, 엄봉이가……."

"여기서 중요한 건 저들의 목적이 금봉 도장의 입막음이 아니었다는 겁니다. 저들은 금봉 도장을 이용해 장문인을 조종해서 이 청성파를 손에 넣으려고 한 겁니다."

"……."

"그러다가 일이 잘 풀리지 않자, 입막음을 하려고 한 것이고요."

"그런……!"

"혹시 이에 대해 누군가에게 얘기한 적 있습니까?"

내 물음에 그는 고개를 저었다.

"없습니다."

"이에 대해 알고 있는 자는요?"

"저를 심문하신 사숙과, 아버지만 알고 계시겠지요."

"그렇군요."

하긴, 장문인의 다른 아들도 금봉 도장이 저잣거리에서 수상한 약을 사 왔다고만 알고 있으니까.

그때 순간적으로 뇌리에 스치는 생각이 있었다.

잠깐…… 잠깐…….

만약 내가 장문인을 해독하지 않았다면, 금봉 도장을 죽임으로써 장문인도 죽일 수 있었다는 거잖아?

와, 지독한 놈들.

나는 금봉 도장을 보며 내가 알고 있는 기억과 정보를 조합해 보았다.

지금의 지진은 이전 삶에도 있던 일.

그렇다면 당시에 청성파와 아미파의 반목이 심해졌던 게 금봉 도장 때문이었을 가능성이 높다.

금봉 도장을 통해 장문인에게 이런저런 지시를 하는 식으로 말이다.

이번에도 그렇게 하려다가 실패하자, 금봉 도장의 입을 막기 위해서 이런 짓을 벌였을 터.

나는 생각을 정리하고 그를 보았다.

머리를 쥐어뜯으며 괴로워하는 모습.

그도 그럴 것이, 자신의 어리석은 선택으로 인해 벌어진 일이니까.

"저는 단지, 아버지의 사랑을 받고 싶었습니다. 그런데 제 그 마음이 잘못된 것이었습니까? 단지 그뿐이었는데……"

"아닙니다. 그 마음은 잘못되지 않았습니다. 자녀라면 누구나 부모의 사랑을 갈구하는 것이 당연하니까요."

"……"

나는 차분히 말을 이었다.

"다만, 그 방법이 잘못되었을 뿐이죠."

그가 무거운 한숨을 내쉬었다.

"그럼 어떻게 했어야 한다는 겁니까?"

"그건 저도 모릅니다. 각각의 사정이 다른데 제가 어찌 답을 하겠습니까? 다만 제가 볼 때 매정하고 엄하게 자녀들을 대하는 것이 아마도 장문인 나름대로의 애정 표현이었을지도 모릅니다."

"……"

그때였다.

"주군! 계십니까? 주군!"

나를 다급하게 부르는 이필 무사의 목소리.

"무슨 일입니까?"

"엄봉 도장을 찾았다고 합니다."

"네?"

"주군의 말씀대로 엄봉 도장이 자주 가던 곳을 수색했고, 억류되어 있는 것을 발견했습니다."

암살자는 엄봉 도장을 죽였다고 했지만, 나는 이를 믿지 않았다.

그가 적잖은 기간 동안 엄봉 도장의 행세를 하면서 들키지 않은 것은 그에게서 계속 정보를 얻었음이 분명하니까.

하여 내 호위무사들에게 수색을 부탁한 것.

우리는 서둘러 그곳으로 향했고, 우리가 생포한 암살자의 얼굴과 똑같이 생긴 제자의 모습을 보았다.

그자가 인피면구를 제법 잘 만들었다는 거군.

"엄봉아!"

"아이고! 엄봉아! 우린 네가 죽은 줄 알았어!"

"엉엉! 엄봉아!"

그리고 동기들이 그를 부둥켜안고 펑펑 울고 있었다.

"나도 죽을 거라고 생각했어."

그리고 연신 주변의 이들에게 살려 줘서 고맙다고 고개를 숙였다.

금봉 도장은 그런 그를 바라보며 입술을 깨물었다.

"왜 안 가십니까?"

"무슨 염치로……."

"미안한 마음이 들긴 합니까?"

"그야 당연한 것 아닙니까? 저 때문에 그 고초를 당했는데 미안하지 않다면 그게 인간입니까?"

전에 나를 긁었던 금의위의 두 대협보다는 낫네.

"그럼 그 생각을 표현하십시오. 아무리 미안한 마음이 있다고 해도 말하지 않으면 전해지지 않습니다."

"……."

이에 그는 주먹을 꽉 쥐었고, 엄봉 도장을 향해 다가갔다.

"엄봉아."

그리고 그 앞에 무릎을 꿇었다.

"미안하다."

그런 그의 행동에 모두 놀란 눈치였다. 솔직히 나도 놀라긴 했다.

그냥 고개만 깊이 숙이는 정도일 줄 알았는데, 무릎까지 꿇을 줄이야.

"내가 무슨 말을 하겠냐? 나 때문에 그런 꼴을 당했는데."

"……."

"욕해도 좋고 때려도 좋아. 아니면…… 내 팔 한쪽을 잘라도 좋고. 그것으로 내 미안함이 전달된다면……."

"야."

엄봉 도장은 금봉 도장에게 다가가며 그를 불렀다.

"넌 괜찮냐?"

"……응?"

"나를 이렇게 만든 새끼가 그랬거든. 너를 죽이기 위해서 왔다고."

"아…… 나는 괜찮아. 선협미랑 대협께서 구해 주셨거든."
"다행이다."
"미안해. 정말…… 미안해."

금봉 도장의 눈에서 닭똥 같은 눈물이 뚝뚝 떨어졌다.

이제야 드디어 자신을 가두고 있던 아집에서 벗어난 듯 보였다.

"됐어. 일어나. 용서하고 자시고도 없어."
"응?"
"앞으로 안 그러면 되니까. 사실 그동안 내가 너를 피한 건, 여전히 반성하지 못하는 네 태도 때문이었어. 너는 아무 잘못이 없다고 생각하는 태도 말이야."
"……."
"어쨌든 무사하니 다행이다."

그 모습을 보며 나는 피식 웃었다.

엄봉 도장…… 이제 보니 그 그릇이 상당히 큰 사람이네.

하긴, 무림대연회 때에도 그는 금봉 도장 일행과 어울리지 않고 인봉 도장을 챙겨주는 모습을 보였었지.

나는 그곳을 뒤로하고 몸을 돌렸다.
"아! 선협미랑 대협!"

그런데 그때 나를 부르는 사람이 있었다.

뒤를 돌아보니 인봉 도장이었다.
"들었습니다. 암살자로부터 저희를 살려 주셨다고요."
"그것도 맞긴 하지만, 마지막에 그 암살자를 처리해 준

장본인은 따로 있습니다."

"네?"

"이 청성파에 존재하는 어떤 분이, 인봉 도장을 무척 아끼더군요."

"아……."

"그분이 도우셨습니다."

나는 그 말만을 남기고는 다시 몸을 돌려 장문인의 처소로 향했다.

.
.
.

날이 밝았다.

우리는 간밤에 있었던 일을 더 신경 쓰지 않고 복구 작업을 진행했다.

그 일은 장문인이 알아서 하신다고 하셨으니까.

원래 우리에게 맡겨진 일은 풍련각의 제자들을 구하기 위해 그곳으로 향하는 길을 여는 것.

그리고 원래 그 임무를 담당했던 다섯 제자들도 함께 움직였다.

"엄봉 도장, 괜찮겠습니까? 아직 몸이 성치 않을 터인데……."

내 우려에 엄봉 도장이 웃으며 말했다.

"괜찮습니다. 팔다리 성하고 움직일 수 있는데 어찌 같은 동문을 위한 일에 몸을 빼겠습니까?"

"알겠습니다. 다만 절대 무리하지 마십시오. 가는 길이 위험한 편이니까요."

"유념하겠습니다."

풍련각까지 가는 길은 매우 험하고 좁은 편이라 작업이 쉽지는 않았다.

하지만 우리는 포기하지 않았고, 결국 사흘 만에 풍련각으로 향하는 길을 만들 수 있었다.

"사형! 사형!"

"모두 무사하십니까?"

반쯤 부서지고 무너진 건물들.

이에 인봉 도장을 비롯한 청성파의 제자들이 그곳으로 달려가며 사방을 향해 외쳤다.

"어? 이 목소리는?"

부스럭 소리가 들리며 누군가 고개를 내밀었다. 그리고 반색하며 외쳤다.

"인봉아!"

"사형들!"

우리가 가까이 가니, 열댓 명 정도 되는 이들이 마당에 모닥불을 피워 놓고 모여 앉아 있었다.

"모두 무사하십니까?"

"그래. 다친 사람은 있지만 모두 무사하다."

"다행히 벽곡단이 넉넉하게 있었으니까."

"사형! 괜찮으십니까?"

머리를 다친 듯, 길게 찢은 천으로 감싸고 있던 제자가 손을 내저었다.

"걱정할 것 없다. 이 정도는 침 바르면 나으니까."

"사형……."

나는 그 모습을 보며 이전 삶을 떠올렸다.

아마 그 당시에는 이런 화기애애한 분위기가 아니었을 거다.

청성파 경내의 복구가 오래 걸리면서 이곳으로 향하는 길 역시 늦게 뚫렸으니까.

당시에 청성파에서 아사자가 나왔다고 들었는데, 이들이 아니었을까 싶다.

산꼭대기의 건물이라, 사냥도 할 수 없는 곳이니까.

"모두 무사하시니 다행입니다."

"누구……."

그들은 나를 보며 고개를 갸웃했는데, 그들 중 한 명이 나를 알아보았다.

"아! 혹시 선협미랑 대협이십니까?"

"그리 불리고 있긴 합니다."

이에 인봉 도장이 얼른 설명을 덧붙였다.

"대협께서 도와주신 덕분에 이곳까지 이어지는 길을 열 수 있었습니다."

그 말에 제자들이 나를 향해 포권하며 예를 표했다.

"정말 감사드립니다."

"안 그래도 벽곡단이 떨어져 가던 중이었는데, 덕분에 살았습니다."

나는 손을 저으며 겸양을 표했다.

"감사는 제가 아니라 저를 불러 주신 장문인과, 미리 천재지변이 있을 줄을 알고 지원을 보내신 황제 폐하께 하시면 됩니다."

나는 웃으며 말을 이었다.

"이제 내려가서 따뜻한 죽이라도 드시면서 몸을 보하시는 것이 좋겠습니다. 치료도 하시고요."

그렇게 무사히 풍련각의 제자들을 구해 오자, 청성파의 분위기가 확 살아났다.

환호하는 이들을 보며 미소 짓고 있을 때 뒤에서 누군가 내 이름을 부르며 달려왔다.

"대협!"

고개를 돌려보니 뜻밖의 인물이 있었다.

"어? 조웅아!"

사천당가주의 막내아들이자 일전에 납치당했을 때 내가 구해 준 당조웅이다.

그때로부터 벌써 십 년 가까이 지났으니, 지금 열일곱 살 정도겠군.

그때 봤던 앳된 모습은 완전히 사라지고, 이제는 건장한 청년이다.

"오랜만이구나!"

"네. 대협. 이번에 청성파에 지원을 오면서 함께 왔습니다."

"그렇구나."

"저쪽에 수빈 누님도 오셨습니다."

그가 가리킨 곳에는 당수빈 소저가 있었다.

"오랜만입니다. 소저."

"네. 오랜만이에요. 다방면으로 활약하고 계시다는 건 들었어요."

"하하. 그렇습니까?"

나는 말을 이었다.

"그런데 이렇게 직계가 두 분이나 오셨다는 건 제법 중요한 일 때문에 오셨다는 건데, 맞습니까?"

"맞아요."

그녀는 고개를 끄덕였다.

"저희는 청성파에 금전적인 도움을 주기 위해서 왔습니다."

금전적인 도움이라…….

아마도 청성파에 돈을 빌려주는 문제겠지.

딱 봐도 지금 청성파는 문파를 재건하기 위해 꽤나 많은 돈이 필요할 테니까.

잠깐…….

이거 잘하면 우리 상단에서도 이득을 볼 수 있을 것 같은데?

마침 내가 만들어 둔 건상이 있으니까.

이전에 북경에서 부실공사를 했다가 쪽박을 찬 오성건상이라는 곳이 있었다.

당시, 갈 곳을 잃은 기술자들을 모아서 건상을 만들었지.

그들은 내 의뢰를 받아 당시 무너졌던 건물을 다시 지은 경험이 있다.

현재 이 사천 지역에는 무너진 건물이 많다.

그 말은 즉, 건설 사업이 많이 진행될 거고 무너졌던 건물을 다시 지은 경험이 꽤 중요할 거라는 뜻.

- 금령아.
- 꾸이?
- 심부름 좀 해야겠다.

내가 또 이런 기회는 놓치지 않지.

- 꾸이!

.
.
.

당수빈 소저와 당조웅은 장문인을 만나러 가고, 나는 처소로 향했다.

처소로 들어가 아버지에게 서신을 쓰고, 금령에게 전달을 부탁했다.

은자 하나를 줘야 하지만, 그럴 만한 가치가 있는 일이니까.

날이 저물었고, 우리는 막사의 모닥불 앞에 모였다.

복구 작업 때문에 다들 바쁘지만, 그래도 경내에서는

죽은 사람이 없다는 것 덕분인지 분위기는 그리 나쁘지 않았다.

이번 지진으로 인한 피해가 생각보다 적다는 소식에 왠지 모르게 뿌듯해졌다.

물론 피해가 아예 없을 수는 없지만, 이전 삶보다는 훨씬 나은 상황이니까.

저녁을 먹은 후 나는 청성파의 경내를 걸었다.

산책 겸 경내의 상황을 살피기 위해서다.

그래야 우리 은해상단에서 청성파에 빚을 지우…… 아니, 도움을 줄 수 있는 일이 뭔지 파악할 수 있을 터.

항상 말하지만, 나는 자선가가 아니라 상인이다.

내가 이렇게 분주하게 움직이는 건, 나를 비롯해서 은해상단에 도움이 되기 때문이다.

실제로 이 사천성에서 은해상단에 대한 평가가 무척 높아졌고, 숙부님과 형님들이 무척 좋아하시고 계셨다.

그때 저 멀리 홀로 앉아 있는 사람이 보였다.

인봉 도장이 왜 저런 곳에 혼자 있는 거지?

나는 고개를 갸웃하며 그에게 다가갔다.

"혼자 뭐 하십니까?"

"아! 대협!"

"다들 소소하게나마 저녁을 먹으면서 즐기는 것 같은데, 왜 함께하지 않고 여기 계시는 겁니까?"

"그냥…… 좀 생각할 것이 있어서요."

"그러시군요."

그렇다면 방해할 생각은 없었기에 내 갈 길을 가려고 했다.

"저…… 대협."

뒤에서 인봉 도장이 나를 부르지 않았다면 말이지.

"저를 부르셨습니까?"

"네."

그는 고개를 끄덕였고, 말했다.

"저…… 상담드리고 싶은 것이 있습니다."

상담이라…….

골치 아픈 일에 발을 담그게 되는 건 사양하고 싶었지만, 저 눈빛을 보고 어떻게 매몰차게 떠날 수 있을까.

에휴, 내가 이렇게 마음이 약하다니.

- 꾸이?

금령아, 조용히 해…….

- 어? 너 언제 왔어?

- 꾸이. 꾸!

방금 왔다고?

아버지께 서신을 보낸 지 얼마 되지 않았는데 벌써 돌아와 내 소매 안에 들어와 있다는 것이 놀라웠다.

혹시 그동안 먹은 돈 때문인가?

나는 그의 옆 바위에 걸터앉으며 물었다.

"그래서, 뭡니까? 상담하고 싶다는 것이."

"아버지에 대한 겁니다."

뭐?

귀신의 정체 〈25〉

순간 정신이 번쩍 났다.

"제가 두 살 때 이 청성파에 맡겨졌다고 들었습니다. 그래서 사부님께서 저를 키우다시피 하셨다고 합니다."

듣기로 인봉 도장의 사부는 한청진인이라고 했다.

청자 배의 제자로, 지금 장문인의 바로 아래이지.

"얼마 전까지만 해도, 저는 제가 버려진 아이라고 생각했습니다. 그래서 부모님에 대해서 별로 궁금해하지 않으려 했죠."

궁금해하지 않으려 했다는 그 말이 안타까웠다.

자신의 출생에 대해 궁금하지 않은 사람이 어디에 있을까.

"그러던 어느 날이었습니다. 저에게 이 청성파에 떠도는 귀신이라고 소개한 분이 찾아온 건요."

* * *

인봉은 참회각에서 혼자 수련 중이었다.

보통 문제를 일으킨 제자가 보내지는 곳으로, 작은 모옥 하나뿐인 곳이다.

풍련각이 아닌 참회각인 만큼 무기를 소지할 수 없었기에 할 수 있는 수련이라곤 무기 없이 쓸 수 있는 무공뿐.

샤샤삭!

그의 몸이 유려하게 움직였다.

청성파의 자랑인 세류표.

바람에 날리는 버들잎 같은 자유로운 움직임을 보여야 하지만…….

쿵!

"으악!"

발이 꼬이며 제 발에 걸려 앞으로 엎어지고 말았다.

"으…… 아파."

그는 손등으로 코를 문지르다가 코피가 나고 있다는 것을 깨달았다.

"나는 왜 이렇게 바보 같을까? 세류표도 제대로 펼치지 못하고…… 이래서는 모자란 멍청이라는 말 그대로잖아."

저도 모르게 문득 서러워져서 눈물이 뚝뚝 떨어졌다.

그때였다.

- 누가 모자란 멍청이라는 거냐?

"……!"

갑자기 들린 전음.

이에 그는 몸을 돌려보았지만 아무도 보이지 않았다.

"어? 누, 누구세요?"

- 나 말이냐?

분명 뇌리에 전음은 들렸지만, 아무도 보이지 않으니 문득 두려운 마음이 들었다.

"헉! 귀, 귀 귀신! 추, 축문! 축문을 외워야……."

- 그만둬라. 그깟 축문을 외워 봤자 나에게는 소용없으니까.

"왜, 왜요?"

- 그야 나는…… 험험, 엄청나게 센 귀신이라서 그렇다.
"……."
- 안 믿는 눈치구나.
"원래 그런 말은, 본인이 아니라 다른 사람이 말해 줘야 정확한 거 아닌가요? 스스로 그리 말한다는 건 허풍쟁이라고 했어요."
- 누가 말이냐?
"한청 사부님이요."
- 한청 그 자식…….
"사부님 욕하지 마세요! 제 아버지 같은 분이라고요! 제 사부님을 욕하면 가만두지 않을 거예요!"
-……알았다.
인봉은 상대의 전음에서 슬픔을 느꼈다.
어째서인지는 모르겠지만.
- 그런데 네 녀석은 여기서 뭣 하고 있던 거냐? 여긴 참회각인데?
"참회각에서 뭘 하겠어요? 벌 받는 중이지요."
- 벌? 네가 뭘 잘못했기에?
"금봉이랑 싸웠거든요."
- 그럼 금봉이란 녀석도 함께 참회각으로 온 것이냐?
"아뇨. 저만 왔어요."
- 어째서냐?
"금봉의 아버지가 장문인이시거든요. 그리고 장문인께서는 금봉을 무척이나 아끼세요."

- 엥? 그 사ㅎ…… 아니, 장문인이 아들을 편애한다고?

"네. 모두가 아는 사실을 왜 모르세요? 엄청 센 귀신이면 당연히 알고 있어야 하는 거 아닌가요?"

- 험, 험험, 그건 내가 이곳에 온 지 얼마 되지 않아서 그런 거다. 그런데 혹시 네가 먼저 시비를 건 것이냐?

그 물음에 인봉은 다급히 고개를 흔들었다.

"아뇨! 그럴 리가 없잖아요! 그 자식들이 저를 먼저 괴롭히면 괴롭혔지…… 저는……."

-…….

"그냥 제가 못난 탓이에요. 제 나이가 벌써 열다섯인데 아직 세류표도 제대로 펼치지 못하고 있으니까요."

- 내가 봐주마. 코피도 멈춘 것 같으니까 다시 한번 펼쳐 봐라.

"치이…… 뭐, 펼치면 아나요?"

- 험험, 내가 이런 말까지는 하지 않으려고 했는데 사실 내가 귀신이 되기 전에 청성파의 제자였다.

"네? 그런데 등선하지 않고 왜 귀신이 된 거예요?"

- 그건…… 사념이 남아서 그런 것이겠지.

아까보다 한층 더 슬프게 들리는 목소리.

인봉은 얼른 사과했다.

"곤란한 질문을 드려서 죄송해요."

- 괜찮다. 그럼 세류표를 펼쳐 봐라.

이에 인봉은 세류표를 펼쳤고, 다시금 땅을 나뒹굴었다.

우당탕!

"아고고……."

- 저런! 괜찮으냐?

"아. 네. 괜찮아요."

- 으음, 뭐가 문제인지 알 것 같구나.

"정말이요?"

- 그래, 진기의 배분이 문제구나. 한 번 내 말대로 해 보거라.

인봉은 솔직히 상대의 존재가 미심쩍기는 했지만, 일단 그의 말을 들어 보기로 했다.

무섭기는 하지만, 그를 해할 생각은 없어 보였으니까.

오랜 기간 금봉 패거리에게 괴롭힘을 당한 탓에 사람의 적의에 대해서는 잘 파악할 수 있었기도 하고.

- 먼저 일 보를 내디디며 진기를 상단전에서 하단전으로 세게 밀어내면서…….

인봉은 그의 말에 따라 움직여 보았다.

"어?"

그리고 깜짝 놀랄 수밖에 없었다.

지금까지 계속해서 막혔던 부분이 거짓말처럼 해결되었기 때문이다.

"돼, 됐어요!"

- 어떠냐?

"대단해요!"

- 하하하. 그렇지?

그날부터 매일 저녁, 귀신은 인봉을 찾아왔다.

"음, 귀신 님."

- 그 호칭 말이다. 내가 아무리 귀신이라고 해도 좀 다른 호칭으로 부를 수는 없느냐?

"네? 싫으세요?"

- 그럼 좋겠느냐?

"음. 그것도 그러네요."

잠시 고민하던 인봉이 말했다.

"그럼, 아저씨라고 부를게요."

- ……뭐, 훨씬 낫구나. 그런데 뭘 먹고 있는 것이냐?

"곶감이요."

- 퍽 귀한 것을 먹고 있구나.

"엄봉이라고, 제 동기가 있는데요. 그 애가 가져다줬어요. 저를 괴롭히는 애들이 있지만, 그래도 엄봉처럼 좋은 애들도 있으니까요."

- 그렇구나. 좋은 친우구나. 그럼, 오늘은 최심장(摧心掌)에 대해서 알려 주마.

"네."

최심장은 청성파의 장법 중 가장 대표적인 것으로, 오직 진산제자만이 배울 수 있는 무공이었다.

그만큼 강력하고 수준 높은 장법이었기 때문이다.

이름 그대로 심장에 적중하면 심장을 멈추게 해서 절명시키니까.

- 내가 소싯적에 이걸로 흑도 것들을 쏠쏠하게 죽였었지.

"왜 등선하지 못하셨는지 알 것 같네요. 그러면 안 돼요. 아무리 악인이라고 해도 참회할 기회를 주어야 한다고요."

-……에잉! 꽉 막힌 도사 같은 이야기를 하는구나.

"저, 도사인데요?"

- 험험, 아무튼 이건 진심일 때 아니면 쓰지 말거라. 진짜 사람이 죽는다. 솔직히 네가 이걸 써서 남을 죽이는 것을 보고 싶진 않구나.

"네."

왠지 모르게 그 말에 담긴 걱정이 느껴졌다.

그렇게 석 달의 참회각에서의 벌이 끝나고, 인봉은 본래의 자리로 돌아왔다.

그리고 새벽의 단체 훈련 때 처음으로 칭찬을 받았다.

"아주 깔끔한 세류표구나! 잘했다."

"감사합니다."

그런데 그 일이 금봉 일행의 심기를 건드렸는지, 그들은 몰래 인봉을 둘러싸고 괴롭히며 구타했다.

인봉은 저항하지 않고 순순히 맞아 주었다.

저번에 그들에게 대들었다가 그의 사부가 대신 사과했던 것이 떠올랐기 때문이다.

그를 아기 때부터 길러 준 사부님이다.

자신 때문에 고개를 숙이게 하고 싶지 않았으니까.
그때였다.
- 내가 도와주마. 이 자식들이!
"아뇨!"
인봉은 얼른 소리를 질렀다.
"저, 저는 괜찮아요."
이에 금봉 일행은 눈을 깜박였다. 갑자기 인봉이 이상한 말을 했으니까.
"뭐야? 이 자식?"
"드디어 미쳤나?"
"야! 가자. 미친 거 옮는다."
"큭큭."
그렇게 금봉의 패거리가 비웃음을 남기고 자리를 떴고, 인봉은 자리에서 일어나 옷에 묻은 흙을 털었다.
- 괜찮으냐?
"괜찮아요."
- 그런데 왜 우는 것이냐?
"……."
그 물음에 인봉은 아무 대답도 하지 않았다. 단지 주먹을 꽉 쥐었을 뿐.
그렇게 한참 후 인봉은 말했다.
"저는…… 태어난 것 자체가 잘못이었을까요?"
- 그런 말 하지 말거라.
"그런데 왜 이렇게 사는 게 힘든 건가요?"

- 미안하구나.

"아저씨가 왜 미안해요? 솔직히 미안해야 하는 건 저를 이 청성파에 버리고 간 부모님이죠."

- ……뭔가 사정이 있었을 것이다. 그리고 너 역시 네 부모님의 사랑으로 태어났을 것이다.

그 목소리에서 매우 안타깝고 괴로워하는 듯한 느낌을 받은 인봉은 의아한 듯 물었다.

"왜 그렇게 생각하시나요?"

- 참으로 재능이 넘치고 잘났으니까.

"농담하지 마세요."

- 농담이 아니라는 것을 보여 주마.

"어떻게요?"

- 앞으로 오 년. 그 안에 너를 절정의 경지로 만들어 주마.

"저 아직 삼류인데요?"

- 나만 믿거라.

* * *

나는 인봉 도장의 이야기를 묵묵히 들었다.

"그렇게 아저씨의 도움 덕분에 저는 절정 무사가 될 수 있었습니다."

"그랬군요."

인봉 도장에 대해 향옥 누님에게 들었던 이야기가 떠올

랐다.

일 년 만에 절정이 되었다고.

그게 다 그의 아버지의 도움 덕분이었군.

물론 본인의 재능도 뛰어났겠지만.

"그리고 얼마 전에 제 사부님으로부터 제 부모님이 누구였는지 듣게 되었습니다."

"얼마 전에 말입니까?"

"네."

그는 고개를 끄덕였다.

"제가 스무 살이 되기 전까지 말하지 않은 건 혹시라도 그 전에 치기 어린 마음에 사고를 치지 않을까 걱정되었기 때문이라고 하시더군요."

"그러셨군요."

"제 아버지는 본문의 제자였다고 하셨습니다. 강호행을 하던 도중에 한 여인을 만나 혼인을 하셨다고요. 그런데 아버지에게 당했던 녹림도가 어머니를 납치했지만, 어머니가 탈출했고 동굴에 숨어 살면서 저를 낳으셨다고 했습니다."

"……"

"그러다가 아버지가 그 소식을 알고 어머니를 찾으셨을 때 이미 어머니는 가망이 없었다고 하시더라고요."

"아버지에 대해서도 들었습니까?"

내 물음에 그는 고개를 끄덕였다.

"저를 본문에 맡기고 어머니의 복수를 위해 떠나셨다

고 들었습니다."

"그렇군요."

그리고 그는 품에서 무언가를 꺼냈다.

"이번에 사부님께서 주신 아버지가 남긴 물건이 이 거울입니다. 이 거울의 매듭이 특이하죠?"

"그러고 보니…… 그렇군요."

그 매듭은 나도 처음 보는 매듭이었다.

"아버지의 특기가 매듭이었고, 그건 아버지가 만든 매듭인데, 워낙 어려워서 다른 이들은 따라 하지 못한다고 하더군요."

그러곤 품에서 또 다른 무언가를 꺼냈다.

일반 무명천으로 만든 평범한 자루.

"이번에 제가 고립되었을 때, 아저씨가 저에게 전달해 주신 식량이 이 안에 담겨 있었습니다."

그러고 보니 인봉 도장의 아버지가 그랬지.

자신이 절벽을 올라가 아들에게 식량을 전달해 주고 왔다고.

나는 모르는 척하며 물었다.

"그렇습니까? 그런데 그건 왜……."

"이 자루의 매듭, 거울의 매듭과 같지 않습니까?"

"……."

인봉 도장이 복잡한 표정으로 말했다.

"아버지셨습니다."

"네?"

"저를 위로해 주신 분이, 저에게 무공을 알려 주신 분이, 제가 굶어 죽지 않게 그 절벽을 기어 올라와 식량을 가져다주신 분이…… 제 아버지셨습니다."

그 말에 나는 속으로 한숨을 내쉬었다.

자신이 아버지라는 거, 인봉 도장은 모른다면서요?

이렇게 명확한 증거를 남기시면…….

인봉 도장이 말을 이었다.

"선협미랑 대협. 저는 아버지를 보고 싶습니다. 그러니까…… 더는 숨지 말고 제 앞에 당당하게 모습을 보이도록, 설득해 주십시오."

나는 인봉 도장에게 물었다.

"그렇다면 도장께서는 자신을 귀신이라고 소개한 이가 귀신이 아니라고 생각하신다는 겁니까?"

내 말에 그가 고개를 끄덕였다.

"아저씨가 귀신이 아니라는 건 이미 오래전에 알고 있었습니다."

"어떻게 아셨습니까?"

"발자국은 남지 않았지만, 눈이나 비가 올 때 몸에 맞아 튕기는 빗방울이나 쌓이는 눈을 봤습니다."

아, 그분도 거기까지는 미처 생각하지 못하셨군.

"아무튼, 저는 아버지를 직접 마주하고 싶습니다. 그래서 이렇게 부탁드리는 겁니다."

나는 쓴웃음을 지을 수밖에 없었다.

"이제 보니, 상담이 아니라 부탁을 하려는 거였군요."

"죄송합니다."

인봉 도장은 나에게 꾸벅 고개를 숙였다.

"죄송할 건 없습니다. 사실 저도 마음이 좋지 않던 참이었으니까요. 그러니 저도 한번 설득해 보겠습니다. 하지만 너무 기대하지는 마십시오. 그분의 마음을 돌릴 수 있다는 확신은 하지 못하니 말입니다."

"그리해 주시는 것만으로도 감사합니다."

"그런데…… 왜 모습을 드러내 달라고 직접 말하지 않는 것입니까?"

"그건……."

그가 머뭇거리다가 말을 이었다.

"요즘 들어 통 나타나지 않으십니다."

하긴 그 이야기를 하고 싶어도 그 상대방을 만날 수 있어야 하지.

그렇다면 인봉 도장이 자신의 정체를 알아차린 것을 눈치챘을지도 모른다.

그러면 그의 앞에 나타나지 않는 이유도 설명이 된다.

분명히 계속해서 인봉 도장의 주변을 맴돌면서 안위는 살피고 있는데 말이지.

하지만 말을 걸어 주지 않으니, 주변에 없다고 생각하는 거다.

얼마 전에 암살자가 금봉 도장을 노렸을 때도 인봉 도장의 아버지가 돕지 않았다면 조금 더 애를 먹었겠지.

어쩌면 독침에 맞은 제자가 나왔을지도 모르고.

.
.
.
나는 다시 막사로 돌아왔다.
"도련님! 어디 다녀오십니까요?"
"산책. 그런데 이 고소한 냄새는 뭐야?"
"옥수수입니다요."
팔갑이 그리 대답하며 내민 건 불에 구운 옥수수다.
"오늘 저녁인데, 불에 구우니 제법 맛있습니다요."
아무래도 구호를 위한 물품인 듯했다.
성도와 달리 이곳에서는 풍족한 식사가 불가능하다.
이 정도만 해도 감지덕지.
나는 모닥불 앞에 앉아 꼬챙이에 꽂아 구운 옥수수를 한 입 베어 물었다.
"오! 이거 왜 이렇게 맛있어?"
내 감탄에 서우 무사가 설명했다.
"팔갑 소이가 만든 특제 장즙을 발라 구운 것입니다."
"짭짤하고 달콤하고…… 진짜 맛있다. 팔고 싶어지는 맛이야."
"도련님 마음에 드시니 다행입니다요."
나는 모닥불에 굽고 있는 다른 옥수수를 보며 물었다.
"혹시 남는 거 하나 있어?"
"네, 혹시 몰라서 하나 더 만들어 놨습니다요."
나는 팔갑이 내민 옥수수를 받아 자리에서 일어났다.

귀신의 정체 〈39〉

"고마워. 잠시 어디 좀 다녀올게."

나는 막사를 나가 인적이 드문 건물 뒤쪽으로 향했다.

반쯤 무너진 건물이라 다른 사람들은 접근하지 않는 곳이었다.

그중 커다란 잔해 덩어리에 걸터앉으며 말했다.

"여기 계신 거 압니다."

—……

대답은 없었지만, 그의 기척이 느껴졌으니까.

"드실래요? 제 시종이 특제 장즙을 발라서 구운 건데, 제법 맛있습니다."

나는 옥수수를 앞으로 내밀고 손에서 힘을 풀었다.

둥실.

옥수수는 그대로 허공에 둥둥 떠 있었다.

허공섭물이다.

옥수수를 먹기 위해 허공섭물을 사용하다니, 내공 낭비 아닙니까?

나는 속으로 투덜거리며 허공에 떠 있는 옥수수를 보았다.

옥수수 알갱이가 사라지기 시작했다.

– 음…… 뭐, 맛은 있구나."

"그렇죠?"

그렇게 우리를 묵묵히 옥수수를 먹었다.

무슨 이야기든 배가 고픈 상태에서 하면 서로 예민해지기 마련이다.

그래서 보통 진지한 이야기를 할 때는 맛있는 것을 먹이고 나서 하는 편이지.

물론 너무 많이 먹였다가는 오히려 역효과가 날 수도 있지만.

- 잘 먹었다.

"그래서, 언제까지 아드님께 말을 걸지 않으실 생각이십니까?"

- 응?

"아까 제가 인봉 도장과 이야기할 때도 근처에 계셨지 않습니까?"

아까 인봉 도장 앞에서는 말하지 않았지만, 그의 상담 요청을 받았을 때도 그의 기척이 느껴졌으니까.

그는 잠시 침묵하다가 입을 열었다.

- 그 녀석이…… 내가 그 녀석의 아버지라는 것을 알아차렸다는 것 들었지?

"네. 들었습니다."

"그 매듭을 미처 생각하지 못했네."

"인봉 도장은 아버지를 마주하고 싶다고 하더군요. 그래서 저에게 어르신을 설득해 달라고 했습니다."

- 어르신은 무슨…… 나 아직 환갑도 안 지났다.

"그럼 대협이라고 불러드리지요."

- 도사다. 사정이 있어 청성파를 떠났지만 한시도 청성의 제자가 아닌 적은 없었다. 그래서 이렇게 돌아왔고.

"네. 진인. 그런데 도호가 어찌 되십니까?"

- 순청.

"네?"

순간 나는 내 귀를 의심할 수밖에 없었다.

순청이라고?

분명…… 이전 삶에서 내가 죽기 전 청성파의 새로운 장문인의 도호가 순청이었는데?

하긴 생각해 보면 이상할 것도 없다.

그의 실력은 현 청성에서도 손꼽히는 수준이니까.

그러나 대외적인 행사에 그 모습을 드러내지 않아서, 그 실체에 대한 의구심을 제기하는 이들이 있었다지.

- 왜 그리 놀라느냐?

"아무것도 아닙니다. 그냥 생각보다 얌전한 도호라서 말입니다."

- 내 사부님이 지어 주신 도호다. 하늘의 뜻을 따르라는 의미인데…… 솔직히 내 마음에는 안 들었지.

그는 살짝 투덜거리며 말을 이었다.

- 하지만 맨날 사고만 치고 다니는 제자의 뒷수습을 하느라 고생하시는 사부님께 미안해서 도호를 바꾸지 않았지.

"그러셨군요."

나는 고개를 주억이며 말했다.

"그건 그렇고, 방금 말씀드렸던 것에 대한 답을 듣고 싶습니다. 인봉 도장이 아버지를 직접 두 눈으로 마주하고 싶다는 부탁 말입니다."

- …….

답이 없네.

"왜 망설이시는 겁니까?"

- 말했지 않느냐? 부인의 복수를 하느라 내 몸은 만신창이가 되었다고.

"그 어떤 모습이든 상관없다고 했습니다."

- 후…….

잠시 정적이 흘렀고, 다시 뇌리에 전음이 들렸다.

- 잘 봐라.

그 순간, 내 눈앞에 사람의 형체가 서서히 드러나기 시작했다.

그리고 마침내 보이는 온전한 모습.

"…….'

그의 말대로 그 모습은 처참하기 짝이 없었다.

얼굴은 불인지 독인지 모를 무언가로 인해 온통 짓물러져 있었고, 왼쪽 귀는 형태를 잃은 상태였다.

게다가 목이나 손목에도 심한 흉터가 있었다.

"제법 치열한 싸움이셨군요."

"그래."

성대마저 상한 듯 그 목소리는 쇳소리처럼 들렸다.

"그놈들의 수에 당해 이런 꼴이 되었지."

"복수는 하신 겁니까?"

"물론."

그는 고개를 끄덕였다.

하지만 이내 씁쓸한 목소리로 덧붙였다.
"그런데 이런 내 꼴을 그 녀석이 보면 어떨 것 같으냐?"
나는 대답했다.
"인봉 도장은 강인한 사람입니다. 아버지가 어떤 모습이든 상관없다고 했으니, 이런 진인의 모습 역시 금세 받아들일 겁니다."
"그건 나도 안다."
"네?"
그 말에 나는 눈을 깜박이며 고개를 갸웃했다.
끔찍한 모습을 아들이 받아들일 것을 알면서 무엇을 걱정하는 것인지 이해가 되지 않았으니까.
"그렇다면 어째서 모습을 드러내지 않으시는 겁니까?"
"나는 이런 내 모습에 그 녀석이 슬퍼하거나 자신을 자책할까 봐 걱정하는 것이다."
그는 슬픈 목소리로 말을 이었다.
"그 녀석이 무슨 잘못이 있겠느냐? 잘못이라면 나에게 있지."
이게 부모의 마음인가?
나는 가슴이 뭉클해졌다.
"그런데 진인께서는 청성의 제자이기에 청성파로 돌아오셨다고 했습니다."
"그랬지."
"하지만 제 생각에 진인께서 청성으로 돌아오신 건 그 이유뿐만이 아닌 것 같습니다."

나는 부드럽게 말을 이었다.
"아드님이 보고 싶으셔서가 아닙니까?"
"……."
그는 한숨을 내쉬며 고개를 끄덕였다.
"그래, 자네 말이 맞네."
"그럼, 모습을 드러내고 마주하시지요. 솔직히 은신술로 숨어서 전음만 일방적으로 보내는 게 아들을 보는 겁니까? 서로 마주해야 진짜 보는 겁니다."
나는 말을 이었다.
"그러니까 용기를 내시지요. 대 청성의 제자가 이렇게 겁쟁이일 줄은 몰랐습니다."
"에잉! 누구더러 겁쟁이라는 것이더냐?"
"그리고 제가 볼 때 인봉 도장은 그런 걸로 슬퍼하거나 자책할 단계는 지났습니다."
"응?"
"거울의 매듭과 진인께서 식량을 담아 주셨던 주머니의 매듭이 같다는 것을 알아차렸을 때 이미 슬퍼하고 자책했겠죠. 생각보다 총명하니 말입니다."
"그, 그런가?"
"네. 이럴수록 인봉 도장만 더 힘들 뿐입니다. 아드님을 한 번 버렸으면 됐지, 두 번 버리실 겁니까?"
"그건…… 아니다."
"그러니까 이제 아드님 속 그만 태우시죠."

* * *

 인봉은 해가 뜨기 무섭게 일어나 운기조식을 한 후, 검을 들고 수련을 시작했다.
 매일 아침 빼먹지 않고 하는 기초 수련이다.

 "기초 수련이요? 그거라면 수련생 시절에 지겹게 했는데요."
 - 지금은?
 "다른 익혀야 할 게 많으니까 안 하고 있죠."
 - 틀렸다. 기초 수련이 시시하고 지겹다고, 다른 할 것이 많다고 해서 기초 수련을 소홀히 하는 사람치고 높은 경지에 이른 사람은 없다.
 "기초 수련이 그렇게 중요한 거였어요?"
 - 그래. 나하고 약속 하나 하자꾸나. 앞으로 네 경지가 절정, 아니 초절정이 되더라도 기초 수련은 절대 빼먹지 마라.

 참회각에서 약속했던 그 이후로 기초 수련은 하루도 빼먹지 않았다.
 이제는 습관이 되어 버렸고.
 절정의 경지에 오르고 나니, 왜 기초 수련을 그렇게까지 강조했는지 어느 정도 이해가 됐다.
 그렇게 수련을 마친 그는 수건으로 땀을 닦았다.

"여전히 약속을 잘 지키고 있구나."
"……!"
무척이나 거친 쇳소리가 나는 목소리.
처음 듣는 목소리였지만, 그 목소리에 담긴 감정이 익숙했다.
그는 깜짝 놀라 수건을 떨어트리며 몸을 돌렸다.
하지만 여전히 모습은 보이지 않는다.
"아, 아저씨……."
"그래."
인봉은 입술을 깨물었다.
저 목소리, 처음 듣지만 알 것 같았다.
항상 자신 옆에 있어 주었던…… 아버지의 목소리다.
아버지라고 불러야 하는데…….
그런데…….
아버지라는 말이 쉽게 나오지 않았다.
그도 그럴 게, 아버지라는 호칭은 그에게 너무 낯선 호칭이었으니까.
아니, 낯선 호칭이라기보다는…… 자신의 감정을 가둔 둑을 막고 있는 봉인의 인장이나 다름없는 호칭이다.
그 인장을 뜯어 내면 그 안의 것이 쏟아져 나오는 것처럼, 아버지라는 호칭을 쓰면 자신의 감정이 무너질 것 같다는 생각이 들었기 때문이다.
"음, 더, 덕분에…… 무사히 그곳에서 탈출할 수 있었어요. 먹을 것을 가져다주셔서 감사해요."

"그래."

"그 절벽도…… 올라오기 힘드셨을 텐데……."

"자식이 굶는 것을 보면 황제도 남의 집 담을 넘는다고 했다. 그리고 그 정도 절벽은 나에게 별로 힘들지도 않았고."

"……그 자루의 매듭, 아버지가 만든 매듭이라고 들었어요."

"맞다. 어떻게, 따라 할 수 있겠느냐?"

"아뇨. 모르겠어요. 그러니까…… 가르쳐 주시면 안 되나요? 그, 그……."

인봉은 뒷말을 더 잇지 못하고 머뭇거렸다.

그때 들려오는 엄격한 전음.

- 아버지라고 안 부를 겁니까?

은서호의 전음이다.

- 아버지를 마주하고 싶다는 그 마음, 진심이 아니었던 겁니까?

아니다.

그건 절대 아니다.

- 아니면 아버지라고 부르고 싶지 않은 겁니까?

- 아닙니다.

- 그럼 아버지라고 불러드리세요.

은서호의 조언에, 인봉은 심호흡을 하고는 조심스럽게 말했다.

"그…… 아버지가 알려 주세요. 그 매듭."

불러 버렸다. 아버지라고.

하지만 한참이나 대답은 들려오지 않았고, 툭 하는 소리와 함께 무언가 바닥에 떨어졌다.

'비?'

아니, 비는 아니었다.

애초에 비가 내리고 있지도 않았고, 비는 한 방울만 떨어지는 게 아니니까.

"……그러마."

"아버지."

처음이 어렵지, 두 번째는 어렵지 않았다.

"얼굴을 보고 싶습니다."

"별로 좋은 모습은 아니다."

"압니다. 사부님께서 말씀해 주셨습니다."

"……."

인봉의 말에도 순청은 머뭇거릴 수밖에 없었다.

- 괜찮습니다. 생각보다 그리 끔찍하지 않았습니다.

뇌리에 들리는 은서호의 전음.

- 어제 제가 진인의 모습을 보고 놀랐습니까?

- 그건 아니지.

- 용기를 내십시오. 아니면, 진인께서는 정말로 겁쟁이십니까?

은서호의 도발에 그는 발끈했다.

- 청성의 제자 중에 겁쟁이는 없다!

- 그러니까요. 지금 같은 기회는 쉽게 오지 않습니다.

귀신의 정체 〈49〉

순청은 한숨을 내쉬며 은신술을 풀었다.

그리고 앞에 드러나는 사내의 모습에 인봉은 눈을 깜빡였다.

"좀, 흉하……."

순청은 깜짝 놀라며 더 말을 잇지 못했다.

인봉이 자신에게 안겨 왔기 때문이다.

하지만 놀란 것도 잠시, 그런 인봉의 등을 토닥이며 마주 안아 주었다.

* * *

나는 두 부자가 처음으로 포옹하고 있는 모습을 보고 있다.

비록 최선을 다해 설득했지만, 잘될지는 확신하지 못했다.

그래서 이에 대해 말하기 위해 인봉 도장을 찾았는데 그의 아버지인 순청 진인이 먼저 찾은 것.

머뭇거리는 그들에게 전음을 보내서 등을 떠민 끝에 나온 결과가 바로 저것이다.

다행이군.

솔직히 인봉 도장의 청을 거절할 수도 있었지만, 그러지 않은 건 이유가 있다.

그의 아버지는 무려 화경의 고수였고, 인봉 도장 역시 청성에서 손꼽히는 후기지수다.

그런 그들에게 도움을 준다면 향후 은해상단에도 도움이 되겠지.
 저 모습을 보니, 문득 아버지가 보고 싶네.
 나는 하늘을 올려다보았다.

 오늘, 청성파의 귀신은 사라졌다.

144장. 마무리

마무리

내가 청성파에 온 지 보름 정도가 지났다.

나와 일행은 풍련각으로 향하는 길을 열었고, 그사이 사천당가와 아미파의 제자들도 분주하게 움직였다.

그 결과 청성파는 많이 안정되었다.

나는 지금 장문인을 보러 가고 있다.

성보왕은 태자의 호출을 받아 안찰사 쪽으로 가 있었기에 이번에는 나 혼자다.

"장문인. 선협미랑 대협께서 오셨습니다."

"드시라 하게."

나는 문을 열고 안으로 들어갔고, 장문인에게 예를 갖춰 인사했다.

"소상이, 장문인을 뵙습니다."

"편히 앉게나."

나는 자리에 앉았고, 장문인은 내게 차를 권했다.

우리는 서로 차를 한 모금씩 마셨고, 장문인이 먼저 물었다.

"그래, 이 빈도를 보자고 한 이유가 무엇인가?"

"이미 짐작하고 계시지 않습니까?"

내 물음에 그는 고개를 끄덕였다.

"내 아들을 죽이려고 했던 암살자에 대한 일이겠군."

"맞습니다. 지금쯤이면 심문이 끝나지 않았을까 해서 말입니다."

내 말에 장문인이 한숨을 내쉬었다.

"기대에 부응하지 못해서 미안하군. 그자의 입에서 나온 건, 그자는 의뢰를 받아 움직였을 뿐이며 금봉을 죽이는 데 성공하면 금자 오십 냥을 받기로 했다는 정도뿐이네."

"한 사람을 죽이는 대가 치고는 제법 비싸군요."

"그렇지. 아무래도 본문에 침입해야 하니, 그 난이도가 쉬운 건 아니니까. 그런데…… 그 이상의 것은 전혀 모르더군."

"그럼 단순 고용 관계라는 겁니까?"

"지금까지 밝혀진 바로는 그렇다네."

나는 진유 무사의 말을 떠올렸다.

그가 말하길, 이번에 우리가 잡은 암살자는 그쪽 세계에서 제법 유명하다고 했다.

"그자는 살수들 사이에서 폭침객이라고 불립니다."
"폭침객이요?"
"네. 그의 특기 중 하나가 독침을 폭발시켜 상대의 몸에 박히게 하는 것입니다. 아무래도 잘게 쪼개진 것들이 몸에 박히다 보니 치료가 거의 불가능합니다."
"잔혹한 놈이군요. 그런데 살수에 대해서 제법 잘 아시네요. 일전에 산동에서 만났던 그자도 그렇고요."

산동 금계루의 숙수가 뛰어난 살수였다는 것도 진유 무사가 알아챘었지.

그 스스로가 철저하게 정체를 숨기고 있었던 만큼 암우객이었다는 건 나중에 알게 되었지만.

"제가 몸담았던 조직의 상부에서 쓸 일이 있다고 하며 제국 전역의 살수들을 조사했던 일이 있었습니다. 덕분에 알게 된 겁니다."
"이런 때를 위해서였겠군요."
"그런 듯합니다."

나는 고개를 들어 장문인을 보았다.
"이후로 어찌하실 생각이십니까?"
"고민 중이네. 그자에게서 무언가 더 알아내려면 무림맹에 보내야 하지 않을까 싶네."

뭐?

그래서는 안 된다.

무림맹은 이번 흉수의 뒷배이거나 그와 관련된 곳으로

짐작되는 만큼, 그곳에 그자를 보내면 입막음을 위해 제거될 뿐이다.

그러면 차라리 다행이지.

엉뚱한 자가 범인으로 지목되어 희생당할 가능성도 없다고 할 수 없다.

하지만 그렇게 얘기할 수는 없지.

"그건 좋은 방법이 아닌 듯합니다."

"어째서인가?"

"그 암살자가 죽이려고 했던 자는 청성의 제자입니다. 그런데 어찌 이를 외부 기관이라 할 수 있는 무림맹에 맡길 수 있겠습니까?"

"으음……."

그래도 여전히 망설이는 장문인.

나는 또 다른 이유를 말했다.

"이 사천에도 무림맹의 지부가 있는 것으로 알고 있습니다. 그렇지 않습니까?"

"맞네. 무림맹 사천지부가 성도에 있지."

"그런데 그들은 왜 지원을 보내지 않습니까? 지진으로 피해를 입은 아미파에서까지 지원이 왔는데, 무림맹 사천지부에서는 한 명의 지원도 보내지 않았습니다."

내 말에 장문인의 표정이 어두워졌다.

"작금의 무림맹은 백도 무림의 대표로 군림하는 것에만 신경 쓸 뿐, 각 문파들의 사정까지는 그리 신경 쓰지 않고 있습니다."

"으음……."

"게다가 이번 암살자 사건은 청성파의 치부와도 연관되어 있습니다. 그런데 그 치부가 밝혀질 수 있는 것을 저들에게 넘긴다? 저라면 그러지 않을 겁니다."

"자네의 말이 맞네. 어떻게든 우리 측에서 처리해야겠군."

다행히 장문인은 내 의견을 받아주었다.

"혹시라도 이 이상 심문하는 게 어려우시다면 제가 도와드리겠습니다."

"괜찮네. 그럴 필요는 없네."

그는 고개를 저으며 말을 이었다.

"우리가 꽉 막힌 도문도 아니고, 필요할 때는 피를 보는 것을 주저하지는 않으니까."

"그러시군요. 제가 실례되는 말을 했습니다."

나는 포권하며 사과했고, 이에 장문인은 손을 저었다.

"괜찮네."

나는 조심스럽게 화제를 돌렸다.

"또 하나, 여쭙고 싶은 게 있습니다."

"무엇인가?"

"사천당가의 재정지원을 받아들이기로 하셨다고 들었습니다."

"맞네. 그리하기로 했네. 아무래도 본파의 힘만으로는 역량이 부족해서 말이지."

"사천당가에서 얼마나 많은 돈을 지원해 줄지는 모르

겠지만, 그것만으로 충분하시겠습니까?"

"그건 모르겠네. 거기서부터는 우리가 최선을 다해 봐야겠지."

다행이군.

지원을 받는 것에 거부감은 없어 보이네.

"괜찮으시다면 저희 은해상단에서도 힘을 보탤까 합니다."

"은해상단에서 말인가?"

"네. 은해상단 역시 사천에 지부를 두고 있지 않습니까?"

"그건 들었네만…… 얼마나 지원해 줄 생각인가?"

"건상을 지원해 드리겠습니다."

"건상을?"

"네. 그리고 공사비는 자재비만 받겠습니다. 그들이 먹고 쓰는 것은 물론이고, 이문도 붙이지 않겠습니다."

내 말에 장문인은 깜짝 놀란 표정을 지었다.

"그, 그게 정말인가?"

"그렇습니다."

그러나 곧 장문인은 신중한 표정을 지었다.

"……우리에게 무엇을 원하는 건가? 그 정도로 막대한 지원을 한다면 우리에게 바라는 게 있을 텐데?"

"입소문을 원합니다."

"입소문?"

"네. 지진으로 인해 무너질 뻔했던 집은 보통 오래 버티지 못합니다. 그래서 보통 무너뜨리고 새로 짓는 편인데, 그런 이들이 저희 건상을 고려하게 된다면 그것만으로도 이 일의 가치는 충분하다고 생각합니다."

"그건, 자네의 생각인가? 아니면 은해상단의 생각인가?"

역시 예리하시군.

하지만 이미 금령을 통해 아버지께 허락을 받아 놨기에 자신 있게 대답할 수 있다.

"은해상단의 생각입니다."

"그렇군."

"대신 모든 건물을 지은 후, 그 건물의 표지석에 은해상단의 이름이 새겨진다면 크나큰 영광일 것입니다."

보통 건물을 지을 때 표지석이라는 것을 세우곤 한다.

그곳에 건물을 세운 날짜 등을 새기지.

"……."

"저희 상단의 제안을 받아들이시겠습니까?"

"이는 나 혼자 결정할 수 있는 사안이 아니네. 천문회를 열 테니 조금 기다려 주지 않겠나?"

"알겠습니다. 하지만 그 결정이 너무 늦지 않았으면 합니다. 제가 맡은 일이 많기에 태자 전하가 돌아가실 때 저 역시 돌아가야 하기 때문입니다."

그리고 태자는 이제 정식으로 남경으로 가야 하기에, 이곳에 그리 오래 머물 수도 없지.

"알겠네. 최대한 빠르게 알려 주겠네."

"그럼 저는 이만……."

내가 인사를 하고 자리에서 일어나려는데, 장문인이 나

를 붙잡았다.

"선협미랑 대협."

"은 소단주라고 불러 주시면 됩니다."

"자네 역시 무공을 익혀 무림에 발을 들였는데, 어찌 그리 부르겠나?"

"사람들이 제게 선협을 행했다 하는 것들은 다 제 이익을 위해 한 행동입니다. 그래서 그 이름이 좀 부담스럽습니다."

"그런가? 후후."

장문인이 차를 마시며 나를 보았다.

"의도가 어떻든 상관없지 않은가? 자네의 행동이 불러온 결과가 선하게 보이면 선인인 것이지."

장문인이 말을 이었다.

"하지만, 사람들의 눈은 생각보다 정확하기도 하지. 자네가 정말 악인이었다면 결코 자네를 선협미랑이라 부르지 않았을 거네."

"……."

"그리고 자네 덕분에 어리석은 사제가 드디어 아들을 마주하게 되었다고 들었네. 그에 대해 감사를 표하고 싶었네."

사제라면…….

아, 인봉 도장과 그의 아버지인 순청진인에 대한 이야기군.

"인봉 도장이 저에게 먼저 요청하더군요."

"그랬군. 그런데 순청에 대해서는 어찌 알게 되었나?"

"아드님을 도와준 것에 대해 감사를 표해 주셔서 알게 되었습니다. 이번에 암살자를 제압하는 데 도움을 주시기도 하셨습니다."

"그렇군. 계속 신경 쓰이던 일이었는데, 정말 고맙네."

나는 이 이야기가 나온 김에 궁금했던 것을 풀기로 했다.

"장문인, 하나 사적인 것을 여쭤봐도 되겠습니까?"

"내가 대답해 줄 수 있는 거라면 대답해 주겠네."

"장문인께서는 자녀들을 엄하게 대한다고 들었습니다. 왜 그리하시는지, 이유가 궁금합니다."

"내가 녀석들을 엄하게 대하는 이유라……."

탁.

찻잔을 내려놓은 장문인이 말했다.

"내가 장문인이기 때문이겠지."

"네?"

"본문은 다른 문파에 비해 장문인의 권한이 그리 강한 편은 아니네. 하지만 그래도 문파를 대표하는 사람이지. 그런 만큼 내 자녀들이 내 이름을 뒷배 삼아 권력을 휘두른다면 이 청성이 어찌 되겠나?"

그런 의도셨군.

확실히, 그러지 않았다면 더 큰 문제가 생겼을 터.

금봉 도장이 했던 일이 좋은 예시가 되었다.

그리고 자녀들을 잘 다스리는 건 바람직한 지도자의 덕

목 중 하나기도 하다.

하지만 하나 아쉬운 점이 있다.

"그렇다면 이에 대해 자녀분들에게 설명을 해 주시는 게 좋을 듯합니다."

"음?"

"말하지 않아도 그 뜻을 알아줄 거라고 생각하시면 아니 됩니다."

나는 말을 이었다.

"그걸 알아주는 자녀도 있지만, 모르는 자녀도 있습니다. 각인각색이라고 자녀도 마찬가지 아니겠습니까?"

"……."

"만약 그걸 미리 설명했다면, 금봉 도장은 어리석은 선택을 하지 않았을 겁니다. 제가 본 금봉 도장은 그저 아버지에게 사랑받고 싶은 마음에 그리한 것입니다."

"……."

장문인은 그 부분은 미처 생각 못 한 듯 고심에 빠진 표정이었다.

"그럼 저는 이만 일어나겠습니다."

"조심히 돌아가게."

나는 장문인의 처소를 나서서 내 막사 쪽으로 향했다.

벌써 사 월에 접어들었군.

북경으로 돌아갈 때는 매화가 피어 있는 광경을 볼 수 있겠네.

나는 내가 벌여 놓은 일들을 머릿속으로 정리했다.

해남도는 아직 공사가 한창일 거고, 북경의 무관도 이제 건물이 지어지고 있겠지.

내 예상으로는 이번 사월에서 오월 사이에 남경에서 출발하는 외국과의 교역을 위한 상선이 출발할 거다.

이를 위해 북경에서 남경으로 사람들이 파견될 때 태자도 함께 가게 될 것이 유력하다.

황제는 효율을 중요하게 생각하니까.

마침 사천에 온 김에 명명상단과 후추 거래에 대해서도 논의하고 돌아가야겠군.

와…… 할 일 엄청 많네.

생각해 보니 다 내가 벌인 일이니, 자업자득이다.

- 꾸이?

왜 우냐고?

이거 우는 거 아니야. 머리카락이 눈을 찔러서 그런 거야.

.

.

.

그날 오후.

"아! 그거 아세요?"

"네?"

나는 지금, 아미파 제자들과 설거지 중이다.

내가 왜 설거지를 하게 되었지?

혼자서 설거지할 그릇을 잔뜩 들고 가는 것을 발견해서

도와주겠다고 온 거였지.

그런데 그곳에서 설거지를 하고 있는 서향 소저를 발견하는 바람에 같이 설거지를 하게 되었다.

괜한 일이 생긴 셈이었지만, 그래도 덕분에 아미파 제자들에게 향옥 누님에 대한 이야기를 들을 수 있었다.

내가 몰랐던 향옥 누님의 이야기는 제법 흥미로웠다.

"저번에 향옥 사매에게 반한 공자들끼리 결투를 벌였거든요."

"네? 그게 무슨 소리입니까?"

"어머어머! 모르셨구나! 그게 말이죠. 향옥 사매에게 반한 공자들이 서로 향옥 사매에게 추파를 던지다가 수가 틀리니까 결투를 벌인 거죠."

"그래서 누가 이겼습니까?"

"향옥 사매가 이겼어요."

"네?"

"향옥 사매가 본인은 아미파 제자인데 뭔 말 같지도 않은 소리를 하느냐면서 전부 다 때려 눕혔거든요."

"하하하. 그렇군요."

역시 향옥 누님답네.

"그래도 향옥 누님의 무공이 출중하니, 아미파 입장에서 자랑스럽겠습니다."

"그럼요."

"저번에도 녹림 토벌에서 큰 공을 세웠잖아요. 그래서 태자 전하께서 직접 그 공을 치하했다고 들었어요."

"향옥 사매는 아미파의 자랑이에요."

그 소식이 아미파 제자들 사이에서도 유명하구나.

"그러고 보니 이번에 또 녹림을 토벌하는 곳으로 향했다고 하던데요?"

"네? 돌아온 지 얼마 안 되었는데, 또 나선 겁니까?"

"그렇다고 들었어요."

"이번에는 북서쪽이라고 들었어요. 이곳에서 그리 멀지 않은 곳이라던데요."

"자원해서 갔다고 들었어요."

누님도 참……

몸을 좀 사리면 좋을 것 같은데, 누님의 성격을 생각하면 그건 무리한 바람이겠지.

그날 오후.

나는 장문인의 호출을 받았다.

"부르셨습니까?"

"어서 오게나."

나는 장문인 맞은편에 앉았다.

아까의 지원 건 때문에 부른 것 같은데…….

"내가 자네를 부른 건 방금 장로들과의 논의가 끝났기 때문이네."

"결론이 무척 빨리 나왔군요."

장문인이 옅은 미소를 지으며 말했다.

"오래 논의할 일도 아니니 말이지. 일단 결론을 말하자면, 자네의 제안을 받아들이기로 했다네. 다만, 조건이 하나 있다네."

"무엇입니까?"

"자네가 말한 표지석 말일세. 그 표지석의 내용은 우리 측에서 작성하겠네."

"그건 상관없습니다. 은해상단에서 지었다는 이야기만 들어가면 됩니다. 그리고 돌에 새기기 전에 저희 역시 검토했으면 합니다."

"알겠네. 그거라면 어렵지 않은 일이지."

그렇게 우리는 이에 대해 논의를 했다.

그 논의는 그리 길지 않았다. 길 필요도 없고.

논의를 마친 나는 장문인의 처소를 나섰다.

이번 일로 올라갈 은해상단과 건상의 명성을 생각하니 기분이 좋네.

그 명성은 장기적으로 우리에게 이문으로 돌아올 터.

나는 기분 좋게 막사로 돌아와 아버지에게 보낼 서신을 작성했다.

그러던 중 갑자기 팔갑이 내 막사 안으로 뛰어 들어왔다.

"도련님! 도련님! 큰일입니다요!"

팔갑의 표정을 보니 다급한 일이 생긴 것이 틀림없었다.

"무슨 일이야?"

"지금 향옥 아가씨께서 위험하시다고 합니다요."

"뭐? 자세히 얘기해 봐."

내 말에 팔갑이 간략하게 설명했다.

"이번에 향옥 아가씨께서 녹림의 산채를 토벌하러 가셨다가, 적들에게 포위되었다고 합니다요."

"뭐? 포위되어 있다고?"

"토벌에 나섰던 이들의 반 이상이 포위되었는데, 간신히 도망친 자의 말에 의하면 그들을 이끌던 백호가 고집을 부리는 바람에 그리되었다고 합니다요."

하아, 아까 아미파 제자들이 말한 게 이거였구나.

하필 자원해서 나섰다고 했는데 이렇게 되다니.

"그에 대한 대응은 없어? 안찰사 대인은?"

"태자 전하와 안찰사 대인께서 그들을 구출하기 위한 구출대를 모집하고 계십니다요."

구출대를 구성하는 게 아니라 모집한다는 것은 현재 상황이 그리 낙관적이지 않다는 의미다.

그렇다면 이대로 있을 순 없지.

"팔갑아. 호위무사들 전부 모이라고 해."

"알겠습니다요."

우선 나는 아버지에게 보내는 서신을 마저 작성한 후 금령에게 부탁했다.

"꾸이!"

금령이 서신을 꼬리에 달고, 호북성으로 향했고 나는 막사 밖으로 나왔다.

이미 모든 호위무사들이 모여 있었고, 나는 그들에게 말했다.

"들으셨겠지만, 향옥 누님께서 위험에 처해 계십니다. 그리고 저는 누님을 구하러 갈 생각입니다."

가만히 나를 바라보는 이들을 보며 말을 이었다.

"저를 도와주시겠습니까?"

이에 서우 무사가 앞으로 나서며 말했다.

"당연한 말씀을 하십니다. 주군이 계신 곳이 저희가 있을 곳입니다."

다른 무사들도 고개를 끄덕이며 동의를 표했다.

"그리 말씀해 주시니 감사하군요."

나는 포권하여 감사를 표하고는 팔갑에게 말했다.

"팔갑아. 너는 이곳에 남아."

"네? 그게 무슨 말씀입니까요? 저는……."

"곽 부관님을 지켜 줘. 네가 곽 부관님을 지켜 준다면 안심할 수 있을 것 같아."

내 말에 팔갑은 고개를 끄덕였다.

"알겠습니다요."

그때였다.

은풍대의 대원들이 우리 쪽으로 다가왔다.

우리가 사천으로 올 때 함께한 이들이다.

황실에서 파견한 이들과 같이 오느라 별달리 활약할 일은 없었지만, 애초에 구호대를 조직할 때 이를 보호할 무력이 필요해서 은풍대원들도 구호대에 넣었기 때문이다.

그리고 우리와 함께 구호활동을 했지.

향옥 누님이 위험하다는 소식을 듣고 이렇게 온 듯했다.

"향옥 아가씨께서 아미파의 제자이긴 하지만, 그 전에 은해상단의 식솔 중 한 분입니다. 은풍대의 존재 의의는 그 식솔과 상단을 지키는 것입니다. 그런데 어찌 저희가 가만히 있겠습니까?"

"맞습니다. 저희도 구출대에 자원하겠습니다."

"저희도 데리고 가 주십시오."

그들 중 한 무사가 나에게 말했다.

"적들의 목을 따는 일이라면, 자신 있습니다."

그 정체는 바로 용 선장의 형인 민 무사다.

"활약할 수 있는 기회를 주십시오."

나는 잠시 망설였지만, 그들의 눈빛을 보고 고개를 끄덕였다.

녹림들과 전투를 하다 보면 희생이 나올 수도 있지만, 그 이유로 그들을 거절할 수는 없다.

그것은 저들의 자존심을 짓밟는 행위니까.

위험하다는 것을 모르고 자원한 것도 아니고.

"좋습니다. 함께합시다."

나는 고개를 돌려 팔갑에게 물었다.

"성보왕 전하께서는 어디에 계셔?"

"의각 쪽에서 환자들을 돌보고 계십니다요."

나는 그곳으로 향했다.

"붕대를 갈아 드리겠습니다."

"전하, 어찌 전하께서 이런 천한 일을……."

"환자를 돌보는 일이 어찌 천한 일이겠습니까?"
"성은이 망극합니다."
"어서 쾌차하십시오."

나는 친히 환자의 붕대를 갈아 주는 성보왕의 모습을 보며 만족스러운 미소를 지었다.

음, 내가 말한 대로 잘하고 계시는군.

나는 성보왕에게 다가갔다.

"전하."
"아! 은 소단주. 무슨 일인가?"
"저는 잠시 청성파를 떠나 북서쪽에 다녀와야 할 것 같습니다."
"무슨 일이라도 있는가? 왜 갑자기?"
"제 사촌 누님이 지금 북서쪽에 자리 잡은 녹림의 비겁한 수에 당하여 포위된 상태라고 합니다."
"뭐라? 그런 일이 있었단 말인가?"
"예. 누님을 비롯해 녹림 토벌대가 갇혀 있어서, 그들을 구하기 위한 구출대에 자원하고자 합니다."
"괜찮겠는가?"

걱정스럽게 묻는 말에 나는 고개를 끄덕였다.

"네. 저는 괜찮습니다. 걱정하지 않으셔도 됩니다."

나는 자신감 있게 대답했다.

"하여, 이곳은 전하께 부탁드리려 합니다."
"알겠네. 걱정하지 말고, 무사히 다녀오게."
"네. 전하."

그렇게 성보왕에게 사정을 말하고 양해를 구한 후, 장문인에게도 이야기를 했다.

그리고 곧바로 호위무사들과 은풍대원들을 이끌고 안찰사에게 향했다.

우리는 곧 안찰사가 있는 곳에 도착했다.

녹림 토벌대의 임시 진지였는데, 그곳으로 다가가니 아미파 제자들이 많이 보였다.

향옥 누님의 사부님 무정검 해청신니가 나를 보고는 놀란 표정으로 다가왔다.

"아니! 선협미랑 대협이 여긴 어떻게?"

"향옥 누님을 구하기 위한 구출대에 자원하기 위해 왔습니다."

"자네가 말인가?"

"네."

나는 나를 따라온 이들을 돌아보며 말했다.

"그리고, 이들 역시 저와 같은 마음으로 이렇게 왔습니다."

그녀의 안색이 밝아졌다.

"정말 고맙네. 정말 고마워."

"상황이 많이 좋지 않습니까?"

"그렇다네. 핵심 전력 대부분이 포위당해 있는 상황이라, 구출대의 전력이 너무나 부족하다네."

하긴, 이전 삶에서도 녹림을 토벌하면서 적잖은 피해가

나왔다고 했지.

녹림 중에서도 만만찮은 자들이 있다는 뜻일 터.

이번에 그것들을 처리하고 가야겠군.

나는 해청신니에게 말했다.

"저를 안찰사께 안내해 주십시오."

"이쪽으로 오게."

안찰사와 함께 있던 태자가 나를 발견하고는 놀란 표정으로 자리에서 일어났다.

"아니! 자네!"

"소상, 은서호. 태자 전하를 뵙습니다."

"그런 예는 집어치우고, 대체 여긴 왜 온 것인가?"

"그야 당연히, 제 누님을 구하기 위한 구출대에 자원하기 위해서입니다."

"자네가 직접?"

"네."

"허어, 이는 매우 위험한 일이네."

"저도 압니다. 하지만 제 사촌 누님의 목숨이 경각에 달렸다는데, 어찌 가만히 있을 수 있겠습니까."

그때 안찰사가 말했다.

"자네가 선협미랑이군."

"소상이, 안찰사 대인을 뵙습니다."

"정녕, 구출대에 자원하는 것인가?"

"그렇습니다. 저뿐만 아니라 은해상단의 무력대인 은풍대 역시 함께할 것입니다."

"내 부탁으로 토벌에 나선 이들이 위험에 처해 난감한 상황이네. 자네 정도의 위명을 가진 이가 나서 준다면, 정말 고마운 일이지."

"그럼, 상황 설명을 부탁드립니다."

이에 안찰사는 태자에게 말했다.

"태자 전하. 전하께서 선협미랑 대협을 아끼는 건 압니다만, 지금 상황이 위급합니다. 부디 선협미랑 대협이 구출대에 속하는 것을 허락하여 주십시오."

"허락해 주십시오."

내가 포권하며 깊이 고개를 숙이자, 결국 태자는 마지못해 승낙했다.

"상황이 급박하니 어쩔 수 없지. 알겠네."

"성은이 망극하옵니다."

우리는 감사를 표했고, 안찰사는 나에게 상황을 설명해 주었다.

"우선 토벌대를 포위한 산채의 채주는 혈안검귀라 불리는 자일세."

혈안검귀라면…….

들어 본 이름이다.

그가 익힌 무공으로 인해 눈이 붉어서 혈안검귀라고 불린다지.

"현재 토벌대는 동굴 안에 갇혀 있다네."

그러면 옴짝달싹 못 하는 상황인데, 그걸 어찌 아는 거지?

"그 상황에 대해 전달해 준 자가 있었습니까?"

"녹림 측에서 우리를 협박하기 위해 화살에 서신을 매달아 보냈네. 그 서신에는 현재 토벌대의 상황이 적혀 있었고, 그들을 살리고 싶다면 미곡 삼만 석을 달라고 하더군."

미곡 삼만 석?

이는 어마어마한 양이다.

하지만 그렇다고 또 마련하지 못할 정도는 아니지.

그렇다면 저들의 요구를 들어주지 않고 구출대를 꾸리는 이유가 있을 터.

"저들이 내건 조건이 그것뿐만이 아닌 것 같습니다만."

"자네의 말대로네."

안찰사가 고개를 주억이며 말을 이었다.

"노예로 부릴 수 있는 백 명과, 자치권까지 요구하고 있다네."

미친놈들.

나도 모르게 욕이 나올 뻔했다.

이는 안찰사 입장에서 절대 용인할 수 없는 조건이다.

태자가 이곳에 와 있다는 것을 알고 그러는 것이겠지만, 태자도 이는 절대 들어줄 수 없다.

"협상은 불가능하니 어떻게든 동굴 안에 갇혀 있는 이들을 구해야겠군요."

"그렇다네."

"그럼, 많은 인원은 필요 없습니다. 그냥 저희끼리만

다녀오겠습니다."

"자네들끼리만 말인가?"

"네. 대신, 안찰사 대인께서 해 주실 일이 있습니다."

.

.

.

나는 곧바로 성도로 향했다.

아직 녹림에서 제시한 시간은 남아 있었으니까.

하여 누님과 억류되어 있는 이들을 구하기 위한 준비를 위해 온 것이다.

내가 먼저 향한 곳은 은해상단 사천지부.

"서호야!"

내가 사천지부에 당도하자 이를 들은 숙부님이 내게 달려오셨다.

"아이고, 서호야! 우리 향옥이가……."

"들었습니다. 그러니 진정하십시오."

나는 일부러 냉정하게 말했다.

지금 중요한 건 숙부님을 위로하는 게 아니라, 향옥 누님을 구할 준비를 하는 것이니까.

나는 품에서 지도를 꺼내 펼쳤다.

"현재 누님께서는 이곳의 동굴에 억류되어 있다고 합니다. 혹시 이쪽 지리에 밝은 사람이 있습니까?"

"바로 알아보마."

"부탁드립니다."

누님이 계신 동굴에 대해 자세히 알아야 구체적인 계획을 세울 수 있기 때문이다.

그리고 저런 동굴 같은 곳에 대해 아는 사람을 찾는 건 현지에 파견된 병력보다 상단 쪽이 더 빠르다.

직접 저런 곳을 다니기도 하고, 발이 넓으니까.

"최대한 빨리 찾아보마. 그리고 고맙구나."

다행히도 그 동굴에 대해 알고 있다는 사람은 금방 찾을 수 있었다.

상단 소속의 약초꾼이었다.

그는 지도를 보더니 확신에 찬 표정으로 말했다.

"이곳이라면 제가 약초를 캐다가 발견한 동굴이 틀림없습니다."

"그 안에 들어가 보신 적이 있습니까?"

"네. 비가 와서 비를 피하려고 들어갔었습니다."

"환경은 어떻습니까?"

"입구는 좁지만 안으로 들어가면 제법 넓은 공간이 있습니다. 그리고 안에는 샘도 있고요. 다만, 식량을 구할 방법은 없어 보였습니다."

다행이군. 일단 물이 있다면 아직 쓰러진 사람은 없을 테니까.

"그리고 또 하나 중요한 게 있습니다."

"그게 무엇입니까?"

"저 동굴에는 밖으로 통하는 통로가 더 있습니다. 입구가 하나가 아닙니다."

그 말에 나는 환호를 지를 뻔했지만, 애써 표정을 관리하면서 물었다.

"혹시 그 입구가 어디 있는지 기억하십니까?"

그 약초꾼이 손으로 지도를 짚어가며 말했다.

"여기, 이쯤일 겁니다. 수풀 더미에 가려져 있어서 잘 보이지 않는 데다가 사람 하나가 기어서 겨우 지나다닐 정도라서 눈에 잘 띄지 않았을 겁니다."

"귀중한 정보를 주셔서 감사합니다. 충분히 사례를 챙겨드리겠습니다."

약초꾼이 기분 좋은 얼굴로 나갔고, 나는 접빈실에 앉아 고민에 빠졌다.

일단 탈출구를 찾아낸 것은 기뻐할 일이지만, 이곳을 통해서 조용히 들어갔다가 무사히 탈출할 수 있으리란 보장이 없다.

어쩔 수 없이 이 작은 통로를 이용해야 하나?

"꾸이!"

"아!"

금령이 창문을 버둥거리며 넘어오고 있었다.

나는 얼른 일어나 금령을 받았다.

"아버지께 다녀왔어?"

"꾸이!"

나는 금령의 꼬리에 달려 있는 서신을 풀어 읽었다.

서신에는 곧 건상을 사천으로 보내 주신다는 내용이 적혀 있었다.

마무리 〈79〉

"꾸이! 꾸이!"

"심부름을 했으니까 은자를 달라고? 그래, 줘야지."

금령이 은자를 내미는 내 얼굴을 보더니 고개를 갸웃하며 물었다.

"꾸이! 꾸?"

"응? 뭔 걱정이 있는 거냐고? 표정이 좋지 않다고? 아까 네가 출발하기 전에 너도 들었지? 향옥 누님에 대해서?"

나는 지금까지의 일의 자초지종을 이야기했고, 내 말을 들은 금령이 고개를 주억였다.

"꾸이."

"그래, 걱정이 많아."

"꾸이? 꾸!"

"응? 그러니까 지금 문제는 향옥 누님에게 안전하게 가면 되는 거 아니냐고? 뭐, 원론적으로는 그렇지."

"꾸! 꾸이! 꾸이!"

"나에게 있는 보물을 왜 안 쓰냐고? 가지고 있는 건 누리라고? 무슨 의미야?"

"꾸이! 꾸!"

"현로도는 뒀다가 엿 바꿔 먹을 거냐고?"

아! 맞아! 그게 있었다!

왜 그걸 잊고 있었지?

현로도는 가장 안전하게 갈 수 있는 길을 알려 주는 기물이다.

그 말은 즉, 가장 안전하게 향옥 누님에게 가는 길을

안다면 탈출 역시 안전하게 할 수 있다는 의미지.

나는 즉시 현로도를 꺼내 펼쳤다.

그동안 현로도를 찾지 않은 것에 대해 불만을 표하려는 듯이 귀퉁이가 펄럭였다.

"내가 널 잊은 건 아니냐. 그동안 너를 사용하기에 적당하지 않았던 것뿐이야."

파닥파닥.

"핑계는 아니고, 진짜야. 후…… 아무튼, 미안하다."

살랑, 살랑.

삐친 게 좀 풀렸나 보군.

"향옥 누님께 가는 길을 알려 줘."

내 말에 현로도의 그림이 바뀌며 내가 가야 할 동굴의 지형이 그려졌다.

그리고 그 위로 그려지는 붉은색 선.

어라? 이건 세 번째 통로가 있다는 의미인데?

현로도를 꺼내길 잘했군.

"고맙다. 금령아."

그 길을 보며 빠르게 계획을 세웠다.

나는 즉시 밖으로 나갔고, 호위무사와 은풍대 무사들에게 말했다.

"방법을 알아냈습니다. 지금부터 제 지시에 따라 주십시오."

그들은 군말 없이 내 지시에 따라 분주하게 움직였다.

향옥 누님.

잠시만 기다려 주십시오.

제가 지금, 구하러 갑니다.

　　　　　＊　＊　＊

한 동굴.

그 안에는 수십 명의 사람이 있었다.

그들의 몰골은 빈말로도 좋다고 할 수 없을 정도였다.

"우린 이제 어떻게 하면 좋지?"

"저 앞에서 지키고 있으니, 바깥으로 나갈 수도 없고……."

"이대로라면 이 동굴 안에서 굶어 죽을 거예요."

아미파 제자들의 말에 다른 무사들 역시 침통한 표정을 지었다.

그리고 일제히 누군가를 바라보았다.

그들을 지휘했던 지휘관으로, 근방 백호소의 책임자다.

평소라면 뒷짐을 지고 아랫사람들을 부렸을 테지만, 이번에는 사천에 왕부를 둘 성보왕은 물론 태자까지 왔다.

그러니 평소처럼 아랫사람에게 일을 미룰 수 없어서 직접 출정한 것.

하지만 대장이 무능하면 부하들이 고생한다는 말처럼, 백호의 욕심 탓에 녹림의 계략에 휘말려 이 상황이 된 것이다.

"왜? 뭐? 나라고 이게 함정인 줄 알았어?"

방귀 뀐 놈이 성낸다고, 백호는 버럭 성질을 내며 소리를 질렀다.

그의 부관이 작게 한숨을 내쉬며 말했다.

"그게 함정이라고 이미 여러 번 말씀드렸습니다."

"누가?"

"아미파의 제자들께서 말입니다."

"……."

"청성파의 제자들과 사천당가 분들도 여러 번 조언을 드렸습니다. 하지만 기어이 밀고 들어가셔서 이리된 것이죠."

"이게 지금 감히 나를 가르치려고 들어?"

그가 부관에게 호통을 치려는데, 누군가의 청아한 목소리가 그를 막았다.

"이런 상황에서 잘잘못을 따져 봤자 무슨 소용입니까?"

그렇게 말하며 다가온 이는 바로 향옥.

"앞으로 어찌해야 하는지가 더 중요하죠."

이에 백호가 말했다.

"말 잘했네! 자네의 말대로 앞으로가 중요하지."

"하지만 사람은 사람이기에 후회하는 거죠. 이럴 줄 알았으면 그냥 확 다리몽둥이를 분지르든지 해서 전투에서 빠지게 해야 했는데."

"……응?"

"처음 봤을 때부터 멍청하고 무능하게 생겨서 느낌이 싸했는데 말이죠."

청아한 목소리와 달리 그녀의 입에서 나오는 싸늘한 말

은 비수처럼 가슴에 푹푹 박혔다.

"그쪽은 부하들을 사지로 몰아넣고도 계속해서 지휘관 노릇을 할 건가요?"

"흥, 이게 내 본분이네!"

"본분 좋아하시네요. 그간 부하들에게 짬 처리하고 자기가 한 것처럼 굴었으면서."

"……."

할 말이 없었다. 사실이니까.

이내 향옥의 말은 한층 더 날카로워졌다.

"머리가 좀 있으면 내가 무슨 의도로 이런 말을 하는지 알 텐데, 그럴 머리도 없나? 그 머리가 아랫도리만큼 돌아간다면 내가 이렇게 입 아프게 말도 안 하지."

"……."

"핏줄 덕분에 백호 자리를 이어받았으면 다른 현명한 사람들의 말이라도 잘 귀담아들을 것이지, 능력도 안 되면서 괜히 고집을 부려서 이 사달을 일으켜 놓고는! 와! 뻔뻔하다. 뻔뻔해! 사람들이 양잿물이라고 말려도 자기 고집에 들이켤 사람이네!"

"무, 무슨……."

향옥이 싸늘한 눈빛을 보내며 물었다.

"그런데도 계속 지휘를 할 생각인가요?"

"그, 그건……."

"의견을 말해 보세요."

그리고 스윽, 검집을 풀어서 손에 쥐었다.

"검집은 왜 푸는 건가?"

"네놈이 계속해서 지휘를 맡는다고 하시면, 다리몽둥이를 부러트리려고요."

"히익!"

그녀의 말에 백호의 얼굴이 하얗게 질렸다.

"아, 저 그렇게 매정한 년은 아니니까 걱정하지 마세요. 그래도 왼쪽 다리인지 오른쪽 다리인지 고를 수 있는 선택권은 드릴게요."

"가, 감히 무림인 주제에 황제 폐하의 명을 받아 군사를 이끄는 백호에게 그런 언행이라니! 무엄하다!"

자존심 때문인지 몸을 떨면서도 호통을 치는 그를 보며 향옥은 평온한 목소리로 말했다.

"무엄하고 자시고 간에 이렇게 사람들을 사지로 몰아넣어 놓고 뭘 잘했다고 큰소리인가요? 이걸 보시고도 태자 전하께서 잘했다고 칭찬해 주실 것 같나요?"

"……."

"그 죄를 물어서 파직하지 않으면 다행일 것 같은데 말이죠."

향옥이 말을 이었다.

"제 사촌이 말하길, 황제 폐하께서 가장 싫어하시는 신하가 무능한 신하라고 하시더라고요."

"……."

"이 상황이 마음에 안 들죠? 그럼 겁먹은 개처럼 그렇게 짖지만 말고 덤벼 보세요. 대신 저도 안 봐 드립니다.

마무리 〈85〉

명줄만 빼고 잘근잘근 다져드리죠."
"크읔……."
사람들은 왠지 모를 환각을 보는 것 같았다.
마치 보이지 않는 손이 백호의 머리를 연달아 강타하는 듯한 환각을.
그렇지 않고서야 백호가 저렇게 전의를 상실한 표정일 리가 없었다.
그리고 사람들은 지금 향옥이 질풍선자라 불리지만, 이전 명호가 설검여협이었다는 것을 깨달았다.
'무, 무섭군. 저 독설…….'
'이래서 설검여협이라 불렸던 것이었어.'
향옥이 여상한 목소리로 되물었다.
"그래서, 어찌하시겠어요?"
그때 부관이 조용히 다가와 그에게 속닥였고, 그 말을 들은 백호의 얼굴이 한층 더 새하얗게 질렸다.
"……자네에게 모든 지휘권을 넘기겠네."
"잘 생각하셨어요. 혹시라도 나중에 그런 말 한 적 없다고 발뺌하시면 그땐 진짜 확!"
"히이익! 아, 아닐세! 그런 일 절대 없네!"
그렇게 독설로 백호에게서 지휘권을 뺏은 향옥은 침착하게 사람들에게 지시를 내리기 시작했다.
그들을 이곳에 몰아넣은 녹림이 무엇을 위해서 아직 별다른 행동을 보이지 않는 것인지 알 수 없지만, 그들의 목숨이 경각에 달해 있음은 분명했다.

그럼에도 향옥이 포기하지 않는 이유는 그녀의 사촌 동생인 은서호가 근처에 있기 때문이었다.

'하늘이 무너져도 솟아날 구멍을 찾아내는 녀석이니까.'

그러니 자신은 이곳에서 할 수 있는 일을 해야 했다.

"우선 부상자는 안쪽에서 쉬게 하고 최대한으로 치료를 부탁드립니다."

"네."

"현재 식량은 얼마나 남아 있습니까?"

"이틀 치 정도 있습니다."

"최대한 아끼도록 하죠."

"네."

"그리고 혹시 이 안에 먹을 수 있는 것이 있는지 살펴봅시다."

"네!"

이윽고 사천당문의 이들 중 한 명이 외쳤다.

"향옥 선자! 이곳의 이끼는 먹을 수 있는 이끼입니다."

그 말에 그녀가 안도했다.

"다행이군요!"

이에 병사 중 한 명이 의아한 얼굴로 물었다.

"아니! 이끼도 먹을 수 있는 거였습니까?"

이에 대답한 자는 청성파의 제자였다.

청성파의 제자 중에서도 싸울 수 있는 이들은 녹림 토벌에 나섰으니까.

"그렇습니다. 저희가 수련할 때 먹는 벽곡단의 재료 중 하나가 이끼입니다."

"물론 맛은 드럽게 없지만요."

"그럼 사천당문의 대협들께서는 부상자를 살펴 주십시오."

"알겠네."

"다른 병사분들께서는 이끼를 모아 주시고, 청성파 분들께서는 입구 쪽에서 녹림의 동태를 살펴 주십시오."

"그리하지."

그때 백호가 끼어들었다.

"왜 병사들이 아니라 청성파에게 그 일을 시키는 건가? 혹시 일부러 우리에게 허드렛일을 시키는 건가?"

"청성파의 신법인 세류표는 신속하게 적들을 살피고 돌아올 수 있습니다. 그런데, 제게 지휘권을 넘기겠다고 하시지 않았나요?"

"마, 맞네."

"다행입니다. 잊었다면 상기시켜 드리려고 했는데 말이죠. 다시 한번 딴지를 건다면 그땐 혓바닥을 묶어서 저 기둥에 묶어 놓겠습니다."

"흐익!"

백호는 기겁하며 뒤로 물러났다.

그렇게 멍청한 백호 대신, 명석한 향옥이 지휘관이 되자 그들은 매우 체계적으로 움직였다.

청성파의 무인들은 교대로 입구를 살폈는데, 녹림 쪽에서는 동굴 바깥에서 경계만 할 뿐 안쪽으로 사람을 들여보내지 않았다.

처음 이곳에 갇혔을 때 들어왔던 녹림 세 명의 목을 베어서 바깥으로 던졌는데, 그 이후로는 아무도 들어오지 않았다.

아마 그들이 지쳐 쓰러지길 기다리는 것일 터.

그렇게 이틀 정도 지났을 때였다.

툭! 툭! 툭!

한쪽 벽에서 망치로 벽을 두들기는 듯한 소리가 들려왔다.

이에 그곳을 지키던 병사가 곧바로 향옥에게 보고했고, 향옥은 그곳으로 향했다.

툭! 툭! 툭!

계속해서 들리는 소리.

이에 향옥이 검을 쥔 채 조심스럽게 다가가 벽을 두들겼다.

탕탕탕!

"……."

이내 벽을 두들기는 소리가 멈추었고, 그 너머에서 누군가의 목소리가 들렸다.

"은석연의 물고기 중 가장 나이가 많은 물고기의 나이는 몇 살일까요?"

낯익은 목소리.

은서호의 목소리다.

그리고 그 질문의 의도도 이해할 수 있었다.

은석연은 은해상단 본단의 내당에 있는 작은 연못이었기 때문이다.

 햇빛을 받으면 그 연못을 둘러싼 돌이 은색으로 보인다고 해서 은석연이라 부르는데, 은해상단 사람 중에서도 내당에 들어올 수 있는 사람이 아니라면 잘 모르는 정보니까.

 "그걸 내가 어떻게 알아? 그 연못을 만든 분이 증조부이신데."

 이에 들리는 목소리.

 "누님 맞으시네요. 잠시만 뒤로 물러나십시오. 그리고 무슨 일이 벌어져도 놀라지 마십시오."

 이에 향옥은 얼른 뒤로 물러났다.

 툭! 툭! 툭!

 다시 벽을 두들기는 소리가 들리더니.

 퍼석.

 두 사람 사이를 가로막은 벽이 무너지며 먼지가 자욱하게 일었다.

 서서히 먼지가 가라앉으며 무척 잘생긴 미청년의 모습이 드러났다.

 "향옥 누님. 저 왔습니다."

* * *

 나는 뻥 뚫린 통로 너머로 보이는 향옥 누님을 향해 손을 흔들어 보였다.
"서호야!"
그 모습을 보며 이곳까지 오는 길을 떠올렸다.
현로도가 가리키는 길로 향했지만, 이상하게도 중간에 벽이 가로막고 있었다.
하지만 현로도가 틀린 길을 가르쳐 줄 리는 없다.
그 말은 즉, 이 벽 역시 길의 일부라는 의미.
그때 벽을 두들겨 보던 여응암 무사가 말했다.
"주군, 이 벽이 좀 이상합니다."
"네?"
"어디 보자……."
여응암 무사가 단검을 꺼내어 벽을 긁어 보더니 말했다.
"이거, 화강암이 아니라 석회암입니다."
그리고 보니 사천의 특산물 중 하나가 석회지.
즉, 석회암이 많다는 뜻이다.
그리고 석회는 물에 잘 녹는 특성이 있다.
아마 이 벽 역시 물에 녹으면서 상당히 얇아진 거겠지.
툭툭!
단검의 뒷부분으로 벽을 치자, 힘없이 허물어지기 시작했다.
그제야 현로도가 이 길을 알려 준 이유를 알 것 같았다.
이곳을 통해 안으로 들어갈 거라고 누가 생각하겠는가?
그렇게 벽을 두들겨 깬 후 드디어 향옥 누님을 마주한 것이다.

"무사하십니까? 누님."

"응. 아직은 다들 무사해."

"그럼 이 통로를 통해 탈출하죠."

이미 현로도를 통해 이 통로로 탈출하면 안전하다는 것을 알아냈다.

그런데 내 눈에, 묘한 것이 보였다.

동굴 안의 바닥과 맞닿아 있는 석주에 묶인 누군가가 보였기 때문이다.

게다가 그의 입에는 재갈이 물려 있었는데, 자세히 보니 혓바닥을 묶어서 재갈을 물린 것이었다.

"복장을 보아하니 병사들의 책임자 같은데 왜 저러고 있는 겁니까?"

"백호 대인이셔."

"네?"

"그리고 저자 때문에 우리가 이렇게 갇혀 있는 거야."

"그건 들어서 알고 있습니다만, 왜 이런 꼴입니까?"

"내가 재차 경고했는데도 본인의 처지를 망각하고 딴지를 걸어서 저렇게 했어."

"아…… 그렇군요."

내가 다가가자, 그는 몸을 버둥거리며 자신을 풀어 달라는 눈빛을 보냈다.

"누님께서는 너무 마음이 여리십니다."

"응?"

"여기 계신 분들이 모두 죽을 뻔한 위험에 처하게 한

자입니다. 그리고 녹림이 여러분의 목숨을 담보로 요구한 게 무엇인지 아십니까? 삼만 석의 미곡과 백 명의 노예, 그리고 자치권입니다."

"뭐?"

"이자는 살아 돌아가도 어차피 중벌을 면하기 어려울 겁니다."

이에 백호는 경악으로 눈을 부릅떴다.

나는 그자의 배를 향해 주먹을 내질렀다.

퍽!

"컥!"

그는 그대로 기절해 버렸다.

나는 그자를 일별하며 입구 쪽을 살폈다.

"마침 입구 쪽에 돌이 많이 있군요."

"맞아. 혹시라도 저들이 숫자로 밀고 들어오려고 하면 견제하거나 막으려고 준비해 뒀어."

"잘하셨습니다. 안 그래도 필요했는데 말이죠."

"그럼 이제 나가면 되는 거야?"

"아닙니다. 잠시만 기다리십시오."

그렇게 약 일각 정도 기다렸을 때였다. 저 밖에서 소리가 들려왔다.

"와아아아!"

뿌우우! 뿌우우!

둥둥둥둥!

요란한 함성과 뿔 나팔 소리, 그리고 북소리까지.

이 요란한 소리는 내가 안찰사에게 부탁한 것으로, 녹림들의 시선을 그쪽으로 돌리기 위함이다.

그들을 향해 진격할 것처럼 하면서 시선을 끌어 달라고 했지.

"이제 가시죠."

나는 백호의 마혈을 짚어 움직이지 못하게 한 후 어깨에 둘러멨다.

이자가 괘씸하긴 하지만 살려서 돌아가야 한다.

이번 일에 대한 책임을 묻고 그 분노를 향할 곳이 필요하기 때문이다.

뭐 엄한 희생양도 아니고, 이자의 잘못으로 인해 벌어진 일이니 그 분노는 이자가 감당해야 할 몫이다.

그렇게 내가 만든 통로를 이용하여 모두 밖으로 빠져나가기 시작했다.

그때였다.

"뭐, 뭐야! 이 자식들이! 지금 무슨 짓을!"

뒤를 돌아보니 녹림들이 동굴 안쪽으로 진입하고 있었다.

관군이 진격하는 것처럼 위장했기에 동굴 안에 있던 이들을 제거하려고 들어오는 것이겠군.

다행히 앞에 쌓아 놓은 돌 때문에 다가오는 속도는 늦었다.

탓! 타앗!

나는 호위무사들에게 전음을 보내고는 곧바로 움직였다.

저들이 살아서 나가면 안 되니까.

서걱!

스윽!

나와 일행들의 무기가 정신없이 휘둘러지며 녹림들을 쓰러트렸다.

개중에서도 가장 눈에 띄는 이는 바로 민 무사.

딱 필요한 움직임만 가져가면서 적들의 목을 베어 놓는 실력은 감탄이 나올 정도였다.

역시 실전에 특화된 무사다웠다.

그렇게 우리는 동굴 내부로 진입한 녹림들을 모두 전멸시켜서 시간을 벌었다.

"서두르세요."

"네."

질서정연하게 모두 동굴 바깥으로 빠져나갔다.

통로를 뚫은 잔해를 치운 후, 미리 준비한 회색의 천으로 통로를 덮고 못을 박아 고정했다.

이 정도면 잠시 눈속임은 될 테지.

나는 현로도가 알려 주는 길을 따라 모두를 인도했고, 무사히 산 아래로 내려왔다.

"은 소단주!"

나를 본 태자가 황급히 달려왔다.

"무사한가?"

"네. 무사합니다. 그럼 안찰사 대인께 신호를 보내 주십시오."

"그러지."

태자가 신호수에게 명을 내리자, 신호수가 효시를 쏘아 올렸다.

삐이이이익!

퇴각을 명하는 효시다.

하지만 이는 혈안검귀와 녹림을 용서한다는 의미가 아니다.

그저 인질을 무사히 구출해야 확실하게 토벌할 수 있기 때문일 뿐.

.

.

.

잠시 후, 안찰사가 이끄는 병력들이 산에서 내려왔다.

"안찰사 대인."

나는 그 앞에 다가가 포권하며 보고했다.

"명하신 대로, 억류되어 있던 이들을 모두 구해 올 수 있었습니다."

"수고했네."

"그리고……."

나는 싸늘한 눈으로, 옆에 포박해 놓은 백호를 보며 말했다.

"이번 일의 원인이 된 자 역시, 대령했습니다."

"정말 고맙네. 저자가 죽어 버렸으면 이 사태를 어찌 수습해야 하나 고민했을 텐데 말이지."

그는 병사들에게 명령했다.
"재갈은 물려져 있으니, 그대로 뇌옥에 가두도록."
"네!"
그리고 내 뒤쪽의, 내가 구출해 온 이들을 보며 말했다.
"고생이 많았네. 이제 안심하시고 몸을 정양토록 하게."
그때 해청신니와 함께 있던 향옥 누님이 나섰다.
"소녀, 아미파의 제자 향옥이라 합니다."
"아! 그대가 질풍선자라 불리는 자로군. 그래, 무슨 일인가?"
"저 녹림을 토벌하는 데 실패한 치욕을 씻을 수 있는 기회를 주십시오."
나는 향옥 누님을 보았다.
분함이 가득한 얼굴.
그러고 보니 누님이 승부욕이 워낙 강해서 지고는 못 살았지.
더군다나 이번 상대는 정파 무림인도 아닌 녹림.
그런 만큼 자존심이 상당히 상했을 것이다.
안찰사는 난감한 표정으로 태자를 보았다.
어찌해야 좋을지를 묻는 눈빛.
향옥 누님의 청을 허락하자니, 다른 이들도 누님과 함께 치욕을 씻겠다고 할 터.
그렇다고 그 청을 거절하자니, 그들의 원망이 어떻게 돌아올지 알 수 없어 난감한 것이다.
안찰사의 눈빛을 받은 태자 역시 난감한 표정을 짓더

니, 나를 바라보았다.

"네? 저, 저요?

지금 저보고 해결하라는 말씀이십니까?

더 이상 떠넘길 사람이…… 없네. 젠장.

나는 속으로 한숨을 내쉬고는 안찰사에게 말했다.

"안찰사 대인. 소상의 의견으로는 향옥 누님의 청을 들어 주심이 좋을 듯합니다."

"그런가?"

"다만, 몇 가지 조건을 거쳐야 합니다."

"그 조건이 무엇인가?"

"첫째로는, 의원이 전투가 불가능하다고 판단한 이는 토벌에 참가해서는 안 됩니다. 둘째로는, 개인의 원한이나 감정에 치우쳐서는 안 됩니다. 만약 그게 앞서게 된다면 이는 토벌에 참여하지 않는 것보다 못한 결과가 나올 것입니다."

"자네 말대로 하지. 혹시 질풍선자 말고도 토벌에 참여하고자 하는 자가 있는가?"

"저도 함께하겠습니다."

"저 역시 참여하겠습니다."

여러 무인들이 나섰다.

이에 안찰사가 부관을 불러 명령했다.

"가서, 의원을 모셔오도록."

"네."

곧 사천당가의 의원이 왔다.

그런데…….
"어? 어르신?"
사천당가의 태상가주셨다.
"오! 이야기 들었네. 억류되어 있던 이들을 구출해 왔다지?"
"예. 운이 좋기도 했고, 많은 분들의 도움이 있었습니다."
"허허, 그리 말할 줄 알았네."
"그런데 이곳에 왜 오신 겁니까?"
"의원을 부른다고 해서 왔네."
그의 명호는 만결의선.
의선이라 불릴 정도로 뛰어난 의원이시니 의원을 찾는다는 말에 오신 건 알겠지만…….
안찰사가 그를 보더니 얼른 그에게 예를 갖춰 인사했다.
"소인 금영이 사천당가의 태상가주님을 뵙습니다."
"오! 금영이, 자네도 여기 있었군!"
"네."
"그래그래."
마치 아이를 귀여워하는 듯한 모습.
새삼 이 사천에서 만결의선 어르신의 위상이 얼마나 대단한지 느낄 수 있었다.
"어르신, 여기 태자 전하이십니다."
"아!"
어르신은 태자 앞에서 예를 갖추었다.
"이 노구가 태자 전하를 뵙습니다."

"사천당가의 전설을 마주하게 되어 영광이네."
태자가 말을 이었다.
"사실, 이곳에 의원을 청한 건 말이지……."
태자의 설명에 만결의선 어르신은 고개를 끄덕이며 승낙했다.
"알겠습니다. 이 노구에게 맡겨 주시지요."
그리고 만결의선 어르신은 향옥 누님과 일행을 향해 말했다.
"몸 상태를 점검받고 싶은 사람은 한 줄로 서게!"
"넵!"
곧 그들은 일사불란하게 한 줄로 섰다. 그리고 어르신은 한 사람 한 사람 살피기 시작했다.
우선 향옥 누님은.
"음…… 자네는 합격."
"감사합니다."
어르신은 맥을 짚어 보지도 않고 그저 전신을 스윽 살펴보고 결론을 내렸다.
"자네는 정양해야 하네."
"어째서입니까? 저 멀쩡합니다."
"왼쪽 팔에 금이 갔네."
"아, 아닙니다."
항변하는 자가 생기면, 손가락으로 아프다고 판단된 부분을 꾹 눌렀다.
"정말 괜찮…… 으갸갸갸갹!"

"쓰읍! 이게 어디서 거짓말이야?"

그렇게 순식간에 수십 명의 사람들을 모두 살펴보셨고, 그 결과 합격한 인원은 누님을 포함해 겨우 열다섯 명.

안찰사가 말했다.

"자네들은, 나를 따르게."

"네."

그때 내가 앞으로 나서며 말했다.

"저희도 별 피해가 없었으니, 토벌에 참여하겠습니다."

"고맙네."

잠시 후.

나는 안찰사와 함께 회의실에 있었다.

혈안검귀가 이끄는 녹림을 토벌하기 위한 회의다.

안찰사의 부관이 앞에 궤도를 펼쳐 놓고 설명을 하기 시작했다.

"혈안검귀는 절정의 무인으로 알려져 있습니다. 이 정도면 현 토벌대의 전력으로 상대하기 어렵지 않으나, 문제는 이자의 능력입니다."

탁!

지시봉으로 궤도를 치며 말했다.

"이전 토벌에 참여했던 이들의 증언에 따르면, 이자의 눈이 붉게 빛나면 갑자기 초절정을 넘어 화경급의 실력을 발휘한다고 합니다."

그 말에 내 뇌리에 뭔가가 떠올랐다.

마무리 〈101〉

일전에 축융궁에 갔을 때 맹현 공자가 먹었던 극무각환.

그걸 먹으면 절정의 무사가 화경급의 실력을 발휘할 수 있게 되지.

설마 혈안검귀도 그걸 먹은 건가?

그리고 마음에 걸리는 또 다른 것이 있으니, 그건 바로 혈안검귀라는 명호다.

그의 명호가 혈안검귀가 된 것은 그의 눈이 붉기 때문이다.

붉은 눈이라는 말에 떠오르는 것이 있다.

이전에 명명상단에서 황민이라는 여자의 눈이 붉게 변했던 것을 본 상단주의 손자, 성유진의 입을 막기 위해 배에서 밀어 죽이려던 것을 정호 형이 구해 준 적이 있었지.

그녀의 능력은 붉은 눈을 통한 섭혼술.

그렇다면 혈안검귀 역시 같은 능력을 가지고 있을 가능성이 있다.

"안찰사 대인, 소상이 하나 말씀드려도 되겠습니까?"

"허가하네."

"이번 토벌에, 제가 선봉에 서겠습니다."

"자네가 말인가?"

잠시 고개를 갸웃한 안찰사가 물었다.

"혹시 자네, 군공에 욕심이라도 있는 것인가?"

"그건 아닙니다."

"그럼 어째서 선봉에 서고자 하는 것인가?"

"혈안검귀가 혹시라도 사술을 쓰는 게 아닌가 하는 의심이 들었기 때문입니다."

"사술?"

"네."

나는 고개를 끄덕였다.

"제가 알기로 사술을 쓰는 자는, 그 눈이 이질적인 색으로 빛난다고 했습니다."

"그런데, 그것과 자네가 선봉을 서는 것에 무슨 상관이 있다는 것인가?"

"그건 제가 천류빙검을 익혔기 때문입니다."

"천류빙검?"

"예. 천류빙검을 익힌 자는 기운이 무척 청명해져 웬만한 사술에 면역이 있습니다. 그렇기에 제가 선봉에 서고자 하는 것입니다."

"그렇군. 그렇다면 자네가 선봉에 서도록 하게."

"성심을 다하겠습니다."

사실, 나는 사서 위험을 무릅쓰는 성격은 결코 아니다.

- 꾸이?

그게 무슨 소리냐고?

지금까지 자신이 봐 온 건 뭐냐고?

금령아. 조용히 해.

그럼에도 이번에 내가 선봉에 나서는 건, 혈안검귀를 통해 정보를 얻을 수 있지 않을까 싶었기 때문이다.

마무리 〈103〉

아무래도 그자 역시 수라혈교의 일원일 것 같으니까.

* * *

사천 북서쪽의 한 산채.

그곳의 채주인 혈안검귀는 상당히 심기가 불편했다.

그가 동굴로 유인해 인질로 억류해 두었던 자들이 싹 다 도망가 버렸기 때문이다.

이로 인해 발생하는 손해가 중요한 게 아니다.

상부의 명령을 제대로 수행하지 못하게 된 게 중요하다.

토벌하러 온 자들을 싹 죽이지 않고 동굴에 억류만 해 둔 이유가 있었다.

상부의 명이 있었기 때문이다.

혈안검귀가 녹림의 채주인 만큼, 그의 위에는 녹왕이 있는 게 맞지만 그에게는 또 다른 상부가 있었다.

별다른 주목을 받지 못하는 평범한 녹림에서 채주가 될 수 있도록 지원해 준 자들.

그들의 정체는 모른다.

그동안 몇 번 지시를 내렸고, 그 지시를 볼 때 별로 좋은 목적으로 자신을 지원한 것이 아님을 짐작할 수 있을 뿐이다.

하지만 상관없다.

자신은 본인의 이익만을 챙기면 되니까.

그런데 이번에 상부는 묘한 명을 내렸다.

"아니, 고작 몇 푼 훔쳤다고 토벌이라니! 이를 어쩌면 좋습니까?"
"걱정하지 마십시오. 이미 이에 대한 대책을 세워 왔으니 말입니다."
"정말입니까?"
"여기에 적힌 대로만 하면 됩니다. 이번에 태자가 온 만큼 그 지휘관으로 현 백호가 나설 터. 그자는 능력이 부족하면서 공명심만 가득한 자이니만큼 쉽게 함정에 빠질 겁니다."

자신을 찾아온 자는 말을 이었다.

"그들을 유인해서 인근의 동굴에 몰아넣으십시오. 그러면 귀 산채의 인원만으로도 그들을 충분히 억류할 수 있을 것입니다."
"그럼 그들을 인질로 하여 돈이나 쌀을 요구하면 되는 것입니까?"
"아닙니다. 요구하실 건 따로 있습니다."

그자는 웃으며 말했다.

"노예와 자치권을 요구하십시오."
"네?"

이에 혈안검귀가 의아한 얼굴로 물었다.

"그걸 들어줄 리가 없지 않습니까?"
"그래서 그걸 요구하라는 것입니다. 저들이 거부할 건

당연한 일."

그자는 비릿하게 웃었다.

"그러면 동굴 안에 가두어 놓은 이들을 죽이십시오."

대체 왜 그런 명령을 내렸는지는 알 수 없지만, 그로서는 들어줄 수밖에 없었다.

자신을 이 위치까지 올려 준 자들이니까.

하여 그들이 요구하는 대로 안찰사에게 서신을 보내는 김에 슬쩍 미곡 삼만 석도 끼워 넣었다.

그런데…….

오늘 갑자기, 요란한 소리를 내면서 안찰사가 이끄는 병사들이 산채로 진격하기 시작한 것이다.

하여 얼른 동굴 안에 가두어 놓은 이들을 죽이라는 명령을 내렸다.

그런데.

"크, 큰일입니다. 동굴 안에 가두어 놓았던 자들이 탈출했습니다."

"뭐라고? 이런 썅!"

곧이어 효시 소리가 들려왔고, 갑자기 퇴각하는 안찰사의 병력을 보며 이를 갈 수밖에 없었다.

그들이 갑자기 요란하게 진격해 온 것이 동굴 안에 있던 자들을 탈출시키기 위한 것임을 알아차렸으니까.

그는 가슴이 답답했다.

이에 대해 상부에 어떻게 보고를 해야 할지 막막했기 때문이다.

그들이 얼마나 무서운 자들인지는 그가 가장 잘 알고 있었다.

고작 절정에 머물러 있던 자신을 무려 화경의 경지로 만들어 준 자들이다.

즉, 그들의 도움이 사라지면 자신은 이전의 모습으로 돌아갈 수도 있다는 의미니까.

그때였다.

"채주님! 채주님!"

부하 중 하나가 다급히 달려 들어왔다.

"무슨 일이냐?"

"이것 좀 보십시오! 화살에 서신이 매여져 있습니다!"

그리고 두 손으로 내미는 화살에는 정말 서신이 매여 있었다.

"그런데 이 화살, 저희가 이전에 협상 내용을 적어 날린 그 화살입니다."

"……."

그는 입술을 깨물고는 그 화살에 매여 있던 서신을 풀어 읽어 보았다.

[혈안검귀는 보아라.

우리 측에서 네놈에게 줄 건 없으니, 냉수 마시고 속

차려라.

 긴 말 하지 않겠다.

 내일 오시(午時:11시~13시) 말(末)까지 투항해라.

 네놈들의 무기 백 개를 장대에 달아 놓음으로 투항임을 확인하겠다.

 투항하지 않는다면, 이후에 벌어질 일에 대해서는 우리를 원망하지 말아라.

 자업자득이니.

 그리고, 이 화살이 우리 측에 있는 것도 재수 없으니 돌려주는 바이다.]

 혈안검귀는 그 서신을 박박 찢어발기며 소리쳤다.

 "으아아아악!"

 백 개의 무기를 장대에 매달아 놓으라는 건, '투항한다고 거짓말을 해서 유인한 후에 돌변하여 공격하는 헛짓거리'를 하지 말라는 것이다.

 즉, 너희가 어떤 비겁한 수를 써도 소용없다고 조롱하는 의미.

 또한 서신의 구절 하나하나가 자신을 열받게 하는 말들이었다.

 "저기, 채주님. 무슨 서신입니까?"

 "뭐라고 적혀 있습니까?"

 하나같이 까막눈인 녹림들은 조심스럽게 물었다.

 혈안검귀는 애써 분노를 가라앉히며 그들을 둘러보았다.

열받는 건 열받는 것이고, 해야 할 일은 해야 할 일이다.
그는 자신을 찾아왔던 이가 했던 말을 떠올렸다.

"이 산채에 너무 오래 계셨죠?"
"……그건 왜?"
"이제 슬슬 큰 세상에 나서실 때가 되었습니다. 이 산채가 토벌대로 인해 위험해지면 제가 말씀드린 안가로 도망치시면 됩니다."

그 말을 상기하며 혈안검귀가 말했다.
"우리를 조롱하는 말이 적혀 있었다."
"네?"
"우리보고 천하의 악질적인 놈들이라는군."
"아니! 우리가 무슨 짓을 했기에 그런 욕을 들어야 합니까?"
"이거 가만히 있으면 안 되겠습니다!"
"저 아래쪽에 임시 막사에 머물고 있다고 들었습니다. 본때를 보여 줍시다!"
"채주님만 계신다면 저희는 두려울 게 없습니다!"
그들의 말을 들으며 혈안검귀는 씨익 웃었다.
"너희가 그리 말한다면, 나 역시 움직여야지."
"채주를 따르겠습니다!"
"따르겠습니다!"

그들을 보며 혈안검귀는 속으로 생각했다.

'하긴, 이곳에서 너무 오래 있었지.'

그들이 말한 대로, 자신은 이제 위명을 떨치기 위해 큰 세상으로 나갈 때가 되었다.

이를 위해서는 자신의 과거를 알고 있는 귀찮은 이들이 사라져야 한다.

인질들이 탈출한 것이 마음에 걸리지만 그 정도는 어찌어찌 지나갈 수 있을 터.

서신에 적힌, 항복을 권유한 기한은 내일 오시 말이다.

하지만 그는 부하들을 둘러보며 말했다.

"이틀 후, 그때가 결전의 날이다."

* * *

나는 막사 안에서 은무검을 천으로 닦았다.

사실 은무검은 갈지 않아도 날카롭게 유지되고, 검날에도 피가 묻지 않는 검이다.

그러니 은무검을 닦을 필요는 없지만, 생각을 정리하기 위한 행동이다.

스윽, 스윽.

간이 침상에 앉아 은무검을 닦으며 계속해서 마음에 걸렸던 것을 생각했다.

그건 혈안검귀가 인질 석방 조건으로 내걸었던 내용에 대한 것이다.

미곡 삼만 석은 이해할 수 있다.

하지만 노예 백 명과 자치권을 요구한 건 이해할 수가 없다.

수십 년 동안 상행을 다니면서 전 제국의 녹림을 만나 본 만큼, 그들에 대해서는 잘 알고 있다고 자부할 수 있다.

그들은 생각보다 눈치가 빠르고 계산적이다.

씨알도 먹히지 않는 건 애초에 요구하지도 않는다.

딱 하나의 경우를 제외하고.

바로 시비를 걸거나 싸울 명분을 만들기 위해서다.

생각해 보자.

저들이 요구한 것을 우리가 받아들이지 않을 건 분명하다.

그러면 우리 측의 방법은 하나뿐.

구출대를 조직해서 동굴에 억류된 이들을 구하는 것.

만약 내가 현로도를 이용해서 동굴에 갇혀 있던 이들을 무사히 탈출시키지 못했다면?

구출대가 동굴에 접근하는 데 성공한다고 해도 동굴 안에 갇혀 있는 이들을 구하지는 못했을 것이다.

그렇다면 이곳의 녹림을 전멸시킨다고 해도 상처뿐인 승리가 된다.

그곳에 억류되어 있던 이들 중에는 사천의 유력 문파 출신이 상당히 많았다.

그런 이들이 녹림 토벌 중에 전멸해 버린다면?

그들의 슬픔은 매우 클 것이고, 그들이 관에 대해 가지는 감정은 결코 좋지 않을 것이다.

이러니저러니 해도 안찰사와 태자의 협력 요청을 받아 나섰고, 백호의 지휘에 따라 작전에 투입되었다가 죽은 것이니 말이다.

게다가 이미 이번 지진으로 인해 청성파가 상당한 피해를 입은 상황인데, 그렇게 또 대규모로 후기지수들을 잃게 되면 사천의 정파 세력 자체가 위축된다.

사천의 정파 무림이 약화되고, 관이나 황실과의 관계도 냉랭해진다면…….

생각도 하기 싫군.

그리고 다시금 확신할 수 있었다.

이건 절대 혈안검귀의 생각이 아니다.

자칫하다가는 산채가 전멸할 수 있는데, 일부러 저런 협상을 요구한다?

말이 안 된다.

분명히 그에게 일종의 '은혜'를 베풀어 준 자의 지시가 틀림없다.

아주 높은 확률로 수라혈교겠지.

그리고 수라혈교에서는 혈안검귀를 꼬드기기 위해서 그에게 반대급부의 뭔가를 제시했을 것이다.

과연 무엇을 제시했을까?

"무슨 생각을 그리하십니까?"

나는 상념에서 깨어나 옆을 보았다.

무기 점검을 마친 서우 무사가 검을 검집에 집어넣고

있었다.

나는 고개를 흔들며 대답했다.

"아…… 그냥 이것저것 생각할 게 많아서요."

"그렇군요. 괜히 제가 방해한 게 아닌가 싶습니다."

"아닙니다. 음, 하나 물어보고 싶은 게 있습니다."

"말씀하십시오."

이미 내 호위무사들은 수라혈교에 대해 알고 있기에 편하게 말을 했다.

"제 짐작으로는 이번 일은 혈안검귀의 단독 행동이 아닙니다. 수라혈교가 배후에서 혈안검귀를 조종했을 가능성이 높습니다."

"또 그들이군요."

"네. 그들은 분명히 혈안검귀의 산채가 토벌될 것을 알면서도 그런 제안을 했을 겁니다. 그렇다면 혈안검귀가 이를 받아들일 만한 반대급부도 제시했을 겁니다."

"그렇겠군요."

"제가 고민 중인 것은 이겁니다. 저들이 과연 혈안검귀에게 제안한 것이 무엇일까요?"

이에 잠시 생각하던 서우 무사가 말했다.

"혈안검귀에 대해서는 일전에 들어 본 적이 있습니다. 사실 그는 이 근방의 산채 중 당돈(糖豚)이라 불리는 자가 이끌던 산채의 녹림도였습니다."

"그러고 보니 전에 들은 기억이 나네요. 단 것을 무척 좋아해서 그리 불렸다죠."

"네. 맞습니다. 그런데 그가 혈안검귀에게 죽고, 혈안검귀가 새로운 채주가 되었습니다."

녹림에는 특이한 규칙이 있다.

부하들 중에서 채주가 되고 싶은 자가 있다면, 그 산채의 채주에게 도전해서 죽여야 한다는 것이다.

그리고 자신이 죽인 채주의 머리를 가지고 녹왕에게 가서, 새로운 채주로 인정을 받으면 된다.

"그리고 주변의 산채를 흡수하고 사람을 모아 지금의 규모에 이른 것입니다."

"그렇군요."

"그리고 제가 몸이 망가지기 전에 운남 쪽에 표행을 갔다가 오랜 인연을 만난 적이 있습니다. 그는 당돈 밑에 있다가 혈안검귀가 새로운 채주가 되자, 도망쳐서 새로운 삶을 살던 자였습니다. 그에게 혈안검귀에 대해 들은 적이 있습니다."

"계속 말씀해 주세요."

"혈안검귀는 명예욕이 매우 강하다고 합니다. 일반적인 녹림과는 궤가 다르지요."

명예욕이 강하다라…….

"특히 명호에 집착한다고 합니다."

하긴, 명호 역시 명예의 한 종류지.

저들이 혈안검귀에게 무엇을 제안했는지 알 것 같았다.

"좋은 말씀 감사합니다. 뭔가 감이 잡히는군요."

"도움이 되어 다행입니다. 사실 그에 대해 들었던 게

있는 것 같았는데, 조금 전에야 떠올라서 말씀드리려고 하던 참이었습니다."

"유용한 정보였습니다. 감사합니다."

나는 말을 이었다.

"그자는 토벌대를 유인하기 위해 자기 아래의 부하들도 희생시킨 자입니다. 그리고 아까 우리가 쏜 화살도 받았겠죠."

"네. 그랬을 겁니다."

"거기에 수라혈교에서 적당한 보상도 제안했습니다. 그렇다면 과연 그자는 어떻게 나올까요?"

내 말에 가만히 우리 대화를 듣고 있던 이필 무사가 대답했다.

"그야 당연히, 도망치겠죠."

"저 역시 그리 생각합니다."

나는 자리에서 일어나며 말했다.

"그럼, 선봉의 역할을 해 볼까요?"

* * *

사위가 깜깜한 한밤중.

혈안검귀는 조용히 처소를 나섰다.

"아! 채주님!"

"어디 가십니까?"

보초를 서고 있던 이들의 물음에 혈안검귀가 싸늘하게

되물었다.

"내가 내 행선지도 말하고 다녀야 하나?"

"헉! 아, 아닙니다!"

"죄송합니다!"

황급히 부복하며 사죄하는 그들의 모습에 혈안검귀는 인자한 표정으로 말했다.

"내가 너무 날카로웠군. 미안하다."

"저희가 주제넘었습니다."

"사실, 나는 저들의 임시 진영에 다녀오려고 한다."

"네?"

"채주님께서 직접 정찰을 하시는 겁니까?"

"그렇다. 이는 위험한 일이고 또 내가 직접 봐야 정확한 작전이 나올 수 있으니까."

"채, 채주님……."

감동한 표정의 보초들에게 혈안검귀가 손을 흔들었다.

"그럼 수고해라."

"네!"

"아, 다른 이들에게 나 봤다는 말은 절대 하지 말고."

그렇게 신신당부를 한 혈안검귀는 산채를 나왔다. 그 모습을 보며 보초를 서는 이들은 살짝 고개를 갸웃했다.

혈안검귀가 등에 짊어지고 있는 커다란 짐 때문이었는데 딱 봐도 무거워 보였다.

하지만 이내 정찰에 필요한 물건이겠거니 생각했다.

한편, 혈안검귀는 피식 웃었다.

'참 잘 속아 넘어가는군.'

지금 그에게 안찰사가 이끄는 토벌대가 있는 임시 막사를 정찰할 생각 따위는 추호도 없었다.

이대로 안가로 향할 생각이다.

등에 짊어지고 있는 짐은 그가 차곡차곡 모아 놓았던 금은보화들이다.

내일 오시 말까지 항복하지 않으면 토벌대가 쳐들어오겠지만, 현재 산채에 남아 있는 자들이 그걸 알 리가 없다.

그러니 산채에 남아 있는 부하들은 아무것도 모른 채 토벌당할 터.

하지만 그들을 구해 줄 생각은 없었다.

'미안하다. 하지만 내 너희들의 희생이 헛되지 않도록 내 위명을 높이도록 하마.'

그는 산을 넘어 안가에 도착했다.

안가는 청소가 깔끔하게 되어 있었고, 한동안 지내는 데 불편할 게 없어 보였다.

"계십니까?"

그때 누군가의 목소리가 들렸다.

"……!"

순간 그는 긴장하며 몸을 굳혔다.

이곳에 자신을 찾아올 사람은 그자들밖에 없으니까.

하지만 분명히 이곳에서 며칠 정도 기다리라고 했으니, 그자들이 벌써 찾아왔을 리는 없다.

하여 그는 조심스럽게 마당을 살펴보려고 했다.

"계십니까?"

계속해서 들리는 목소리.

"안에 계신 것 알고 있습니다. 위에서 보내신 물건이 있어 방문했습니다."

이에 그는 움찔했다. 그건 '위에서 보내신 물건'이라는 말 때문이다.

이에 그는 문을 열고 마당으로 나갔다.

"처음 뵙겠습니다."

어둠 속에서 누군가가 그를 향해 포권을 했다. 고개를 든 그는 웃는 가면을 쓰고 있었다.

하여, 하얀색의 가면만이 뚜렷하게 보였다.

"험험, 자네는 누군가?"

"저에 대한 것은 밝힐 것이 못 됩니다."

"그렇다면 내가 자네를 어찌 믿지?"

"왜 저를 믿으려 하십니까?"

"응?"

"제가 아니라 저를 보내신 분을 믿어야지요."

"……"

그는 자신이 등에 짊어지고 있던 짐에서 뭔가를 꺼내어 내밀었다.

"받으십시오."

"이건 웬 상자인가?"

"저를 보내신 분께서는 준비가 필요하다고 하셨습니다."

"준비?"

"예. 저도 자세히는 모릅니다. 그저 이곳에서 지내는 동안 그것을 드시면서 준비를 하라고만 하셨습니다."

그러면서 상자를 열어 보였다.

그 안에는 여섯 개의 단환이 들어 있었다.

"한 시진에 한 알씩 드십시오."

탁.

상자를 닫은 그는 그것을 내밀었다.

"받으십시오."

혈안검귀는 그것을 받고는 잠시 고민하다가 말했다.

"나를 좀 보지."

"네."

순간, 그의 붉은 눈에서 빛이 흘렀다. 그 빛에 그 남자의 눈빛이 흐려졌다.

"너를 보낸 자. 누구지?"

"그분은, 이름을 밝힐 수 없는 분입니다."

"이 단환이 정말 그자들이 보낸 건가?"

"네."

"믿어도 되나?"

"물론입니다. 그분들은 결코 거짓이 없으신 분입니다. 그분들에게 선택되었다는 건 크나큰 영광입니다."

"그렇군. 이제 정신 차리고, 내가 너에게 섭혼술을 걸었음은 잊어라."

"네."

쿵!

혈안검귀가 발을 구르자, 웃는 가면을 쓴 자의 흐려졌던 눈빛이 다시 돌아왔다.

"어…… 혹시 제가 뭐 실수한 것이라도 있습니까?"

"아니. 없다."

그는 고개를 젓고는 축객령을 내렸다.

"잘 받았으니, 감사하다고 전해 드리도록."

"네."

그렇게 가면을 쓴 자가 돌아갔고, 혈안검귀는 씨익 웃었다.

절정에서 화경으로 만들어 주는 단환을 통해 이룩한 내공은 한계가 있다.

일각 이상 그 힘을 쓰게 되면 몸이 견디지 못하고 붕괴되기 시작하니까.

하여 그자들은 그 보완책을 근시일 내에 제공하겠다고 했다.

자신에게 준 단환.

그건 분명 자신의 불안정한 힘에 대한 보완책이 틀림없었다.

* * *

"후……."

나는 가면을 벗으며 가볍게 숨을 내뱉었다.

"어찌 되었습니까?"

"다행히, 잘 넘어간 것 같습니다."

나는 진유 무사의 말에 대답해 주고는 가면을 비고 안에 넣었다.

그렇다.

나는 방금, 혈안검귀에게 이번에 만결의선 어르신이 만들어 주신 단환을 주고 오는 길이다.

저번에 축융궁에서 극무각환을 먹고 급격하게 강해진 맹현을 내가 막을 수 있었던 데에는 몇 가지 이유가 있다.

첫째는 마침 내가 조사님의 안배를 통해 극빙검을 익혔다는 것.

둘째는 내가 화경의 고수와 겨루어 본 적이 있다는 것.

셋째는 극무각환의 부작용 때문이다.

그로 인해 오랫동안 싸움을 이어 나갈 수 없었기에 나에게 패배한 것이기도 하다.

사실, 이전 삶에서 극무각환이 알려지면서 이에 대한 연구가 진행되었다.

무림맹 차원이 아닌 사천당가 주도의 연구였지만.

내가 알아낸 바로는 그 극무각환의 핵심 재료의 효능을 없애는 영초가 있다. 그리고 그것을 먹으면 극무각환을 먹은 자는 단환을 먹어서 쌓은 내공을 끌어 올리는 데 문제가 생긴다고.

물론, 극무각환을 먹지 않은 이에게는 아무 문제도 없다.

그 영초는 바로 백호령.

이전에 오동산 산채 주변에 널렸던 영초들 중 하나다.

그리고 나는 금령을 통해 아버지에게 백호령을 받아왔고, 만결의선 어르신에게 부탁하여 그것으로 단환을 만든 것이다.

총 여섯 개의 단환.

그중 하나만 먹어도 효과가 충분하지만, 하나만 주면 의심받을 수 있기에 여섯 개를 준비한 것이다.

이미 극무각환을 먹고 급격히 강해진 맹현을 제압한 경험이 있으니 혈안검귀를 제압하지 못할 이유는 없다.

하지만 내가 힘을 덜 들이고, 덜 위험할 수 있는 방법이 있는데 그 방법을 쓰지 않을 이유는 없지.

약을 쓰는 게 비겁하다고 할 수 있겠지만, 내 알 바인가?

까딱하다가는 내가 죽을 수도 있는데, 비겁하고 자시고가 어디 있어?

그리고 비겁한 건 그런 약을 먹어서 편법으로 경지를 올린 혈안검귀가 더 심하지.

여응암 무사가 말했다.

"직접 가셔서 많이 걱정했습니다."

"어쩔 수 없었습니다. 섭혼술을 사용할 가능성이 높았으니 말입니다."

나는 말을 이었다.

"그리고 제 추측대로, 정말 섭혼술을 사용하더군요."

"그게 정말입니까?"

나는 고개를 끄덕였다.

처음 보는 내가 안가에 찾아온 것이 불안했는지, 그는 내게 섭혼술을 걸어서 진실을 캐물었다.

그래서 일부러 섭혼술에 당한 척했다.

내 연기가 제법 괜찮았는지, 그는 내 말을 신뢰했다.

"내일이 기대되네요."

.
.
.

날이 밝았다.

그리고 약속한 오시가 되었다.

예상대로, 우리가 산채에 보낸 서신처럼 장대에 무기를 매달아 놓은 건 단 하나도 없었다.

안찰사 대인은 그 보고를 듣고는 자리에서 일어났다.

"토벌의 시간이 다가왔네."

그 말에 참석한 이들은 눈을 빛냈다.

안찰사 대인은 가장 먼저 나를 불렀다.

"은서호 소단주."

"네."

"자네가 선봉에 선다고 했지."

"맞습니다. 그 전에 드릴 말씀이 있습니다."

내 말에 안찰사 대인이 반문했다.

"할 말이 무엇인가?"

"저는, 산채로 가지 않겠습니다."

"뭐라고?"

내 말에 안찰사는 잠시 멍한 표정을 지었다. 내가 한 말이 이해되지 않았기 때문이겠지.

하지만 이내 정신을 차리곤 노기 띤 음성으로 물었다.

"그게 무슨 말인가! 분명 자네 입으로 자네가 선봉에 선다고 하지 않았나! 그런데 이제 와서 뒤로 뺀다니! 내 자네를 그리 보지 않았는데! 내가 사람 잘못 봤군!"

이에 배석해 있던 태자가 그런 안찰사를 만류했다.

"진정하게. 내가 아는 은 소단주는 일구이언을 하는 사람도 아니고, 겁쟁이도 아닐세. 무언가 이유가 있을 터."

태자는 나를 보며 말했다.

"왜 갑자기 산채에 가지 않겠다는 것인지 이유를 말해 보게나."

"지금 저희가 토벌할 산채에는 혈안검귀가 없기 때문입니다."

"……뭐?"

"혈안검귀가 없다고?"

태자와 안찰사를 비롯해 그 자리에 있는 이들이 깜짝 놀랐다.

"그렇습니다. 아무리 생각해도 혈안검귀의 행보가 이해되지 않아 고민하던 중, 휘하의 호위무사에게서 혈안검귀에 대해 듣게 되었습니다."

나는 말을 이었다.

"그 정보들을 조합하니 혈안검귀가 그 토벌 예고를 듣

고도 산채에 남아 있을 것 같지가 않았습니다. 그래서 어젯밤 산채 근처를 살폈는데, 혈안검귀가 몰래 도망치는 것을 발견했습니다."

"그게 정말인가?"

안찰사는 내게 호통쳤던 것을 잊은 듯 내 말에 집중했다.

"그렇습니다. 그자의 뒤를 미행했고, 어디에 숨어 있는지도 알아냈습니다. 그래서 저와 호위무사들은 따로 움직여 혈안검귀를 제압하겠다는 이야기였습니다."

"허허…… 그랬군."

안찰사는 나에게 사과했다.

"전후 사정도 살피지 않고 자네에게 화를 냈군. 미안하네."

사과할 땐 깔끔하게 사과하는 것을 보니, 괜찮은 사람이군.

사실 저 정도 위치면 아랫사람에게 사과하기 쉽지 않거든.

"괜찮습니다. 제가 사전 설명이 너무 부족했습니다."

"아닐세. 내가 조급했네."

그는 말을 이었다.

"다른 이들을 데려갔다가는 통제가 제대로 되지 않을 수 있으니 자네들끼리만 따로 움직이겠다는 거군."

"그렇습니다."

"알겠네. 별동대를 움직이는 것을 허락하겠네."

그때 향옥 누님이 말했다.

"그렇다면, 그 산채를 토벌함에 있어서 선봉은 제가 맡도록 하겠습니다."

역시 향옥 누님.

기회를 놓치지 않으시는구나.

"그리하도록 하게."

그렇게 별동대 활동을 허락받은 나는 호위무사들과 함께 임시 군영을 떠났다.

.

.

.

잠시 후.

나는 혈안검귀가 머물고 있는 곳에 도착했다.

우리는 그 집을 포위한 채 천천히 포위망을 좁혀 갔다. 혈안검귀의 경지가 경지인 만큼 우리의 접근을 알아차리고 도주할 수도 있기 때문이다.

절정이라는 경지도 결코 낮은 건 아니니까.

그나저나 그가 단환을 먹었을까?

내 추측으로는 하나 이상은 반드시 먹었을 거다.

그때였다.

쾅!

대문이 날아가며 혈안검귀가 모습을 드러냈다.

역시 우리의 접근을 알아차렸군.

"이런! 썅! 네놈들은 또 누구야?"

"어찌할까요?"

"길게 말할 게 있습니까? 칩시다."

내 명령에 따라 호위무사들이 그를 향해 달려들었다.

챙-!

채챙-!

그는 몇 번 공격을 막아 내긴 했지만, 금세 수세에 몰렸다.

그럴 수밖에 없는 게 나와 진유 무사가 초절정이기 때문이다.

"크윽!"

혈안검귀는 뒤로 쭈욱 밀려나며 신음을 토해냈고, 이내 우리를 도발했다.

"이거 너무 비겁한 것 아닌가? 나는 혼자인데 그쪽은 다섯 명이나 되고?"

"죽고 사는 문제에 비겁한 게 어디 있습니까?"

나는 그리 대꾸하며 그를 향해 검을 휘둘렀다.

서걱!

내 검이 그의 팔을 스치며 상처를 냈다.

"큭! 안 되겠군. 네놈들에게 이번에 새로 얻은 힘의 위력을 보여 주마!"

그는 그리 말하며 검을 바로 세웠다.

하지만 곧 그의 눈빛이 흔들렸다.

"왜요? 내공이 잘 안 움직이나요?"

"……!"

마무리 〈127〉

그의 얼굴에 떠오른 감정은 경악이다.

"네놈들! 나에게 무슨 짓을 한 것이냐?"

"글쎄요?"

나는 시치미를 뗐다.

이렇게 쉽게 말해 준다면 비밀이 아니지.

아무리 우리가 제압할 자라곤 해도 굳이 설명해 줄 이유도 없고.

"뭐 상한 거라도 먹었나 봅니다?"

"젠장!"

그는 욕설을 내뱉으며 내 검을 힘겹게 막아 냈다.

그때 그의 눈동자가 붉은색으로 변했다.

예상대로군.

화경의 힘을 쓸 수 없으니, 비장인 수인 섭혼술을 사용하려는 것이다.

나는 즉시 태음빙해신공의 기운을 뿜어냈다.

저 섭혼술에 내 호위무사들이 당하면 곤란하니까.

내가 내 호위무사들만 이끌고 온 이유 중에 하나가 저 섭혼술 때문이다.

섭혼술에 당해서 아군이 우리를 공격하게 되면 그것만큼 골치 아픈 일도 없다.

그리고 호위무사들에게 외쳤다.

"지금 당장 뒤로 물러나세요!"

내 명령에도 명종 무사와 창운 무사는 바로 뒤로 물러나지 않고 머뭇거렸다.

이를 발견한 서우 무사와 진유 무사가 두 사람의 목덜미를 잡고 뒤로 물러났다.
"형님!"
"어째서 물러나야 합니까?"
　그들의 반발에 서우 무사가 단호하게 대답했다.
"주군의 명령에 따르지 않을 생각이더냐?"
"하지만 저희는 호위무사입니다! 주군을 두고 물러날 순 없습니다!"
"나 역시 같은 생각이다. 하지만 지금은 우리가 주군에게 방해가 될 수 있는 특수한 상황이니 주군을 믿고 기다려야 한다."
　그렇게 호위무사들이 뒤로 물러나 나와 혈안검귀를 넓게 포위했다.
　나는 기운을 끌어 올려 혈안검귀를 몰아쳤다.
　그가 극무각환의 힘을 쓰지 못하는 이상, 그와 나의 실력 차이는 현격하다.
　그렇게 그를 제압하기 직전.
　슈욱!
　나를 향해 날아오는 무언가를 느꼈고, 얼른 검을 휘둘러 그것을 쳐냈다.
　챙-!
　돌아보니, 복면을 쓴 흑의인이 우리를 보고 있었다.
　아무것도 눈치채지 못했는데……?
　그렇다면 답은 하나뿐이다.

나보다도 경지가 높은 존재라는 것.

그리고 그에게서는 짙은 혈향이 섞인 흑도의 기운이 느껴졌다.

그건 그가 절대 아군이 아님을 증명했다.

"사, 살았다!"

혈안검귀가 반색하며 말했다.

"저를 구하려 오셨군요!"

나는 미간을 찌푸리며 물었다.

"혈안검귀를 구하러 온 겁니까?"

내 물음에 그는 웃음을 터뜨렸다.

"하하하."

가벼운 웃음소리. 하지만 그 웃음소리에 담긴 기운은 공간을 짓눌렀다.

검을 잡은 손에 힘이 들어갔고, 입술에서 피가 배어 나왔다.

다른 호위무사들은 진유 무사를 제외하고는 제대로 서 있기도 힘든 기색이 역력했다.

저자는 진짜 화경의 무사다.

극무각환 같은 것으로 만든 가짜 화경이 아니라 진짜 화경.

긴장되는 순간.

그의 손에서 단검이 쏘아졌다.

이에 나는 검을 내밀어 그 단검을 막으려 했다. 하지만······.

까앙!

오히려 내 검이 튕겨져 나갔고, 그 단검은 그대로 혈안검귀의 가슴에 박혔다.

푹!

이것이 웃음소리의 의미였다.

"어…… 어째서……."

믿기지 않는다는 표정으로 자신의 가슴에 박힌 단검을 바라본 혈안검귀는 그대로 뒤로 넘어갔다.

"처음부터 혈안검귀를 이용할 생각이었군요."

그는 대답하지 않고 나를 바라보더니, 눈 깜짝할 사이에 내 앞에 나타났다.

나는 본능적으로 그를 향해 검을 휘둘렀다.

깡!

"감이 좋군."

"큭!"

반사적으로 검을 들지 않았다면, 진짜 죽을 뻔했다.

그의 검을 막는 것만으로도 벅찼지만, 포기할 수는 없었다.

버티지 못하면 죽는 것이니까.

"나보다 약한 주제에 내 검을 막다니…… 재밌는 놈이군."

탓!

그는 뒤로 물러났고, 검을 집어넣으며 말했다.

"생각이 바뀌었다. 오늘 여기서 네놈의 목숨을 거두지

않겠다."

"무슨 의미입니까?"

"네놈은 나중에 다시 만날 것 같은 예감이 든단 말이지. 그때가 되면 지금보다 강해질 터. 그때 네놈의 목숨을 거두어 주지."

"어째서입니까?"

"나는 재미없는 싸움은 싫어하거든."

"그러면 저자는 왜 죽인 겁니까?"

"그건 명령."

그의 눈매가 희어졌다.

복면을 쓰고 있어 눈밖에 보이지 않았음에도 그의 미소가 보이는 것 같아 소름이 끼쳤다.

"하지만 그냥 물러나기에는 좀 그래서 말이지. 이건 선물이다."

순간, 아까와 똑같은 단검이 쏘아졌다.

그 단검이 향하는 곳은 내가 아니라 호위무사들이 있는 곳.

피해야 했지만, 그의 기세 때문에 호위무사들은 제대로 움직이지 못하는 상태였다.

제대로 움직일 수 있는 이는 오직 나뿐이다.

"젠자아앙!"

나는 땅을 박차고 몸을 날렸다.

늦었나?

그때였다.

퍽!

갑자기 무언가가 나타나 그 단검을 막아 냈다.

바, 방패?

아니 왜 갑자기 방패가…….

뭔지 모르겠지만 그 덕분에 단검에 담긴 힘은 약해졌고, 덕분에 나는 그것을 늦지 않게 쳐낼 수 있었다.

나는 가슴을 쓸어내리며 뒤를 돌아보았다.

"후우……."

이미 복면을 쓴 흑의인은 사라진 상태였다.

내가 그를 뒤쫓는 것을 방지하기 위해 호위무사들에게 단검을 던진 것이 틀림없다.

"도련님! 괜찮으십니까요?"

"어? 팔갑아? 네가 왜 여기에 있어?"

나는 깜짝 놀랄 수밖에 없었다.

분명히 서향 소저를 지켜 달라고 부탁하면서 청성파에 놔두고 왔는데, 왜 여기에 있는 거지?

"곽 부관님께서 보내셨습니다요. 복면을 쓴 자가 도망치면서 단검을 던질 텐데, 그 단검이 호위무사님들에게 향할 것이고 그것을 막다가 도련님이 다치실 거라고요."

팔갑이 코를 슥 문지르며 말했다.

"그래서 가장 단단하다는 방패를 구해 와서 미리 숨어 있었습니다요."

"그랬구나."

서향 소저에게 감사하다고 해야겠네.

그나저나…… 그러면 저 화경의 고수조차 팔갑의 존재를 알아차리지 못했다는 거잖아?

　살왕의 재능이라는 건 정말로 대단한 거였구나.

　"주군. 괜찮으십니까?"

　"저희가 부족하여…… 주군을 곤란에 처하게 했습니다."

　그들의 말에 나는 손을 저으며 말했다.

　"괜찮습니다. 실력이 부족해서 죽을 뻔한 건 저도 마찬가지니까요."

　나는 후들거리는 다리를 진정시키며 혈안검귀에게 다가갔다.

　이미 늦었군.

　치명상인 데다가 출혈도 꽤나 심각하다.

　금령의 침으로도 안 될 수준.

　"이봐요. 혈안검귀."

　"끄, 끄윽……."

　"믿지 말아야 할 자를 믿은 결과가 이렇네요. 억울하시죠? 제가 그 원수를 조금은 갚아 줄 수 있는데, 어떻게 정보 좀 제공해 주시죠."

　나는 말을 이었다.

　"이번에 동굴에 토벌대를 가둔 것. 대체 목적이 뭡니까? 그리고 그 되지도 않는 협상 조건은 뭐고요?"

　"내, 내가 한 거 아니…… 저들이 시킨……."

　역시나 그의 뜻이 아니라 저들의 지시를 받은 것이군.

　"이, 이유는, 나도 모, 모, 모르……."

역시 이유는 알려 주지 않았군.

그는 곧 숨을 거두었다.

그런데 그가 죽는 순간, 짙은 혈향이 섞인 흑도의 기운이 사라졌다.

그러고 보니 이전에 명명상단의 황민이라는 여자가 죽었을 때도 이렇게 기운이 완전히 사라졌었지.

그녀와 이자의 공통점은 섭혼술을 익혔다는 것.

그렇다면 섭혼술에 무슨 비밀이 있는 건가?

일단 이에 대해서는 알아볼 필요가 있겠군.

"도련님. 이 단검은 어찌할까요?"

"단검?"

"네."

팔갑이 가리킨 것은 바닥에 떨어져 있는 단검.

아까 내가 쳐낸 단검이다.

그 단검의 검신에는 뱀 한 마리가 새겨져 있었다.

"일사검!"

그걸 본 진유 무사가 외쳤다.

"일사검(一蛇劍)이라니? 혹시 아시는 자입니까?"

"네."

진유 무사는 고개를 끄덕였다.

"일전에 조사했던 자들 중 하나입니다. 뱀 한 마리가 새겨진 무기를 사용하는 자로, 화경의 고수입니다. 그는 오직 흥미로만 의뢰를 받는 살수로 상당히 위험한 자입니다."

"그랬군요."
"일사검을 마주하고도 목숨이 붙어 있다니! 천운입니다."
"후, 정말 그렇군요."
나는 한숨을 내쉬며 손을 내려다보았다.
손바닥이 찢어져 피가 흐르고 있었다.
이 고통조차 느끼지 못할 만큼 긴장했다는 증거다.
이대로 죽었다면, 나는 억울하여 눈도 제대로 감지 못했을 거다.
그나저나 아무 소득이 없다고 생각했는데, 일사검이라는 자가 수라혈교 쪽 인물이라는 정보를 얻게 되었다.
이것도 소득이라고 생각해야겠지.
"그럼, 이제 돌아갑시다."
"네."

.

.

.

잠시 후.
임시 군영으로 돌아와 잠시 숨을 돌리고 있을 때, 토벌대가 돌아왔다.
그들은 굴비 엮듯이 녹림들을 포승줄에 묶어서 데리고 왔다.
싸울 의지를 완전히 상실한 모습이다.
나는 향옥 누님을 보자마자 반갑게 달려갔다.
"향옥 누님!"

"서호야! 무사했구나!"
"네."
나는 녹림들을 일별하며 말했다.
"어찌 된 겁니까?"
"아……."
향옥 누님이 상황을 설명했다.
"갑자기 냉수라도 맞은 듯이 화들짝 놀라면서 숨을 몰아쉬더니 바닥에 엎드려 싹싹 빌더라고. 살려 달라고."
"아…… 그랬군요."
혈안검귀가 섭혼술을 걸어 두고 갔는데, 그가 죽으면서 그게 깨진 모양이다.
"너는 어찌 되었어? 표정이 별로 좋지 않은데 혹시 놓친 거니?"
"아닙니다."
나는 고개를 저었다.
"그의 목을 베었고, 그 수급을 가져왔습니다."
"다행이네. 표정이 안 좋아서 걱정했잖아."
"오늘 좀 무리했는지 힘들어서 그렇습니다."
"그럴 만도 하지."
"안찰사 대인은 어디 계십니까?"
"저기에 계셔."
나는 안찰사에게 다가가 상황을 보고했다.
그는 만족스러운 얼굴로 나를 치하했다.
이렇게 대규모 녹림 토벌은 마무리되었다.

지진으로 인한 복구도 거의 끝나 가니, 이제는 슬슬 북경으로 돌아가야겠군.

거기서 일을 처리하고 상행을 위해 또 남경으로 가야 하니까.

나는 오늘 만났던 일사검이라는 자를 떠올렸다. 그에게 목숨을 구원받은 것에 대해 다른 이들은 자존심이 상하겠지만 나는 아니다.

오히려 투지가 불타올랐다.

각오하는 게 좋을 겁니다.

다음에 만나면 수단과 방법을 가리지 않고 이길 테니 말입니다.

.
.
.

나는 우선 청성파로 돌아왔다.

그곳에 있는 서향 소저와 은해상단 일행, 그리고 창인 표국의 이들을 데리러 가야 했으니까.

"소단주님!"

청성파에 도착한 나를 가장 먼저 맞아 준 이는 서향 소저였다.

"곽 부관님. 제가 올 줄 아셨군요."

"네."

그녀는 고개를 끄덕였다.

"몸은 좀 괜찮으신가요? 걱정 많이 했어요."

"저는 괜찮습니다."

나는 내 가슴을 톡톡 두들기며 말했다.

"덕분에 무사합니다."

"다행이에요. 정말."

서향 소저는 안도의 한숨을 내쉬며 눈시울을 붉혔다.

하긴 그 장면을 보고 얼마나 마음을 졸였을까!

그런 생각이 드니 미안해졌다.

"죄송합니다."

"아뇨. 그리 사과하실 일은 아니에요. 하셔야 할 일을 하시느라 위험에 처하신 거잖아요."

그녀는 고개를 저으며 말을 이었다.

"제가 도움이 되어서 얼마나 다행인지 몰라요."

나는 그녀를 품에 안고 등을 토닥여 주었다.

"그런데 팔갑아, 그 표정 뭐냐?"

"도련님께서 이렇게 다정한 모습이라니! 크! 마님께서 보셨으면 감동하셨을 겁니다요."

"흠흠."

.

.

.

그사이 내가 혈안검귀를 잡았다는 영웅담이 청성파에 순식간에 퍼져 나갔다.

"오오! 저분이 그 선협미랑이시구나!"

"정말 잘생기셨네."

"그 혈안검귀를 잡았다지?"

"그것도 선봉에 서셨다는데, 크! 정말이지 영웅은 영웅이야!"

가는 곳마다 나를 선망 어린 눈으로 바라보다 보니 좀 부담스러웠다.

그리고 내 명호는 여전히 선협미랑이다.

후, 도저히 바뀌지를 않네.

"그런데 성보왕 전하께서는?"

"도련님께서 떠나시고 이틀 뒤에 포정사 대인께서 부르셔서 가셨습니다요."

"뭔가 일이 있나 보군."

아마도 왕부를 설치하는 일에 대한 논의일 거다.

이제 청성파는 어느 정도 수습이 되었다.

당가의 지원이 계속해서 오고 있고, 우리 은해상단의 건상도 곧 도착할 터.

남은 일은 그들의 몫이다.

이곳에 더 있다가는 내 손발이 오그라들어 사라질 것 같기도 하고.

나는 청성파 장문인께 인사를 드리고 곧바로 성도로 향했다.

.

.

.

"우리 서호 왔구나!"

내가 사천지부에 도착하니, 숙부님께서 반갑게 나를 맞아 주셨다.

"소식 들었다. 네가 향옥이를 구해 주었다고. 이 은혜를 어찌 갚아야 할지……."

"은혜라니요? 당치도 않습니다."

나는 손을 저었다.

"저희가 남입니까? 향옥 누님 역시 같은 할아버지를 둔 사이인데 어찌 나서지 않을 수 있겠습니까? 오히려 제가 향옥 누님을 구할 수 있어서 얼마나 다행인지 모릅니다."

나는 포권하며 말했다.

"일전에 제가 너무 매정하게 굴었던 점, 사과드립니다."

"아니다, 아니야."

숙부님이 내 어깨를 토닥이며 말했다.

"오히려 네가 그리 냉정하게 말해 줘서 나도 정신을 차릴 수 있었다. 고맙구나."

나는 머리를 긁적였다.

"향옥 누님은 곧바로 아미파로 갔습니다. 조만간 집에 들른다고 했습니다."

"그렇구나. 어서 안으로 들어오너라."

나는 처소로 향했고, 팔갑의 도움을 받아 오랜만에 따뜻한 물로 씻고 침상에 누웠다.

털썩.

"아…… 좋다."

그러고 보니, 이번에 내가 발견한 온천이 생각나네.

정확히는 금령이가 발견한 온천이긴 하지만.

업무 관련된 일은 이따가 알아보고…… 일단 비고부터 살펴봐야겠군.

나는 몸을 일으켜 비고를 열고 안으로 들어갔다.

안에는 내가 그동안 차곡차곡 모아 놓은 것들이 잘 정리되어 있었다.

일전에 서향 소저의 도움을 받아 정리했지.

바닥에는 정리되지 않은 자루 하나가 있었다.

이번에 혈안검귀가 있던 안가를 수색하다가 발견해서 넣어 둔 것이다.

자루를 열어 보니 금자와 은자를 비롯해 금은보화가 가득 들어 있었다.

아마 이 중에 일부는 이번 지진을 틈타서 주변 민가를 턴 것일 테지. 그리고 나머지는 그간 받은 통행료를 모아 둔 것이겠고.

나는 이번 민가의 예상 피해액만큼을 적당히 빼내서 다른 자루에 담았다.

그건 돌려줘야 하니까.

그리고 남은 재물을 반으로 나누었다.

"금령아. 나와 봐."

"꾸이?"

금령이 내 소매 안에서 고개를 내밀더니, 바닥에 펼쳐진 금은을 보며 눈을 반짝거렸다.

"꾸! 꾸이이잇!"

"자, 여기 네 몫이야."

나는 그 돈의 반을 가리키며 말했다.

"꾸? 꾸잇?"

"정말이냐고? 그럼, 정말이지. 나는 돈 가지고 장난은 안 친다고."

"꾸이이잇!"

금령은 내 대답을 듣기 무섭게 금은 무더기로 폴짝 뛰어내렸고, 그 안에서 파닥파닥 헤엄을 쳤다.

찰랑찰랑.

돈이 부딪치는 소리가 들렸다.

짜식, 엄청 좋나 보네.

금령이는 이만한 대가를 받을 자격이 있다.

이번에 좋은 온천을 알려 준 것도 있지만, 무엇보다 현로도에 대해 말해 주지 않았다면 향옥 누님을 구출하지 못할 뻔했으니까.

금자 오십 냥이 넘을 정도로 많은 돈을 한 번에 주면 버릇이 나빠질까 걱정할 수도 있지만, 금령이는 그럴 녀석이 아니다.

그동안 먹은 금자와 은자가 엄청 많음에도, 아직도 은자 하나까지 철저하게 받아 내는 녀석이니까.

그만큼 그 돈의 가치를 제대로 알고 있다는 뜻이다.

"아! 그런데 금령아."

"꾸이?"

"이거 한 번에 다 먹을 생각은 아니지?"

"꾸이? 꾸?"

응? 누굴 돼지로 아냐고?

너 돼지 맞잖아…….

아참! 그냥 돼지가 아니라 한호수지? 착각할 뻔했군.

.

.

.

그날 밤.

나는 푹 쉬고 저녁까지 먹은 후 숙부님의 집무실로 향했다.

"어서 오너라. 저녁은 잘 먹었느냐?"

"네. 호북식이라서 맛있게 잘 먹었습니다."

"하하하. 내가 호북에서 숙수를 데리고 온 보람이 있구나. 어서 앉거라."

내가 다탁에 앉자, 숙부님께서 직접 차를 우려서 따라 주셨다.

"차가 참 맛있습니다."

"그래야지. 나 역시 아버지께 엄격하게 교육을 받았으니까."

하긴. 조부님께서 차에 진심이셨으니까.

나는 차를 한 모금 마시고 입을 열었다.

"이번에 제가 발견한 온천에 이름을 붙이셨다고 들었습니다."

"그래. 편의상 사람들이 은해상단 온천이라 부르고 있

긴 하지만, 아무래도 제대로 된 이름이 있는 게 좋을 듯해서 말이지."

"맞는 말씀입니다."

이에 대해 아버지께 의견을 구했는데, 아버지께서는 사천에 있는 것이니 숙부님이 알아서 하라고 하셨다.

"이름은 만안천이라고 지었다."

"편안함을 채우는 온천이라…… 좋은 이름입니다. 그나저나 반응은 어떻습니까?"

"말해 뭘 하겠느냐? 아주 뜨겁지."

"좋군요!"

숙부님께서 흐뭇한 미소를 지으며 설명을 덧붙였다.

"그래서 온천 근처의 땅도 매입했다. 그곳에 객잔을 지을 생각이다."

"객잔을요?"

내 물음에 숙부님이 고개를 끄덕였다.

"온천의 효능이 효능인 만큼, 워낙 유명하다 보니 먼 곳에서 와서 며칠씩 온천을 즐기고 싶어 하는 이들이 있으니 말이다."

그 말이 틀린 건 아닌데…….

나는 잠시 고민하다가 반대 의견을 냈다.

"숙부님, 저는 생각이 조금 다릅니다. 객잔을 짓지 마시고, 온천 시설에 조금 더 공을 들이셨으면 합니다."

"온천의 시설에 공을 들이는 거야 당연한 일이다만, 그러면 숙박은 어떻게 할 생각이냐?"

"원래 있는 인근의 객잔에 묵게 하면 됩니다."

내가 그렇게 생각한 이유를 차근차근 설명했다.

"만안천은 사천의 백성들에게 호감을 쌓은 채 시작했습니다. 그런데 객잔을 지어서 고급화가 된다면 그게 허사가 되고 맙니다. 기존의 다른 온천들처럼 말입니다."

"그건 그렇지."

숙부님이 고개를 끄덕였다.

아무래도 온천 주변에 지어진 객잔들은 다른 객잔에 비해 가격이 꽤나 비싸다.

더 많은 수익을 위해 고급화를 하다 보니 일반 백성들의 접근이 매우 어렵기도 하고.

"저는 만안천이 모든 이들이 이용할 수 있는 곳이 되었으면 합니다."

"네 말도 옳지만, 그리되면 고위층들이 오지 않을 것이다. 그러면 온천의 운영에도 문제가 생길 것이고."

"그래서 온천의 시설에 공을 들이시라고 말씀드린 것입니다. 그들을 위해 단독으로 사용할 수 있는 개인 온천을 여러 개 만드십시오."

"그것도 좋은 생각이구나. 하지만 그렇다고 해서 문제가 다 해결되는 것은 아니다."

"알고 있습니다. 만안천과 인근 객잔의 거리가 멀다는 것 아닙니까?"

"그래, 그것은 어찌 해결할 생각이더냐?"

"인근 객잔과 온천을 잇는 순환마차를 운용하시면 됩

니다."

"순환마차?"

"네."

나는 고개를 끄덕였다.

"갑 객잔, 을 객잔, 병 객잔, 정 객잔, 이렇게 순환하여 온천까지 가는 마차를 운용한다면 이용객들은 불편함 없이 온천을 이용할 수 있습니다."

"좋은 생각이다. 그러면 거리로 인한 불편은 크게 없겠구나."

"그렇습니다. 그렇게 하면 손님들의 인근 객잔 숙박으로 인한 비용 부담도 줄어들 겁니다."

"그렇겠지. 그리고…… 잘하면 객잔에서 오히려 순환마차 운영비를 지원하겠다고 나설 수도 있겠구나."

역시 숙부님이시다.

사실 모든 객잔에 만안천으로 가는 순환마차가 들를 필요는 없다.

몇 군데만 들르면 된다.

그리되면 어느 객잔에 순환마차가 들르는지가 중요해지게 되니, 운영비를 지원해서라도 자신들의 객잔에 들러 주길 원하게 되겠지.

"우리 입장에서도 객잔을 짓는 것보다 부담이 적겠구나. 아무래도 온천 근처에 객잔을 짓고 운영하기 위해서는 비용도 많이 들고, 신경 쓸 것도 많은데 이를 기존의 객잔이 대신해 주니 말이다."

"맞습니다."

"확실히 서호 네 상재는 정말 대단하구나. 이런 기발한 생각을 해내다니!"

숙부님이 나에게 넌지시 물으셨다.

"그런데 어찌하여 상단주 자리에는 관심이 없는 것이냐? 너와 진호가 상단주 경합에서 물러났다는 것을 들었다."

숙부님의 표정에는 아쉬움과 의아함이 드러났다.

내가 상단주가 되기를 바라는 마음이 느껴졌지만, 그 마음만 감사히 받아야지.

"맞습니다. 차기 상단주는 정호 형입니다. 저와 진호 형은 그런 정호 형을 보필하기로 결정했습니다."

"그래, 듣기는 했지만 아쉬워서 그렇다. 이렇게나 상재가 넘치는데 말이지."

"숙부님, 저는 단지 상재가 뛰어나다고 해서 좋은 상단주가 될 수 있는 건 아니라고 생각합니다."

나는 웃으며 말을 이었다.

"상단주는 모두에게 미래의 희망을 제시할 수 있어야 합니다. 그리고 그 어떤 고난이 닥쳐와도 흔들리지 않고 굳건히 모두를 이끌 수 있어야 합니다. 그리고 모든 사람을 공정하게 대하고, 필요하다면 앞에 나서서 희생할 수도 있어야 하고요."

"그게 정호라는 거구나."

"그렇습니다."

"하지만, 너 역시 그런 능력이 없는 게 아니지 않으냐?"

나는 멋쩍게 웃으며 귀밑을 긁적였다.

"사실대로 말씀드리자면, 저는 무게 잡고 앉아 있는 건 좀 질색이라서……."

"하하하하!"

내 말에 숙부님이 크게 웃으셨다.

"그래! 하긴, 그렇지. 상단주가 되면 무게 잡고 앉아 있는 것이 일상이지!"

"저는 이렇게 온 제국을 돌아다니는 것이 좋습니다. 아마도 역마살이 꼈나 봅니다. 하하하."

"그래, 네 생각은 잘 알겠다."

숙부님은 고개를 끄덕였다.

"이렇게 일찌감치 정리를 해 주니, 고맙구나."

아무래도 어느 조직이든 간에 후계자 싸움이 격화되면 매우 피곤해진다.

그 조직이 혼란스러워지는 것은 물론이고, 세력이 약화될 수도 있다.

그 틈을 경쟁 상대들이 그냥 보고 있을 리가 없지.

그러니 깔끔하게 후대로 넘어갈 수 있게 해 줘서 고맙다는 말씀이시겠지.

이번에 내게 후계자 건을 다시 말씀하신 이유도, 본인이 한 번 더 확인하고 싶어 하셨던 것일 거다.

"아, 숙부님. 이제 곧 건상이 성도에 도착할 겁니다."

"네가 말했던 건상 말이냐?"

"네."

나는 숙부님께 이에 대해 말씀드렸다.

"청성파의 건물들을 짓는 것에 대해 감독을 부탁드립니다."

"알겠다. 이거 한동안 바쁘겠구나."

"그리고 청성파에서 재건을 끝내고, 표지석에 새길 글귀의 검수를 요청해 올 텐데 이 역시도 잘 부탁드립니다."

"걱정하지 말거라."

"그리고 저는 이번에 태자 전하와 성보왕 전하께서 북경으로 돌아가실 때 저 역시 함께 북경으로 갈 생각입니다."

"그래. 고생했다. 이번에 네 덕분에 우리 은해상단의 이름이 사천에서 제법 널리 퍼졌단다."

.

.

.

다음 날.

나는 새벽같이 만안천으로 향했다.

북경으로 가기 전에 만안천을 살피기 위해서다.

새벽이라기에는 살짝 이른 시간이었기에 아직 주변은 어두웠다.

하지만 나에게는 야명주가 있지.

덕분에 편하게 온천으로 향할 수 있었다.

퐁퐁퐁퐁.

온천에 가까이 다가갈수록 물이 솟아오르는 소리가 들

려왔고, 김이 모락모락 피어오르는 게 보였다.

"이왕 이렇게 온 김에, 잠시 몸을 담고 갈까요?"

내 제안에 호위무사들은 거절하지 않았다.

그렇게 우리는 겉옷을 벗고 온천 안으로 들어갔다.

"후, 좋네요."

"정말 좋습니다. 게다가 내공이 회복되기까지 한다니! 정말 영약천이 따로 없습니다."

"그러게 말입니다."

그때 서우 무사가 말을 이었다.

"저번에 다시금 깨달았습니다. 나름 절정의 경지에 올랐지만, 그대로 안주해서는 주군을 지킬 수 없다는 것을 말입니다."

아…… 일사검을 만났을 때를 말하는 거군.

하긴, 그때 정말 죽을 뻔했지.

그 말에 모두가 고개를 끄덕였다.

"다시는 주군께서 위험해지지 않도록…… 더 노력하겠습니다."

나 역시 말했다.

"저도 노력할 생각입니다. 제 목표를 이루기 위해서는 더 높은 경지가 필요하다는 것을 깨달았거든요."

하마터면 복수를 하지도, 은해상단을 천하제일 상단으로 만들지도 못하고 죽을 뻔했으니까.

그때였다.

"꾸이!"

온천 안에서 파닥파닥 헤엄을 치던 금령이의 꼬리가 파닥파닥 움직이더니 어디론가 쏜살같이 달려갔다.

그리고 잠시 후.

다시 나타난 금령이의 입에는 뭔가가 물려 있었다.

"어? 이건?"

나는 그것을 받았고, 놀란 눈으로 말했다.

"강녕초잖아?"

"꾸이!"

응? 선물이라고? 이번에 돈 많이 줘서 고맙다고 주는 거라고?

이 강녕초는 달여서 한 잔만 마셔도 수명이 늘어나는 효능이 있는 영초다.

사실, 조부님과 귀면포 어르신이 걱정되던 참인데 잘 되었네.

그나저나 금령이 이 녀석……. 고단수네?

145장. 태자의 조언자

태자의 조언자

이틀 후.

드디어 북경으로 돌아갈 날이 되었다.

"황제 폐하 만세!"

"태자 전하 천세!"

"성보왕 전하! 저희 사천에 다시 오시기를 고대하겠습니다!"

성도의 백성들이 모여 황제와 태자, 그리고 성보왕을 연호했다.

황제 폐하. 기뻐하십시오.

이 사천에서 황제 폐하의 악명은 지워지고, 오직 칭송만이 가득합니다.

이제 만족하십니까?

그런데, 문제는 그 연호 속에 내 이름도 들린다는 것이다.

"진정한 영웅! 선협미랑 대협!"
"와아아아아!"
이에 얼굴이 화끈거렸다.
전부 나와 은해상단의 이득을 위해서 한 일인데, 영웅이라니.
으…… 제발 멈춰 줘.
그런 나를 보며 팔갑이 말했다.
"이제야 확실히, 도련님의 약점이 뭔지 알 것 같습니다요."
"내 약점이 뭔데?"
"칭송을 들으면 괴로워하신다는 겁니다요."
진유 무사가 웃으며 그 말을 받았다.
"이것 참 난감하군요. 칭송을 듣고 싶지 않아 하시는데, 하시는 일이 다 칭송받을 일이니 말입니다."
"칭송에 익숙해져 보는 건 어떻습니까?"
명종 무사의 말에 나는 한숨을 내쉬었다.
"왠지 칭송이라는 것에 익숙해지고 싶어도 익숙해지지 않습니다."
그게 문제다.
그렇게 나 혼자 괴로워하는 시간이 간신히 지나갔고, 우리는 성도를 떠날 수 있었다.

그날 저녁.
인근에 이 정도 인원을 수용할 객잔이 없었기에 길가에

서 노숙을 하기로 했다.

 병사들이 일사불란하게 막사를 설치했다.

 막사가 완성되자, 병사 중 하나가 내게 와서 태자의 말을 전했다.

 "저녁을 드시러 오라고 하셨습니다."

 "알겠습니다."

 나는 곧장 태자의 막사로 향했고, 나를 본 시위가 막사 안에 고했다.

 "태자 전하. 은 소단주께서 오셨습니다."

 "어서 들라 하게."

 "네."

 시위가 막사의 문으로 쓰이는 천을 걷어 내가 들어갈 수 있게 해 주었다.

 "소상이 태자 전하와 성보왕 전하를 뵙습니다."

 나는 태자와 성보왕에게 예를 올렸고, 그들은 내 인사를 받아 주었다.

 "이쪽으로 오게."

 "성은이 망극합니다."

 막사 안의 식탁에는 이미 음식이 차려져 있었다.

 나는 식탁에 앉으며 태자에게 물었다.

 "막사 생활이 힘들진 않으십니까?"

 "힘들게 무어 있나. 바닥에 노숙하는 것도 아니고, 간이 침상까지 있는데."

 태자는 진심으로 불편하지 않다는 표정이었다.

그러고 보니 성보왕도 청성파에서 막사 생활을 하면서 불만을 표한 적이 없었지.

그 의문을 성보왕이 풀어 주었다.

"아! 은 소단주는 모르겠군. 황실의 모든 남자는 성년이 되기 전에 받아야 하는 교육이 있다네. 석침로금(石枕露衾)이라는 교육이지."

돌베개와 이슬 이불.

단순히 뜻만 봐서는 청빈한 삶을 말하는 것 같지만, 정말 그런 거라면 태자와 성보왕이 저런 질색하는 표정을 짓지 않겠지.

다시는 하고 싶지 않아 하는 얼굴.

"석 달 동안 황궁 내부의 숲속에서 맨몸으로 살아야 하는 거라네."

"씻는 것은 숲속 안에 있는 샘에서 하고, 옷은 처음에 입고 간 한 벌로만 버텨야 한다네."

생각보다 엄청 힘든 교육이구나.

"그럼 식사는 어떻게 합니까?"

"시작할 때 서책을 하나 주는데, 그곳에는 숲속에서 생활하는 방법들이 적혀 있다네. 당연히 먹을거리에 대해서도 적혀 있지."

"그렇군요. 그러면 자는 것은 어떻게 합니까? 불을 피우고 막사 같은 것을 치고 자는 겁니까?"

내 물음에 태자와 성보왕은 서로를 잠시 보다가 피식 웃고는 고개를 저었다.

"왜 석침로금이겠나? 돌베개를 베고 밤이슬을 맞아 가며 자야 하니 석침로금이네."

"그리고 불은 피울 수 없다네. 애초에, 그 석침로금 교육의 목적이 전시를 가정한 것이기 때문이지."

"그래서 교육 내내 적군을 가장한 교관에게 잡히지 않도록 도망 다녀야 한다네."

아…….

그제야 나는 석침로금 교육의 진의를 알 수 있었다.

태자나 황자나 황실의 일원인 만큼, 어떻게든 목숨을 건지고 적에게 잡히지 않는 게 우선이었다.

그들 중 한 명이라도 살아남는다면 황실은 이어지니까.

그런 위기상황에 처하게 된다면 그때 석침로금 교육이 빛을 발할 터.

생판 아무것도 모르는 자보다는, 어느 정도 경험이 있는 자가 생존에 유리한 건 사실이니까.

그리고 교육 기간을 삼 개월이나 잡은 건, 그 정도는 해야 적응이 되고 몸에 체화되기 때문이겠지.

그나저나…… 황궁의 숲이 그렇게 넓었었군.

삼 개월이나 숲속에서 생존하고 대피하는 교육을 받을 수 있다니.

"아무튼, 그런 교육 덕분에 이렇게 막사 안에서 지낼 수 있다는 것만으로도 감사하게 되었다네."

"그렇군요."

본의 아니게 정보 하나를 얻었다.

사실 황실의 교육에 대한 건 일종의 기밀로 취급된다. 그걸 두 분이 모르는 것이 아님에도 내게 흔쾌히 설명해 준 것은 그만큼 나를 믿기 때문이겠지.

"자, 그럼 어서 들지."

"네."

우리는 이야기를 나누며 식사를 시작했다.

차려진 음식은 특별히 화려하거나 하진 않았다.

다른 병사들이 먹는 음식에 말린 과일로 만든 음자가 더해진 정도.

"급하게 이동하는 것도 아닌데, 조금 더 제대로 차려 드셔도 되지 않겠습니까?"

내 물음에 태자가 손을 저었다.

"전혀 아니네. 아바마마께서 항상 말씀하셨네. 지휘관 역시 병사가 먹는 음식을 먹어야, 전쟁을 일으키는 일의 중함을 알 수 있다고 말이지."

그 말에 나는 고개를 주억였다.

확실히 현 황제는 정말 훌륭하신 분이다.

그러니 무림맹에서 황후를 독살해서 황제 폐하의 총기를 잃게 한 거겠지. 그래야 그들이 원하는 제국의 혼란을 만들 수 있으니까.

또한 새로 황후를 들여, 권력을 손에 넣을 수 있을 터.

이번에는 절대 놈들이 원하는 대로 흘러가게 두지 않을 거다.

그렇게 황제가 성실하게 국정을 운영하면서 가장 힘든

건 관리들이다.

 농땡이를 치기는커녕 뼈를 갈아서 일해야 황제에게 질책을 받지 않으니까.

 그리고 그렇게 뼈를 갈아서 일하는 이들 중에는 나도 포함되어 있지.

 그럼에도 황제가 건강하게 치세를 이어 가길 바라는 데는 몇 가지 이유가 있다.

 우선 황제는 나를 총애한다.

 그 총애의 결과가 빡세게 부려 먹는 것으로 이어지는 것이 난감하지만, 그만큼 나 역시 많은 이득을 얻었으니까.

 그러니 황제가 국정을 제대로 돌보지 않게 되면, 내가 그만큼 이득을 얻기 힘들어진다.

 둘째로, 나라가 개판이 되면 상인들이 힘들어진다.

 나라가 개판이 되면 가장 먼저 도적들이 들끓게 되니까.

 작게는 녹림부터 크게는 관직에 있는 도적까지 아주 골머리 쑤시지.

 셋째로, 무림맹이 그 뜻을 이루게 둘 수는 없다.

 무림맹이 더 큰 힘을 얻게 된다면, 은해상단을 천하제일상단으로 만들겠다는 꿈이 물거품이 되고, 무림맹에 대한 복수 역시 불가능해질 테니까.

 "무슨 생각을 하는가?"

 그때 태자가 물었고, 나는 얼른 포권했다.

 "아! 죄송합니다. 잠시 이후의 일을 생각하느라······."

 "그러고 보니 자네가 맡은 일이 참 많긴 하지."

"민망하지만 그렇습니다."

나는 고개를 끄덕였다.

"이번에 전하를 따라 북경으로 돌아갔다가 곧바로 호북을 거쳐서 남경으로 가야 하기에……."

내가 말끝을 흐리자, 성보왕이 말했다.

"형님, 그러고 보니 저희가 가는 길목에 호북성을 지나지 않습니까?"

"그렇긴 하지."

"이번에 저희가 사천성의 혼란을 빠르게 진정시킬 수 있었던 건 여기 은서호 소단주의 공이 큽니다."

성보왕이 말을 이었다.

"어차피 가는 길에 호북성 숭양현이 멀지 않으니, 잠시 들렀다 가는 것이 어떻겠습니까? 이런 훌륭한 인재를 키워 낸 호북성 숭양현의 정기를 좀 느끼고 싶습니다."

"나도 숭양현의 기상이 궁금하던 참이다."

나는 식탁 밑에 내려가 있던 손의 주먹을 꽉 쥐었다.

좋았어!

내가 바라던 대로 됐다.

넌지시 호북성에 대한 이야기를 꺼낸 이유가 바로 이것 때문이다.

그리고 예상대로 두 분은 흔쾌히 이를 제안했고.

내가 청을 해서 받아들여지는 것과 상대방이 먼저 제안해서 내가 받아들이는 데는 큰 차이가 있다.

바로 책임 소재.

상대방이 먼저 제안하게 되면 마음 편하게 들를 수 있으니까.

그나저나 아버지께 미리 전갈을 보내야겠네.

갑자기 두 분을 뵙게 되면 기겁하실 테니까.

다음 날 아침 우리는 다시 길을 나섰고, 얼마 후에 호북성 숭양현에 도착했다.

미리 전갈을 보내 놓은 덕분에 가족들은 미리 나와서 우리 일행을 맞이했다.

"소상들이 태자 전하와 성보왕 전하를 뵙습니다. 천세! 천세! 천천세!"

그 예를 받은 태자가 손수 조부님과 아버지를 일으켜 주며 말했다.

"일어나십시오."

"성은이 망극하옵니다."

"내 이렇게 온 것 자체가 그대에게 부담이겠으나, 내가 이리 온 건 부담을 주기 위해서가 아니네. 다만, 이렇게 훌륭한 인재를 길러 낸 숭양의 기운을 느껴 보고 싶었기 때문이네."

"이 숭양현을 높게 봐 주시고, 제 부족한 아들을 높이 평가해 주시니 성은이 망극할 따름입니다."

아버지가 정중하게 말을 이었다.

"안으로 드시지요. 머무실 곳을 마련해 두었습니다."

잠시 후.

나는 아버지의 집무실에 방문했다.

"후, 이게 무슨 일인지 모르겠구나. 내 평생에 태자 전하를 뵐 일이 있을 거라고는 생각하지도 못했는데."

"뭘 그리 긴장하십니까? 일전에 황제 폐하도 알현하지 않으셨습니까?"

일전에 소금 소매상으로 선정되었을 때, 아버지께서 황제를 알현한 적이 있으니까.

그때 우리를 업신여긴 내관들을 홀라당 뒤집어 놓았지.

음…… 생각해 보니, 내가 황제의 눈에 들었던 건 그때부터구나.

"황궁에서 뵙는 것과 사저에서 뵙는 게 똑같더냐?"

아버지께서는 웃음기 섞인 목소리로 푸념했다.

"그나저나 사천에서의 일은 어찌 되었느냐?"

"네. 숙부님께서 잘 진행하고 계십니다."

나는 아버지께 진행 상황을 자세히 설명드렸다.

"잘하고 있구나. 역시 사천 지역을 네 숙부에게 맡긴 건 탁월한 선택이었다."

"맞는 말씀입니다."

"네 둘째 숙부는 상단주 경합 때 내 턱밑에까지 따라왔던 인재니 말이지."

아버지께서 차를 한 모금 마시고는 화제를 돌리셨다.

"그나저나 벌써 사월이구나."

"네."

"이번 가을, 네 혼인을 위한 준비는 잘 진행되고 있단다. 그나저나 초청장 전달은 잘 하고 있느냐?"

"다른 곳은 인편으로 보냈습니다만…… 아직 몇 분은 전달하지 못했습니다."

나는 말을 이었다.

"그런데, 귀면포 어르신께서는 아직 서가에 계십니까?"

"그래. 여전히 유유자적 지내고 계시지."

일전에도 뵙고 싶었지만, 그때는 출타 중이셔서 뵙지 못했다.

"이렇게 본단에 들른 김에 뵙고 와야겠군요."

나는 그리 말하고는 품에서 병 하나를 꺼내 탁자 위에 올려놓았다.

"이게 무엇이냐?"

"조부님을 위한 보약입니다."

이번에 얻은 강녕초를 달인 물이다.

"아버지께서 직접 조부님께 드리세요. 그리고 드시는 것도 꼭 확인하시고요."

"그래, 알겠다."

.

.

.

다음 날.

아침을 먹은 나는 서가로 향했다.

낮과 밤이 다른 곳이 바로 이곳 서가이지만, 아직 금주령이 해제되지 않은 만큼 기녀들의 분향만 조금 남아 있을 뿐이다.

이번에는 서향 소저와 동행했다.

전당포에 도착하니, 어르신께서 햇볕을 받으며 바깥에 앉아계셨다.

오랜만에 뵙네.

나는 그 앞으로 다가가 정중히 인사를 드렸다.

"그동안 강녕하셨습니까? 어르신."

"이게 누구냐? 그동안 얼굴 한 번 비추지 않은 배은망덕한 놈 아니냐?"

"제가 뵙고 싶지 않아서 뵙지 않은 건 아닙니다. 이상하게 제가 호북성에 올 때마다 어르신께서는 출타 중이셨습니다."

"흠흠. 그래서 내 잘못이라는 거냐?"

"잘 아시네요."

"고얀 놈."

나와 어르신은 피식 웃었다.

"그래서, 이 노인네에게 뭘 더 뜯어먹으려고 온 것이냐?"

"뜯어먹으려면, 뜯어먹혀 주실 겁니까?"

"어째 한마디도 안 지는구나."

어르신께서는 혀를 차며 투덜거렸다.

나는 가볍게 웃고는 품에서 붉은색 봉투를 꺼내 내밀었다.

"뭐냐?"

"저 혼인합니다."

"네가?"

"네. 제가요."

서향 소저가 정중하게 인사했다.

"소녀, 곽서향이 어르신께 인사드립니다. 소단주님을 알뜰살뜰 잘 보살펴 주셨다고 들었습니다."

"그래, 오랜만에 보는구나. 허허허. 여기 앉거라."

"네. 어르신."

서향 소저는 귀면포 어르신의 옆에 앉았다.

"어르신, 저는요?"

"네놈은 앉든지 말든지."

그 말에 나는 머쓱한 표정으로 앞에 앉았다.

그나저나 방금…… 오랜만에 본다고 하신 거지?

이미 서향 소저의 정체를 알고 계신 건가?

"그나저나 어째서 이런 놈팽이하고 혼인을 하게 된 것이냐? 쯧쯧."

"아니! 어르신! 놈팽이라니요! 듣는 제가 서운합니다."

"네 녀석하고 혼인하게 되면 고생길이 훤한데! 내 말이 틀렸냐?"

"……."

할 말이 없네.

틀린 말이 아니니까.

"그래도 뭐, 아가의 마음을 아프게 하는 일은 있어도 속을 뒤집어 놓는 일은 없을 거다."

칭찬이신가?

"그만큼 의리와 신뢰는 확실한 놈이니까. 능력도 저만하면 괜찮고, 상판은…… 여자들이 환장할 수준이지."

칭찬은 칭찬이시구나.

그러고 보니 귀면포 어르신이 황제의 친우라고 하셨지.

친우는 서로 닮는다는데, 묘하게 황제와 귀면포 어르신이 닮으신 것 같단 말이지.

"혼인은 이번 가을입니다."

"알겠다. 쿨럭쿨럭."

그때 어르신이 기침을 하셨다. 그러고 보니 내가 처음 어르신을 뵈었을 때보다 많이 쇠약해지신 것 같네.

이전 삶에서의 기억대로라면 어르신은 몇 년 후에 노환으로 돌아가신다.

그래서 그것이 안타까웠는데, 나에게 금령이가 아주 좋은 것을 물어다 줬다.

"팔갑아."

"네."

나는 팔갑에게서 병과 대접을 건네받았다.

"어르신께 드리려고 좋은 보약을 구해 왔습니다."

그리고 병 안에 든 강녕초 달인 물을 대접에 부어서 내밀었다.

"드시지요."

"평범한 보약은 아닌 듯하구나."

"그럼, 어르신께 드리는 보약인데 평범해서야 되겠습

니까?"

어르신은 나와 그 대접을 보더니, 이내 고개를 끄덕였다.

"그래, 네놈이 나를 위해 가져다줬는데 마시지 않으면 네가 서운하게 생각하겠지. 너처럼 뒤끝이 긴 녀석도 없으니……."

어, 어르신…….

- 꾸이!

금령이는 조용히 하고.

귀면포 어르신은 대접의 강녕초 달인 물을 쭈욱 들이켜셨다.

"크으! 맛 좋구나!"

"그럴 겁니다. 강녕초를 달인 물이라서요."

"역시 그랬어! 강녕초…… 잠깐, 강녕초라고 했느냐?"

"네."

내 말에 어르신은 빽 소리를 질렀다.

"아니! 이 미친놈아! 강녕초가 얼마나 귀한 영초인데! 그거 억만금을 주고도 못 구하는 거라는 걸 모르느냐!"

"압니다."

나는 미소 지으며 말을 이었다.

"하지만 저에게는, 강녕초보다 어르신의 건강이 더 중요합니다."

"……."

그건 일말의 거짓도 없는 순수한 진심이었다.

이전 삶에서 그렇게 허무하게 내 소중한 이들을 잃고

난 후에 깨달았다.

 그 어떤 재물도, 내가 아끼는 사람보다 소중하지 않다는 것을.

 내 말에 어르신은 말문이 막혔는지 나를 멍하니 바라보셨다.

 그리고…….

 "험험, 큼……."

 일부러 크게 헛기침하셨다.

 에이, 어르신. 지금 크게 감동하셨잖습니까?

 "이번 네 혼인날. 꼭 참석하도록 하마."

 "당연한 말씀을 하십니다. 그럼 안 오시려고 했습니까?"

 "이 자식은 진짜, 어떻게 한마디를 안 지냐?"

 "아무튼 건강하십시오. 이전에 저에게 약속하신 내기. 아직도 기억하고 있습니다."

 귀면포 어르신의 진짜 생일을 알아내는 것이 내기의 내용이다.

 이를 내기의 내용으로 한 것을 보면 결코 쉽지 않다는 것은 확실하지.

 어르신은 강녕초 달인 물을 손가락으로 싹싹 긁어서 드시는 걸로도 모자라 손가락까지 쪽쪽 빨아 드셨다.

 "쩝. 어제 태자가 왔다 갔다."

 "그러셨군요."

 "이번에 남경으로 간다지."

 "네."

"이제 슬슬 황제 폐하께서 후대를 생각하신다는 의미일 터. 내 너에게 부탁이 하나 있다."

"무엇입니까?"

"사실 황제가 되면, 그 무엇도 믿을 수 없게 된다. 무소불위의 권력이라는 건 좋지만 사람을 한없이 외롭게 만드는 것이기도 하지. 마음을 터놓을 곳이 없거든."

나는 어르신이 무슨 말을 하고 싶어 하시는지 알 것 같았다.

"그래서 말인데, 네가 태자의 친우가 되어 주었으면 한다."

"태자 전하의 친우 말입니까?"

"정확하게 말하면, 조언자라고 할 수 있겠구나."

어르신이 진지하게 말을 이었다.

"외로운 권력자는 언제나 진정한 조언을 바라지만, 그 권력은 진정한 조언을 듣는 것을 어렵게 하니 말이다."

"……."

"조정의 승냥이들은, 각자 자신에게 이익이 되는 조언을 올리기 마련이니까."

어르신의 말을 통해 알 수 있었다. 어르신은 조정의 관리들을 좋아하지 않는다는 것을.

"세상일은 오는 것이 있으면 가는 것이 있는 법이지. 내 부탁을 들어준다면, 나 역시 네 부탁을 들어주도록 하지."

"어려운 부탁이군요."

나는 말을 이었다.

"저와 같은 장사치는 이익을 가장 중요하게 생각합니다. 어쩌면 황궁의 신료들보다 더한 이익을 위해 조언을 할지도 모릅니다."

"상관없다."

"네?"

"너는 네 이익을 위해 일을 한다지만, 그 결과를 보면 좋은 일이더구나."

"……."

할 말이 없네.

"호호."

옆에서 서향 소저가 작게 웃었고, 나는 민망한 표정을 지었다.

"그리고 생각보다 위험한 일이기도 하네요."

태자의 조언자를 주변에서 가만둘 리가 없으니까.

"역시, 판단이 빠르구나. 그러니 더더욱 너에게 이런 부탁을 할 수밖에 없는 것이지."

어르신이 고개를 끄덕이며 말을 이었다.

"부탁한다. 살날이 얼마 남지 않은 이 노인네의 청을 거절하지는 않을 거라 생각한다."

"방금 강녕초 달인 물을 드셨잖습니까? 적어도 몇 년은 수명이 늘어나셨을 듯합니다만?"

"……."

"험험, 농담이었습니다. 부족하지만 태자 전하에게 최고의 친우가 되어 드리도록 노력해 보겠습니다."

태자의 조언자는 양날의 검과 같은 것이다.

그럼에도 내가 그 제안을 받아들인 이유는 황후의 죽음을 막는 데 그 편이 더 쉽기 때문이다.

"그리고 제 청은, 다음에 말씀드리겠습니다."

"그러든지."

.

.

.

귀면포 어르신을 찾아뵌 나는 상단으로 돌아갔다. 점심을 간단하게 먹은 후 서우 무사와 진유 무사만을 대동하고 창인표국으로 향했다.

"어서 오십시오."

창인표국의 국주가 나를 맞아 주었다.

"이번에 보내 주신 장진 표두님이 아주 큰 도움이 되었습니다."

"도움이 되어서 다행입니다."

"여기, 이번에 장진 표두님을 비롯해 그 일행이 사천까지 표행을 한 일에 대한 의뢰비입니다."

나는 품에서 전표가 담긴 봉투를 꺼내어 탁자 위에 올려놓았다.

그는 그것을 받아 전표를 살피더니 깜짝 놀랐다.

"아니! 이렇게 많이 주셔도 되는 겁니까?"

"제가 넉넉하게 드린다고 약속했습니다. 그리고 예상치 못하게 사천까지 오가게 되면서 표국의 일정에도 차질이 생겼을 것 아닙니까? 그것까지 감안한 금액입니다."

"그렇긴 합니다만…… 허허. 저희 창인표국이 잘한 일이 있다면, 은해상단과 거래하기로 한 것입니다."

"저희 상단을 좋게 봐 주셔서 감사합니다."

그렇게 훈훈한 이야기가 이어졌고, 나는 품에서 붉은 봉투를 꺼내 내밀었다.

이를 받은 그는 눈을 깜박였다.

"이건? 청첩장 아닙니까?"

"저, 혼인합니다. 이번 가을로 날을 잡았습니다."

"이거, 감축드립니다."

"감사합니다."

나는 정중히 포권하여 인사를 받았다.

"사부님께서는 어디에 계십니까? 오늘 오전에 표행을 마치고 돌아오셨다고 들었습니다. 사부님의 성격이라면 분명히 표국에 오셨을 텐데요."

"잘 알고 계시는군요."

국주님은 푸근한 미소를 지었다.

"저쪽에 있는 연무장으로 가 보십시오."

"감사합니다."

나는 자리에서 일어나 연무장으로 향했다.

창인표국의 연무장에서는 많은 이들이 검을 휘두르며 무예를 연마하고 있었다.

사부님께서는 한쪽 공간에서 검을 든 채 가만히 서 계셨다.

그 시선 전면에 보이는 건 짚단으로 만든 허수아비다.
 뭘 하시는지 알 수는 없지만, 방해해서는 안 될 것 같은 생각이 들어서 사부님을 부르려는 자를 만류했다.
 그리고 조용히 사부님을 지켜보았다.
 사실, 사부님이 어떤 방식으로 수련을 하시는지 궁금하기도 하고 말이지.
 그렇게 얼마나 시간이 지났을까?
 사부님이 움직이셨다. 아니, 아니다. 사부님은 그냥 가만히 서 계셨…….
 스으윽. 쿵!
 앞의 허수아비의 머리 부분이 잘려 미끄러지듯 땅 아래로 떨어졌다.
 그 모습에 나도 모르게 손으로 목을 만졌다.
 혈안검귀가 숨어 있던 안가에서 만난 일사검과의 일전이 떠올랐기 때문이다.
 당시 내가 살 수 있었던 것은 일사검이 나를 얕보고 전력을 다하지 않았기 때문이다.
 그가 전력을 다했다면…….
 나는 입술을 깨물었다.
 "표정이 좋지 않군요. 무슨 일 있었습니까?"
 "사부님."
 어느새 사부님께서 내 앞에 와 계셨다.
 "저, 그게……."
 나는 대답을 머뭇거릴 수밖에 없었다.

하지만 지그시 쳐다보는 사부님의 시선을 견디지 못하고 한숨을 내쉬며 말했다.

"사실, 이번에 사천에 갔다가 죽을 뻔했습니다."

"……."

잠시 나를 바라보시던 사부님이 말했다.

"저를 따라오시지요."

사부님을 따라 도착한 곳은 인근의 강이었다.

사부님은 강가로 다가가 돌멩이를 하나 주워서 강을 향해 가볍게 던졌다.

탓! 타앗! 타앗! 타앗!

물수제비. 그러니까…… 수화(水花)다.

"이런. 네 번밖에 뜨지 못했군요. 소단주님께서도 한 번 해 보시겠습니까?"

"그러죠."

나는 돌을 집어 강을 향해 던졌다.

타앗! 타앗!

"두 번밖에 못 했군요. 그래도 세 번은 하실 줄 알았는데 말입니다."

순간 나도 모르게 승부욕이 발동했다.

"저도 세 번은 띄울 수 있습니다."

그렇게 사부님과 한참 동안 물수제비를 했고, 슬슬 팔이 아파져 올 때쯤 사부님이 물으셨다.

"이제, 마음이 좀 안정되었습니까?"

"네?"

"제가 마음이 복잡할 때면 아버지께서는 저를 데리고 눈 쌓인 벌판으로 데리고 가서 눈을 뭉쳐서 누가 멀리 던지는지 겨루곤 하셨습니다. 저를 위로하기 위한 아버지 나름의 방식이셨지요."

사부님께서는 사부님의 아버지가 그러셨던 것처럼 나를 위로하기 위해 물수제비를 뜨자고 하신 것이다.

그 방법이 효과가 있었는지, 격앙되었던 나의 마음은 잔잔하게 흐르는 강물처럼 안정되어 있었다.

"죽을 뻔했다고 하셨죠?"

"네."

"이제 좀 진정되었을 테니, 당시의 상황에 대해서 들어볼 수 있을까요?"

"알겠습니다. 말씀드리겠습니다."

나는 사부님께 당시의 이야기를 자세히 설명했고, 사부님은 내 이야기를 다 듣고는 입을 열었다.

"일사검이라…… 악명이 높은 놈이지요."

"사부님께서도 아는 자입니까?"

"이전에 마주했던 적도 있습니다."

"네?"

"저와 검을 한 번 맞대고는 재미없다고 도망가더군요. 순전히 재미를 위해 사는 놈이지만, 본인이 죽는 건 별로 재미있는 일은 아닌 모양입니다."

나는 고개를 끄덕였다.

"그렇다면 제 실력을 더 키워야 한다는 뜻이군요."

내 말에 사부님은 잠시 나를 바라보았다.

"소단주님은 제대로 무공을 익힌 지 십 년이 되지 않았음에도 벌써 초절정에 올랐습니다. 이는 사실 경악스러운 일이지요."

생각해 보니…… 그건 그러네.

"지금, 이 속도도 충분히 빠릅니다. 너무 조급하게 생각하다가 오히려 일을 그르칠 수 있습니다."

"하지만 그자를 언제 다시 마주할지 알 수 없으니, 그것이 불안합니다."

"제가 일전에 선물로 드린 단환, 아직 가지고 계십니까?"

그러고 보니 내가 소단주가 되었을 때 사부님께서는 나에게 단환을 하나 선물해 주셨다.

그때 냉기로부터 혈맥을 보호해 주는 단환이라고 하셨지.

"네. 가지고 있습니다."

"만약 그런 위험한 순간이 온다면 그 단환을 드십시오. 그리고 일전에 알려 드렸던, 위기에서 벗어날 수 있는 방법도 기억하시죠?"

"네."

일점현빙을 응용한 방법으로, 잘만 하면 세 번까지는 적의 공격을 막을 수 있다고 하셨지.

"그걸 잘 이용하면, 수가 보일 겁니다."

하긴 태음빙해신공의 위험한 점은 무리하게 내공을 끌

어 올렸을 때다.

과한 음기로 인해 혈맥이 얼어 버리니까.

하지만 사부님의 말씀대로라면 내 혈맥이 얼어도 내공을 보존하면서 목숨을 구할 수 있겠지.

그러고 보니 이거 진짜 귀한 거네?

"왜 그리 보십니까?"

"아, 아닙니다. 조언 감사드립니다."

* * *

해가 지고 어둑어둑한 밤.

오전에 은서호가 방문했던 서가에 죽립을 쓴 이들이 나타났다.

그들에게서 풍기는 기도 때문인지, 아니면 본능적인 무언가 때문인지 서가의 왈패들도 그들에게 접근하지 않고 멀찍이 피해갈 정도.

그들은 귀면포 노인의 전당포에 도착했고, 그들 가운데 있던 자가 포권했다.

"어르신. 저 옥입니다."

그 목소리를 들은 것인지 문이 열리고 귀면포 노인이 나왔다.

"들어오너라."

"네."

그들 중 자신의 이름을 옥이라 밝힌 자가 전당포 안으

로 들어와 죽립을 벗고 탁자에 앉았다.

 그는 태자였다.

 귀면포 노인이 태자에게 예를 갖추지 않았음에도 그 자리의 그 누구도 이에 대해 지적하지 않았다.

 그는 황제를 제외한 황실의 그 누구에게도 예를 갖추지 않아도 되는 특권을 받았으니까.

 그의 진짜 이름은 황보휘.

 황보세가의 인물로, 젊은 나이에 군부에 투신했던 이였다.

 그리고 현 황제를 만났고, 그 만남은 황보휘의 인생을 바꾸어 놓았다.

 '아바마마의 삶도 바뀌었지.'

 변방의 땅에 왕부를 둔 황자였던 그에게 전해진 전대 황제의 밀지.

 목숨을 걸고 그것을 전해 준 자도, 목숨을 걸고 북경까지 데리고 온 자도 눈앞에 있는 노인이었다.

 그리고 지금은 아바마마의 단 한 명뿐인 친우다.

 문득, 이런 친우를 둔 아바마마가 부럽다는 생각이 들었다.

 "태자마마."

 "네. 어르신."

 "이렇게 다시 한번 이 노인네를 찾아 주셔서 감사할 따름입니다."

 "그런 말씀 마십시오. 어르신께서는 황실의 은인이십

니다. 이 정도는 당연한 일입니다."
"전하께서는 성군이 되실 겁니다."
그 말에 태자가 다급히 손을 내저었다.
"어르신! 그런 말씀은 거두어 주십시오! 아직 아바마마께서 정정하신데 어찌 그런 불충한……."
"여기선 그런 쓸데없는 충심 같은 건 집어치워도 됩니다."
"……."
"태자 전하를 남경에 보내신다는 것은, 이미 폐하께서 마음을 정하셨다는 뜻입니다."
그는 부드럽게 말을 이었다.
"황위에 오르는 것이 두려우십니까?"
그 물음에 태자는 고개를 끄덕였다.
"네. 두렵습니다. 저는 아바마마와 같은 능력이 없습니다. 제 능력은 아바마마의 발끝에도 미치지 못하니…… 제국을 어찌 다스려야 할지 막막합니다."
"또한 그 자리는 고독한 자리이기도 합니다. 부족하다고 느껴도 부족하다고 말할 수 없고, 그 누구도 함부로 믿고 도움을 청할 수 없는 자리입니다."
귀면포 노인이 진지한 표정으로 말을 이었다.
"그걸 알기에 황제 폐하께서는 은서호 소단주를 태자 전하 가까이에 두신 겁니다."
"네? 은서호 소단주를요?"
"그렇습니다. 태자께서는 그를 어찌 생각하십니까?"

태자는 잠시 고민하다가 그 질문에 대답했다.
"……손해를 보지 않는 자입니다."
"맞습니다. 그는 손해를 보지 않는 자입니다. 그렇기에 그에게 제가 부탁했습니다. 태자의 조언자가 되어 달라고 말입니다."
"네?"
귀면포 노인은 깜짝 놀란 태자를 보며 미소 지었다.
"만약 뭔가 의논할 자가 필요하다면 그를 찾으십시오. 그리고 그의 말에 귀를 기울이십시오. 그러면 최소한 손해는 보지 않을 겁니다."
그 말에 태자는 속으로 헛웃음을 지을 수밖에 없었다.
'어르신…… 사실, 아바마마도 그리 말씀하셨습니다.'

146장. 약속의 결과

약속의 결과

나는 명명상단 사람들을 만나기 위해 은해상단 본단 근처에 위치한 객잔으로 향했다.

이미 후추 교역에 대한 이야기는 다 끝났지만, 성유진 공자를 만나기 위해서다.

명명상단에서 후추 교역에 대한 이야기를 마무리하기 위해 호북성에 왔고, 아버지가 성유진 공자가 만나기를 원한다고 말씀해 주셨다.

내가 객잔에 들어섰을 때 누군가 후다닥 달려왔다.

"대협!"

"아! 유진 공자."

성유진 공자다.

한 일 년 만에 보는 것 같은데, 많이 컸군.

"그동안 잘 지냈니?"

"네. 대협."

나는 머리를 긁적이며 말했다.

"대협이라 부르지 않아도 된다고 하지 않았니?"

"정호 아저씨가, 동생이 선협미랑 대협이라고 엄청 자랑했는데요?"

후, 정호 형······.

형이 그래 버렸으니 어쩔 수가 없네.

"오랜만에 보는군."

"아! 소단주님."

성유진 공자의 아버지이자 명명상단의 성청민 소단주.

"내 서찰을 통해 전해 들었네. 이번에 사천에 일어난 변고에 피해를 본 이들을 구호하는 데 은해상단이 많은 지원을 했다고 말이야."

"부끄럽습니다."

나는 손을 저었다.

"그렇게 칭송을 받을 정도로 움직인 건 아닙니다."

"그리 겸양을 떨 일은 아니라고 생각하네. 덕분에 생명을 구한 이들이 몇이며, 삶을 구원받은 이들이 몇인가?"

"하하하."

성청민 소단주가 말을 이었다.

"그나저나 자네를 이렇게 호북성에서 볼 거라고는 생각하지 못했네. 당연히 북경으로 갈 거라고 생각했지."

"말씀하신 대로 원래는 바로 북경으로 갈 예정이었는데, 태자 전하께서 숭양현의 정기가 궁금하시다고 하여 이렇게 본단에 들를 수 있게 되었습니다."

"그랬군. 이것도 인연인가 보네."

그가 웃으며 말을 이었다.

"우리도 이곳에서 일을 마무리하면 북경으로 갈 예정이라네."

"사천으로 돌아가지 않고 말입니까?"

"그래. 내 아들이 생일 선물로 은정호 소단주를 만나고 싶다고 해서 말이지. 하여 견문을 넓혀 줄 겸 해서 북경행을 결정했다네."

"그러셨군요."

왠지 조금 미안해지긴 했다. 내 의견으로 정호 형이 북경에 와 있게 되었으니까.

하지만 북경에 가 보는 건 나쁜 일이 아니다.

제국의 수도이자 가장 번화한 대도시니까.

성유진 공자도 가업을 물려받게 될 텐데, 그런 자리에 올라설 사람이라면 좁은 우물 안에 갇혀 있어서는 안 된다.

"그러면 북경에서 또 뵙게 되겠군요. 이 기회에 동행하고 싶지만, 아시다시피 제가 마음대로 행동할 수 있는 상황이 아닙니다."

"알고 있네. 태자 전하와 성보왕 전하를 모시고 있다지?"

"네. 그렇습니다."

그건 비밀은 아니었으니까.

"아쉽게 됐군. 자네와 같이 가지 못하니 따로 표행을 의뢰해야겠구만."

"이곳까지 같이 온 표국 사람들이 있지 않습니까?"

"아, 그들은 먼저 사천으로 돌아갔다네. 그들의 표국이 지진으로 피해를 크게 입은 모양이야. 북경까지 같이하지는 못하겠다고 해서 상호 합의 하에 계약을 해지했다네."

지진의 여파가 이렇게도 영향을 미치는군.

그런 사정이 있다면 돌려보내 줘야지.

"그런 사정이 있으셨군요. 그렇다면 제가 표국을 한 곳 추천해 드리겠습니다. 창인표국이라고, 저희 은해상단과 자주 계약하는 곳입니다."

나는 말을 이었다.

"여러 번 북경에 다녀온 경험이 있으니, 안전 문제는 확실할 겁니다."

"사실, 안 그래도 자네 아버지께 그곳을 추천받았다네. 자네까지 이렇게 적극적으로 추천하니 그곳에 의뢰하도록 하지."

"감사합니다."

후우, 이렇게 한 건 했군.

명명상단의 소단주 호위라면 꽤 큰 의뢰다.

이 정도면 창인표국에도 꽤 도움이 되겠지.

나는 설풍궁의 소궁주로서 창인표국의 발전에 힘을 쓸 의무가 있다.

설풍궁의 궁도들은 알고 있을까?

내가 이렇게 그들을 위해 영업까지 하고 있다는 걸.

- 꾸이!

너는 안다고? 그래. 고맙다.

.

.

.

 그렇게 이틀이 더 지났고 다시 북경으로 향할 날이 되었다.
 거의 닷새쯤 머물렀는데, 이는 태자가 상당히 편의를 봐준 것이다.
 가는 길에 잠시 들른 정도가 아니라 시간까지 넉넉하게 준 것이니.
 북경으로 출발하기 전에 가족들과 만나 인사를 나누었다.
 특히 조부님께서 이전보다 강건해지신 모습을 보니 마음이 좀 편해졌다.

 북경으로 향하는 길.
 나는 태자에게 감사를 표했다.
 "태자 전하, 다시금 감사드립니다. 덕분에 호북성에서의 급한 일을 잘 마무리할 수 있었습니다."
 "뭘 그런 걸 가지고 그러나. 우리야말로 자네에게 큰 도움을 받았는데, 이 정도 배려도 못 해 줘서야 되겠는가?"
 태자가 너털웃음을 지으며 말했다.
 "그리고 사천성에서 열심히 구호 활동을 한 탓에 모두 피로가 제법 쌓였던 참이었네. 그런 와중에 며칠 푹 쉬니

다들 몸이 가볍다더군. 하하하."

"그리 말씀해 주시니 감사할 따름입니다."

태자가 목소리를 낮추며 말했다.

"그리고…… 사실 호북성 숭양현에는 황실과 아주 연이 깊은 분이 살고 계시네. 자네도 알고 있지? 황보 어르신 말이야."

"아, 네. 압니다."

나는 고개를 끄덕였다.

"일전에 제 큰형의 소단주 공표식 때 난입한 살수를 추포하는 데 큰 도움을 주신 인연이 있습니다. 그때 그분이 귀면포라 불리던 분이라는 것을 알게 되었습니다."

태자가 고개를 끄덕였다.

"참으로 대단하신 분이지. 점점 기력이 떨어지시는 것 같아 걱정했는데, 엊그제 뵈었을 때는 회춘하신 것 같아 마음이 한결 가볍다네."

역시, 내가 드린 강녕초가 효과가 좋군.

한 잔만 마셔도 수명이 몇 년은 늘어난다는 영초인데, 그것을 한 사발이나 드셨으니까.

"자네가 어르신께 보약을 구해다 드렸다지?"

"어르신께서 그것도 말씀하셨습니까?"

내 반문에 태자는 고개를 끄덕였다.

"그리고 뭔가 일이 생기면 자네에게 조언을 받으라는 이야기도 하셨지."

아…….

"잘 부탁하네."

어르신이 말한, 조언자에 대한 거구나.

"저야말로 잘 부탁드리겠습니다."

그렇게 아무 일 없이 여정이 이어졌다.

하긴, 그도 그럴 것이 태자와 성보왕의 행렬이다.

누가 감히 간 크게 방해할까?

그렇게 곧 우리는 북경에 도착했다.

태자와 성보왕은 황궁으로 향했고, 나는 북경지부로 향했다.

신료들 앞에서 황제 폐하께 사천에서의 구호 활동에 대해 보고하는 자리다.

이는 태자와 성보왕이 온전히 누려야 할 명예다.

내가 그곳에 가 봤자 골치 아픈 일만 생기지.

이미 내게 필요한 건 충분히 얻었다.

"소단주님 오셨습니까?"

내가 북경지부에 도착하자, 지부 사람들과 현풍국의 이들이 나를 반갑게 맞아 주었다.

"정호 형은요?"

"지금 출타 중이십니다. 명명상단의 소단주가 만나자고 해서 주루로 가셨습니다."

"그렇군요. 저희보다 빨리 출발해서 그런지 벌써 도착했네요."

그리고 대규모 이동이 아니니 우리보다 속도도 조금 빨

랐을 테고.

"그러면 제가 방해해서는 안 되겠군요. 저는 가서 일을 하고 있겠습니다."

나는 따뜻한 물로 씻고, 현풍국으로 향했다. 그동안 밀린 일을 처리해야 했으니까.

그런데 왜 또 눈물이 나오지?

"도련님, 지금 설마 우시는 겁니까요?"

"아니야. 눈에 꽃가루가 들어가서 그래."

.

.

.

그날 밤.

진영 대협이 나를 찾아왔다.

나는 하던 일을 멈추고 진영 대협과 만났다.

"소상이, 대협을 뵙습니다."

"사천에서의 일, 수고 많았네."

"저희 상단의 일이기도 합니다. 인사받을 일이 못 됩니다."

"자네가 미리 알려 주지 않았다면 사천의 혼란과 피해는 제법 컸을 것이네. 자네의 공이 매우 크네."

그건 사실이었기에 그저 멋쩍게 웃었다.

"바로 채비를 하고 나오게. 황제 폐하께서 부르시네."

잠시 후.

나는 황제 폐하 앞에 부복하여 극상의 예를 갖추었다.
"고개를 들라."
"황은이 망극하옵니다."
"사천에서의 일은 태자와 성보왕에게 들었다. 이번에 사천에서 참 많은 일을 했더구나."

다른 사람 앞에서라면 겸양을 표하겠지만, 여기서는 그러지 않았다.

내가 겸양을 표하면 '어울리지도 않게 웬 겸양이냐?'라고 하실 테니까.

"눈앞에 사람이 죽어 가는데 그냥 보고 있을 수만은 없었습니다."
"그래서 내가 네놈을 좋아하는 것이다."
"네?"
"세상에는 사람이 죽어 가도 그저 지켜만 보는 이들도 많으니까. 심지어 그 와중에 이득을 보려는 자들도 많다는 말이지."

뭐라 반응하기가 애매해서 다시 고개를 숙였다.

"그나저나, 태자에게 들었다. 네가 내 친우에게 보약을 대접했다지?"
"네. 그렇습니다."

나는 사실대로 말했다.

"우연히 강녕초를 발견하여, 그걸 달여서 어르신께 대접했습니다."
"강녕초?"

영초라는 건 모르는 자는 손에 쥐어 줘도 모른다. 그리고 황제라고 그걸 다 아는 건 아니지.

그리고 희귀한 만큼, 유명한 것도 아니고.

"영초열람을 가지고 오도록."

"네."

내가 설명해도 되지만, 그걸 내 입으로 설명하기에는 공치사 하는 것 같아서 잠자코 있었다.

내관이 곧 서책을 한 권 가지고 왔고, 황제는 그 서책의 책장을 넘겼다.

곧 황제는 손을 멈추었고, 서책을 읽더니 기가 막히다는 듯 물었다.

"그걸 그자도 아느냐?"

"네. 제가 말씀드렸습니다."

"뭐라고 안 하더냐?"

"안 그래도 미친놈이라고 욕 들었습니다."

"그 녀석다운 반응이구나. 그러면서도 분명히 한 방울도 남기지 않고 그릇까지 싹싹 긁어먹었겠지."

"잘 아십니다."

"그럼, 소싯적부터 알고 지내던 사이니 말이다."

황제는 잠시 눈을 감았다가 뜨며 말했다.

"고맙다."

"……네?"

갑자기 훅 들어오는 감사 표현에 순간 나도 모르게 반문하고 말았다.

내가 잘못 들은 게 아닌가 싶었는데, 잘못 들은 게 아닌 듯했다.

"사실 나도 그자가 나날이 쇠약해지는 것이 참 마음에 걸렸다. 그런데 이렇게 좀 더 내 곁에 머물 수 있게 해 주어서 고맙구나."

"아뢰옵기 황송하오나, 이는 저를 위한 것이기도 합니다."

나는 미소 지었다.

"귀면포 어르신은, 저에게도 소중한 분이십니다."

"그렇다면 앞으로도 계속해서 소중하게 생각해 줬으면 한다. 그 녀석은 내 하나뿐인 친우이니 말이지."

"……."

"생각해 보면 나에게 그 녀석이 있어서 참으로 행운이었지. 덕분에 나는 온전한 정신으로 이 제국을 다스려 나갈 수 있었으니까."

확실히, 보통 막역한 사이가 아니시구나.

"이제 곧 태자가 남경으로 향할 것이다."

"네."

"이것을 받거라."

태감이 황제에게서 뭔가를 받아 내게 건넸다.

나는 그것을 받고는 고개를 갸웃했다.

황제가 내게 하사한 것은 목걸이였는데, 그 목걸이에 달린 붉은색 보석에는 허(許)자가 새겨져 있었다.

무엇을 허락한다는 거지?

"보통 태자가 남경에 머물 때 누구를 만나는지에 대해

서는 모두 기록되어 내게 전달된다."

하긴 아무리 태자라고 해도 황제 입장에서는 무조건적으로 믿을 수 있는 존재는 아니지.

하지만 현 황제 폐하께서는 그럴 분이 아닌데…… 태자의 성취를 확인하기 위한 것인가?

"너도 알다시피 아무나 태자를 만날 수 있는 건 아니다. 하지만 그 목걸이를 보이면 어느 때든 태자를 만날 수 있을 것이다."

"네?"

나는 깜짝 놀랄 수밖에 없었다.

그 말대로라면 상당히 귀한 것이다.

"내 친우에게, 태자의 조언자 역할을 부탁받았다지?"

"아…… 네. 부족하지만, 그 부탁을 받아들였습니다."

"나 역시 너에게 태자의 조언자 역할을 부탁하는 것이다."

황제가 말을 이었다.

"내가 살면서 너만큼이나 유능하면서도 약삭빠르게 이익을 챙기고 손해를 보지 않는 자는 못 봤다. 그리고 순해 빠진 태자가 너를 보면서 많은 것을 배우는 것 같기도 하고 말이지."

"이미 제게 태자 전하를 보내셨을 때 그런 생각을 하신 게 아니었습니까?"

내 말에 황제가 혀를 차며 투덜거렸다.

"……눈치 빠른 놈."

나는 공손히 고개를 숙이며 말했다.

"호부 아래 견자 없다고 했습니다. 태자 전하께서는 황제 폐하와 황후마마의 소생이십니다."

"내 아들을 내가 모르겠느냐? 격세유전이라고 보면 볼수록 내 아버지를 닮은 듯해서 말이지."

황제가 말했다.

"내 아버지께서는 너무 순하신 분이셨지. 그래서 자신의 동생이 자신을 향해 이를 들이밀자, 아들들의 왕위 자리를 보장해 주는 조건으로 황위에서 내려오셨지."

"……."

그렇다.

전대 황제는 현 황제의 숙부이다.

"하여 나는 무사히 왕이 될 수 있었다. 비록 변방의 왕부였지만, 목숨을 부지했다는 것만으로도 만족해야 했지."

황제가 이를 갈았다.

"내 아들은, 그런 치욕을 당하게 하고 싶지 않다."

"그 마음, 제가 어찌 알 수 있겠습니까? 다만 우려되는 것이 제가 천한 장사꾼이라는 것입니다."

"훗!"

황제는 코웃음을 쳤다.

"네 입으로 천한 장사꾼이라고 하는 건 참으로 어울리지 않는구나."

"……."

"이 황궁에서 살아남기 위해서는 장사꾼이 되어야 한

다. 정치라는 건 일종의 장사라고 생각하거든. 내 고집만 밀고 나가서는 폭군밖에 되지 않지."

황제는 말을 이었다.

"내가 하나를 얻기 위해서는 하나를 주어야 하고, 때로는 어르고 달래거나 설득해야 하지. 그런 와중에 손해를 보는 것처럼 보여도 손해를 보지 않아야 하고."

듣고 보니…… 그렇긴 하네.

"그래서 내가 태자에게 너를 붙여 놓는 것이다. 내가 볼 때 너는 천하제일의 상재가 있으니까."

아니, 황제 폐하.

그렇게 말씀하시면 제가 진심으로 할 수밖에 없지 않습니까?

.

.

.

다음 날.

아직까지도 처리하지 못한 일이 남아 있었기에, 아침을 먹자마자 내 집무실로 향했다.

"소단주님, 오늘 급하게 처리하셔야 할 일은……."

옆에서 서향 소저의 말을 들으며 이동할 때, 문지기가 나에게 달려왔다.

"셋째 소단주님! 손님이 오셨습니다."

문지기의 말에 나는 고개를 갸웃했다.

"네? 손님이요?"

"호남성에서 오셨다고 합니다. 호남성 포정사의 둘째 공자이신 연주혁 공자라고 합니다."

잠깐, 연주혁 공자라고?

그가 이 북경에는 왜 온 거지?

아, 그러고 보니 내가 약속을 했었지.

나는 당시를 회상했다.

당시 연주혁 공자는 내게 스승이 되어 달라고 간청했지만, 나는 이를 에둘러 거절했다.

"정식으로 사제의 연을 맺지는 않겠습니다. 솔직히 말해서 그건 저에게 무척 부담스러운 일이니까요. 또한 지금, 이 순간의 결정이 한순간의 치기일 수도 있습니다. 그러니, 삼 년 동안 제 지시에 따라 충실히 훈련을 하다가 그때도 마음에 변함이 없다면, 저를 찾아오십시오."라고.

그리고 올해가 삼 년째 되는 해이다.

삼 년의 시간은 그리 짧은 시간이 결코 아니다.

게다가 그는 형산파의 속가제자이니, 새로운 사부를 모실 거라고 생각했기에 그리 말했는데.

후, 일단은 만나 봐야겠지.

마침 북경에 온 김에 그냥 인사를 하러 온 것일 수도 있고, 아니면 새로운 사부를 모시게 되었다며 사과하러 왔을 수도 있으니까.

그런 상황이면 정말 좋을 텐데…….
나는 고개를 돌려 서향 소저를 보았다. 연주혁 공자는 서향 소저의 본래 약혼자였던 연명현 공자의 형이다.
그러니 서향 소저를 보고 의문을 표할 가능성이 있다.
그렇다고 해서 그를 계속 피할 수는 없다.
뭐, 이런 상황을 대비해서 신이변용술을 익힌 거니까.
"괜찮겠습니까?"
내 물음에 서향 소저는 고개를 끄덕였다.
"네."
나는 고개를 돌려 문지기에게 물었다.
"접빈실로 모셨습니까?"
"네."
"그럼, 갑시다."

나는 서향 소저와 같이 접빈실에 도착했다.
드르륵.
문을 열고 들어가니, 연주혁 공자가 앉아서 차를 마시고 있었다.
처음 만났을 때와 비교하면…… 뭐랄까? 상당히 건장해진 느낌이다.
게다가 그때 느꼈던 왈패 같았던 느낌도 싹 빠진 게, 이제는 번듯한 고관대작 집안의 자제 느낌이 물씬 풍겼다.
"오랜만에 보는군요."

"아! 대협!"

그는 벌떡 일어나더니 그대로 내 앞에 무릎을 꿇었다.

"약속대로 삼 년이 되었습니다. 그러니 대협, 약속대로 저를 제자로 삼아 주십시오."

"……."

들린다. 내 기대가 산산이 부서지는 소리가.

나는 속으로 한숨을 내쉬며 물었다.

"아직 삼 년이 안 되었지 않습니까?"

"햇수로는 삼 년입니다."

"그리고 형산파에서 이런 관계를 허락할 리가 없지 않습니까?"

"그것도 걱정 마십시오. 애초에 서로의 이득을 위해 맺은 사제 관계입니다. 그래서 이 문서를 받아 왔습니다."

그는 자신이 가지고 있던 짐에서 두루마리 하나를 꺼내어 내밀었다.

나는 그것을 받아 읽었다.

[본파의 제자 연주혁이 다른 자에게 무공을 사사한다고 해도 이에 대해 본파에서 문제 삼지 않을 것임을 이 문서를 통해 약속하는 바이다. 형산파 장문인 수백]

아니, 대체 이걸 어떻게 받은 거지?

아무리 속가제자라고 해도 자신들의 무공을 익힌 제자인데?

내가 고개를 들어 그를 보자, 그는 씨익 웃으며 말을 이었다.

"제 아버지가 호남성의 포정사이십니다."

"권력을 이렇게 써도 되는 겁니까?"

"뭐 문제 될 게 있습니까? 솔직히 아버지께서 형산파에 해 준 게 얼마인데 그 정도도 못해 줄 이유도 없고요."

"……."

왠지 처음 봤을 때보다 뻔뻔함이 생긴 듯하군.

"설마, 대협께서 일구이언하시는 분은 아닐 거라고 생각합니다만……."

"후, 일어나세요."

"제자로 받아 주시기 전에는 일어나지 않겠습니다."

"알겠으니까 일어나시라는 겁니다."

"네? 그럼 제자로 받아 주시는 겁니까?"

나는 고개를 끄덕였다.

이미 그런 말을 했는데 어쩌겠는가?

한 입으로 두 말 하는 사람을 싫어하는 만큼, 내가 그런 사람이 돼서는 안 되니까.

그리고 연주혁은 이전 삶에서 나를 위해 목숨까지 바친 사람이다.

그땐 일문이라는 이름이었지만.

얼굴이 불로 인해 잔뜩 일그러져 가면을 쓰고 다니던, 거친 목소리의 남자를 잊지 못한다.

"주군! 주군께서 목숨을 이어 나가시는 것이 저희 호위무사들이 존재하는 이유입니다. 부디 저희의 존재의 이유를 헛되게 하지 말아 주십시오."

"하, 하지만…… 이대로라면 모두 죽습니다."

"압니다."

"그렇다면 저도 함께……."

"아! 진짜! 빡돌게 하네! 싸우긴 뭘 같이 싸운다고 그러는 겁니까? 일류밖에 안 되는 실력으로 저 새끼들하고 싸우면 개죽음밖에 더 당하겠습니까? 지금 주군이 해야 하는 건 우리가 시간을 벌어 줄 때 도망치는 겁니다!"

"……."

"아, 진짜! 시간 없습니다!"

짜악!

내 뺨에 느껴진 화끈한 통증.

"제발 그냥 좀 도망가라고. 이 멍청한 새끼야!"

그리고 내 뺨을 때린 그의 눈은 떨리고 있었다.

해서는 안 될 짓을 했기 때문이겠지.

하지만 그럴 수밖에 없었다는 것도 이해한다.

당시의 나는 호위무사들이 벌어 준 시간을 허비하고 말았으니까.

그들의 말대로 곧장 도망쳤다면 목숨을 건졌을 가능성도 있다.

물론 내가 남궁강에게 들었던 말을 생각하면 그 자리에서 살아남았다고 해도 나를 집요하게 추적했을 가능성이 높지만.

"팔갑 소이. 부탁하네."

"알겠습니다요."

 결국 팔갑이 강제로 나를 둘러메고 도망쳤고, 그런 내 눈에는 호위무사들이 무림맹의 무사들에 의해 하나둘 쓰러져 가는 모습이 보였다.

 그리고 일문, 아니 연주혁 공자도 적의 검에 목이 잘려 죽었다.

"갑자기 얼굴이 어두워지셨는데 무슨 일이 있습니까?"

"아, 아닙니다."

 나는 고개를 저으며 상념을 털어내고는 미소를 지었다.

 그건 과거의 일이고, 아직 일어난 일이 아니다.

 그리고 이제는 그런 일이 일어나지 않을 테니까.

"그나저나 포정사 대인께서도 허락하신 일입니까?"

"물론입니다. 당연히 허락을 받았지요."

"좋습니다."

 이왕 나의 제자가 된 것, 그때처럼 개죽음을 당하지 않도록 철저하게 훈련시켜 줘야겠군.

 그런 생각으로 그를 바라보자, 그가 갑자기 몸을 떨었다.

"으……."

"어디 아프십니까?"

"아닙니다. 그냥…… 갑자기 한기가 느껴졌을 뿐입니다. 확실히 북경이라 좀 춥나 봅니다."

제법 감이 좋군.

나는 작게 웃으며 말했다.

"그럼 일어나십시오. 그리고 제 제자가 된 이상 함부로 무릎을 꿇지 마십시오."

"네."

내 말에 그는 자리에서 일어났다.

그러고는 문 앞에 서 있던 서향 소저를 보더니 고개를 갸웃했다.

"저 소저는……."

"왜 그러십니까?"

"동자령 소저 아닙니까?"

나는 한숨을 내쉬며 고개를 저었다.

"제 부관인 곽서향 소저입니다. 그리고 동자령 소저는 이미 삼 년 전에 명을 달리하지 않았습니까?"

"아…… 그, 그랬죠. 죄송합니다. 너무 닮으셔서……."

이에 서향 소저가 웃으며 말했다.

"저와 그분이 많이 닮긴 했나 보네요. 전에 그분의 오라버니께서도 똑같이 착각하셨죠."

"그때도 말씀드렸던 건데, 여기 제 부관은 눈 옆에 점이 있습니다. 그리고 무공도 익히고 있죠. 그 사실을 알고는 사과하셨습니다."

"그, 그랬군요."

그는 고개를 끄덕였다.

"그 동생 바보인 형님들이 아니라고 했으면, 정말 아닌

약속의 결과 〈205〉

거겠죠. 제가 실례했습니다."

그는 정중하게 사과했다.

"괜찮습니다."

그때 팔갑이 얼른 말을 이었다.

"곽 부관님은 이번 가을에 도련님과 혼인하실 분이기도 합니다요."

"아! 그렇군요! 축하드립니다. 사모님이라고 부르겠습니다."

나는 손뼉을 쳤다.

짝짝!

"그럼, 제자가 되었으니 이곳 상단 내에서 머물 수 있도록 숙소를 내어 드리죠."

"저……."

그는 머리를 긁적이며 말했다.

"그냥 하대하셔도 됩니다. 제자가 된 자로서 어찌 사부님께 존대를 듣습니까?"

"제 사부님도 제게 존대를 하시니 이상할 건 없습니다."

"그, 그렇군요."

사부님께서 내게 존대를 하시는 게 이렇게 도움이 되는군.

팔갑과 같이 연주혁에게 숙소를 안내해 주고는 집무실로 향하려 했다.

"저, 사부님. 어디 가십니까?"

"집무실로 갑니다. 마저 하던 일을 해야 하니까요."

"저도 함께 가도 됩니까?"

안 될 건 없지.

"따라 오십시오."

그렇게 우리는 함께 집무실로 향했다.

문을 열고 들어가자, 서탁 위에 쌓인 서류들을 보며 연주혁이 질린 표정으로 물었다.

"사, 사부님. 저게 다 뭡니까?"

"제가 처리해야 할 서류들입니다."

"네?"

그는 헛웃음을 지으며 말했다.

"저런 업무를 하고도 살아 있을 수가 있군요."

나는 고개를 끄덕였다.

"그럭저럭 살긴 살아지더군요. 매일 피곤하긴 하지만 말입니다."

그는 잠시 고민하다가 내게 물었다.

"제가 도와드려도 되겠습니까?"

"북경까지 오느라 여독이 제법 쌓였을 텐데, 쉬지 않고 말입니까?"

"예. 무리해서 온 것도 아닌지라 그리 피곤하지는 않습니다. 그리고 사부님의 건강이 걱정됩니다."

"그렇다면 뭐…… 마음대로 하십시오."

나는 서향 소저에게 말했다.

"곽 부관님. 연 공자에게 일을 좀 주세요."

"알겠습니다."

그렇게 우리는 일을 시작했다.

어느새 내게 전달되는 서류의 정리 방법이 조금 달라졌다.

하지만 서향 소저 못지않게 깔끔하고 보기 쉽게 잘 정리되어 있다.

그렇다면 이건 연주혁 공자의 솜씨라는 의미군.

"연 공자."

"네. 사부님."

"일 솜씨가 제법 좋군요."

"아, 곽 부관님께서 잘 지도해 주신 덕분입니다."

"아니요. 재주가 부족한 사람은 잘 가르쳐 줘도 못합니다. 이전에 이런 일을 해 보신 적이 있나 봅니다."

내 말에 그는 머리를 긁적이며 대답했다.

"사실은 어릴 때부터 이런 일을 좀 배웠습니다. 아버지께서 자신의 아들이 능력 없다는 말을 듣는 건 용납하지 못한다고 하셔서……."

"그렇군요."

나는 그를 보며 잠시 생각에 잠겼다.

이번 가을에 내가 서향 소저와 혼인을 하게 되면 제 일부관의 자리는 공석이 된다.

그러면 내가 신뢰하고 맡길 수 있는 부관이 없어진다는 것을 의미하지.

그렇다면 그에게 한번 맡겨 봐도 되지 않을까?

그는 우직하고 끈기가 있는 사람이다.

삼 년의 시간을 기다려서 내 제자가 되겠다고 찾아왔으니 나를 배신할 리도 없고.

 일단 한번 의향을 알아봐야겠군.

 "연 공자, 북경에서 제 제자로서 무공을 배우는 것 말고 따로 할 일이 있습니까?"

 "딱히 없습니다. 사부님께 무공을 배운다는 생각만으로 온 것입니다."

 "그렇다면 제 부관을 해 보는 건 어떻습니까?"

 "네?"

 "곽 부관이 저와 혼인하게 되면 이 자리는 공석이 됩니다. 그때 연 공자가 대신 제 부관이 되어 주었으면 합니다."

 내 말에 그는 고개를 갸웃했다.

 "다른 부관이 있지 않습니까?"

 "아, 갈 부관은 사정이 좀 있습니다."

 갈현 부관의 됨됨이가 나쁘다는 것은 아니지만, 무조건 신뢰할 정도는 아니다.

 그래서 아직 기밀로 간주하는 것은 그에게 맡기고 있지 않기도 하고.

 "어쨌든 그때가 되면 제게는 신뢰할 수 있는 부관이 필요합니다. 제 부관으로 일해 주시겠습니까?"

 그 말에 연주혁이 눈을 빛냈다.

 "그 말씀은 저를 신뢰하신다는 말씀이십니까?"

 어째, 내가 신뢰한다는 말에 더 감동하는 것 같네.

 "하지만 여전히 의아하긴 합니다. 솔직히 사제 관계를

맺기는 했지만, 하루도 지나지 않았습니다. 어째서 저를 그렇게까지 신뢰하시는 겁니까?"

"삼 년이란 시간은 제법 긴 기간입니다. 그 시간 동안 저와의 약속을 기억하고 이렇게 찾아왔습니다. 그런 사람을 신뢰하지 않는다면 누굴 신뢰한다는 말입니까?"

"……그건 사부님이 그만큼 기억에 남았기 때문입니다."

나는 고개를 저었다.

"아닙니다. 이는 그런 문제 이전에, 사람의 문제입니다. 그렇기에 신뢰한다는 겁니다."

또한 만약 연 포정사의 장남이라면 이런 제안을 하지도 않았을 거다.

하지만 차남이기에 부담 없이 부관 자리를 제안한 것이다.

"자, 그럼 힘내서 다시 일을 시작해 봅시다."

"네."

.

.

.

저녁이 되었다.

"수고 많으셨습니다."

연주혁 공자는 살짝 눈이 풀려 있었다.

"피곤해 보이는데, 괜찮습니까?"

"아, 네. 괜찮습니다."

그리고 뭔가 알 수 없는 눈으로 나를 보았다.

"왜 그러십니까?"
"아, 아닙니다. 그냥…… 존경스러워서 그렇습니다."
"그렇습니까?"
나는 대수롭지 않다는 듯 말을 이었다.
"연 공자도 한 반 년 정도만 고생하면, 이 정도 일은 아무것도 아님을 느끼게 될 겁니다."
"……그게 더 두렵습니다."
"그럼, 내일 새벽에 보도록 합시다."
"네."
그렇게 연주혁 공자를 숙소로 돌려보냈다.
혹시…… 도망치는 건 아니겠지?
스윽.
그때 팔갑이 내 옆으로 다가오며 말했다.
"도망가는지, 제가 감시하면 되겠습니까요?"
"음……."
나는 고개를 저었다.
"괜찮아. 도망가진 않을 거야."
연주혁 공자의 의지가 그렇게 약하지는 않으니까.
물론 이전 삶에서는 그럴 만한 계기가 있었기는 하지만, 이번에 나를 찾아온 것만 해도 끈기는 인정해 줄 만한 사람이니까.
그때였다.
"아, 서호야."
"형."

정호 형이 나를 찾아왔다.

"유진 공자는?"

"처소로 돌아갔다. 그런데……."

뭔가 할 이야기가 있는 표정인데?

"왜? 무슨 이야기가 하고 싶어서 그러는데?"

"들켰네?"

"내가 형의 동생이야. 그래서 뭔데?"

내 말에 형이 심각한 표정으로 말했다.

"부탁이 있다."

"뭔데?"

"이번에 남경으로 갈 때, 명명상단 사람들과 동행해 줬으면 한다."

그 표정을 보아하니 단순히 견문을 넓히기 위해서가 아닌 것 같네.

"……그래서, 진짜 문제가 뭔데?"

내 물음에 정호 형이 머리를 긁적이며 말했다.

"저번 상행에 참여한 명명상단 측 행수의 부정이 의심되는 상황이야."

그리고 자세하게 설명을 했다.

명명상단은 후추를 교역하는 상단이다.

그전까지는 대월국에 사람을 보내서 산을 넘어 후추를 구매한 후에, 그 후추를 짊어지고 오는 방식으로 거래해 왔다.

하지만 최근 대규모 선단이 해상을 통해 대월국과 교역

에 성공했다.

이를 본 명명상단은 대월국과의 해상 교역의 안전성에 신뢰를 가지게 되었고, 사천에 지부를 둔 우리 은해상단의 배를 이용해서 후추 교역을 하기로 했다.

"저번 교역에서 가져온 후추가 질이 좀 떨어지는 상품이었다고 하더라고. 다행히 그 양이 많아서 손해를 보지는 않았다고 하는데, 그런 일이 벌어진 것에 있어서 누군가가 수작을 부린 게 아닐까 의심하고 있어."

"누군가가 일부러 질이 낮은 후추를 싸게 구매하고 그 차익을 꿀꺽했다는 말이네."

"그래."

내가 알기로 후추의 교역을 위해서 명명상단 측에서 파견된 사람은 모두 세 명이다.

우리 측이 같이 상행을 가기는 했지만, 우리 자체적인 일이 많아서 그들 쪽을 제대로 신경 쓰지 못했을 거다.

그렇다면 그들의 부정 같은 것을 증언하거나 할 수 없다는 뜻.

"그래서, 명명상단의 소단주가 남경으로 가면 저들의 부정에 대해 알아볼 수 있는 거야?"

내 물음에 정호 형이 대답했다.

"이번에 성청민 소단주와 함께 온 이들 중에 행수가 두 명이 있어. 출항이 임박했을 때 그들을 합류시킬 생각이지."

"아하! 무슨 말인지 알겠네."

나는 고개를 주억거렸다.

"저들이 방심했을 때를 노리는 거네. 하지만 이를 진행시키려면 그럴 만한 위치의 사람이 필요해서 소단주가 직접 가는 거고."

"맞아."

성유진 공자와 함께 북경으로 온 건, 비단 성유진 공자의 생일 선물만은 아니었던 것이다.

"그럼 성유진 공자도 같이 가는 거야?"

"아니."

형은 고개를 저었다.

"유진이는 여기 북경에 있어야지. 남경까지 가는 건 무리 아니냐?"

"그래서 물어봤어."

.

.

.

다음 날.

나는 아침 일찍 일어나 운기조식을 한 후 연무장으로 나갔다.

내 개인 처소에도 전용 연무장이 있지만, 달리기를 위해서는 북경지부의 연무장을 쓰는 게 좋다.

아무래도 내 전용 연무장은 그리 넓지 않으니까.

이미 연무장에는 서향 소저와 연주혁 공자가 나와 있었다.

"제가 좀 늦었습니다."

"아닙니다. 제가 좀 일찍 나왔습니다. 어찌 제자가 되어 사부님을 기다리게 하겠습니까?"

연주혁의 말에 나는 흐뭇하게 웃었다.

"그러면 달리기부터 시작합니다."

달리기는 서향 소저를 비롯하여 내 호위무사들 모두가 함께하는 수련이다.

나는 연무장을 달리며 나와 함께 연무장을 달리는 이들을 살펴봤다.

우선 서향 소저.

확실히 성장 속도가 남다르다. 아무래도 익히고 있는 무공이 체질에 딱 맞기 때문이겠지.

그리고 팔갑.

어느덧 개인적인 무공 실력은 절정을 앞두고 있다.

하지만 팔갑은 싸우는 법을 익혀서 그 경지가 된 것이 아니라, 살수의 기술로 그 경지가 된 거니까.

살왕의 재능이 내가 전에 낙양의 신기한 고서적점에서 발견한 서책을 통해 더욱 발달한 것 같단 말이지.

그래서 무공 실력은 일류 정도밖에 안 되지만, 화경급의 무인도 팔갑의 기척을 느끼지 못한다.

그리고 다른 호위무사들은 저번에 일사검을 만났을 때 나를 지키지 못했다는 것에 충격을 받아서인지, 요즘 무공 수련에 더욱 매진하고 있었다.

그래서일까, 이필 무사와 명종 무사, 그리고 창운 무사는 일류의 끝자락에 도달해 있었다.

 곧 서우 무사도 초절정에 오를 수 있을 것 같고.
 내 일행의 전력이 점점 강해지는 모습에 미소가 나왔다.
 그렇다고 나 역시 수련을 게을리할 수는 없지.
 초절정에 오르기는 했지만, 여기서 만족해서는 안 된다.
 최소한 화경에는 올라야 무림맹에 복수할 수 있고, 그 전에 죽는 불상사가 벌어지지 않을 터.
 마지막으로 열심히 우리를 따라 달리는 연주혁 공자.
 내가 그를 처음 만났을 때 그의 실력은 일류 정도였다.
 명종 무사나 창운 무사는 각자 소속된 문파에서도 손꼽히는 후기지수였을 정도니, 그의 재능도 그리 나쁘지 않다.
 그리고 삼 년이 지난 지금, 절정을 앞두고 있다.
 그사이 얼마나 열심히 수련했는지 알 수 있는 대목이지.
 비록 내가 수련 방법을 알려 주었고, 하루도 빠짐없이 행하라고도 하긴 했다.
 그 성장을 보면, 내 지시대로 했을 터.
 그건 결코 쉬운 일이 아닌데…… 확실히 끈기 하나는 대단하군.
 그나저나 뭔가 깜박한 것 같은데…….
 아! 연주혁 공자는 혼인을 하고 자녀까지 있지 않았나?
 문득 든 생각에 나는 달리기를 멈췄다.
 그러자 내 뒤를 따라 달리던 이들 역시 발을 멈추었고, 나는 연주혁 공자에게 물었다.

"연 공자."
"네, 사부님."
"부인과 아이는 잘 있습니까?"
내 물음에 그는 움찔했다.
"혹시 부인에게 말하지 않고 온 것입니까?"
"서, 서신은 남겨 두고 왔습니다."
제대로 말하지 않고 왔군.
이 사람이 진짜!
"왜 말하지 않고 온 것입니까?"
"사실, 그게……."
그는 우물쭈물하다가 결국 내게 자초지종을 설명하기 시작했다.
그는 아버지인 호남성 포정사 밑에서 관리로 일하고 있었다고 한다.
하긴 그 나이까지 아무런 일을 하지 않았을 리가 없지.
"저는 강호를 자유로이 누비는 무림인들을 동경했습니다. 그래서 관직에서 물러나려고 했지만, 부인이 이를 반대했습니다."
그는 기어들어가는 목소리로 말했다.
"하여 서신을 적어 두고……."
"도망치듯이 나왔다는 거군요."
"그…… 그렇습니다."
어쩐지…… 꽤나 숙련된 실무자 느낌이 들었던 게 그래서였군.

그리고 왜 그렇게까지 간절했는지도 알겠고.

"그렇다는 건 호남성 포정사 대인께 허락을 받았다는 것도 거짓말이군요."

"아버지께도 서신은 남겼습니다."

형산파 장문인에게서 확약서를 받아와서 포정사 대인도 알고 있을 거라고 생각했는데 아니었군.

제법 철이 들었다고 생각했는데, 아무래도 그건 아닌가 보네.

"후. 연 공자님. 저를 정말 사부로 생각하고 있다면 제 충고를 들으십시오."

"네. 경청하겠습니다."

"지금 즉시, 집으로 돌아가서 가족들에게 제대로 설명하고 다시 오십시오."

"저…… 다시 집으로 돌아가면 맞아 죽습니다."

"맞아 죽을 일을 왜 하셨습니까?"

"……."

"가족들의 허락을 받아 오지 않으면, 저는 연 공자를 제자로 받아들일 수 없습니다."

"헉! 사, 사부님! 그건 안 됩니다."

그는 다급히 자리에 무릎을 꿇고 고개를 숙였다.

나는 그의 고개를 들고는 눈높이를 맞추며 말했다.

"연 공자. 이건 상당히 중요한 문제입니다. 연 공자도 무공을 익혔으니 심마라는 것이 얼마나 무서운 놈인지 잘 알 것입니다."

"네. 압니다."
"그리고 심마를 일으키는 가장 큰 원인 중 하나가 바로 가족에 대한 문제입니다."
나는 말을 이었다.
"처음에는 괜찮을 거라고, 그렇게 스스로를 속일 수 있겠죠. 하지만 수련을 계속하다 보면 본인의 내면을 관조하게 됩니다. 그때 애써 숨겨 왔던 것을 깨달았을 때, 심마에 빠져서 주화입마에 걸릴 가능성이 큽니다."
"……."
"그리되면 그때까지 수련한 것이 헛수고가 되는 셈이지요. 아니, 목숨이 위험할 수도 있습니다."
내 말에 그는 심각한 표정이 되었다.
"그러니, 제 말대로 지금 당장 집으로 가서 가족들에게 정식으로 허락을 받고 오십시오."
나는 단호하게 말하며 일부러 기세를 내뿜었고, 이에 그는 겁먹은 표정으로 고개를 끄덕였다.

아침을 먹자마자 연주혁 공자는 호남성으로 돌아갔다.
호남성 포정사 대인에게 전하는 서신을 들려 보냈으니, 그리 많이 혼나지는 않겠지.

점심을 먹은 후.
명명상단의 성청민 소단주가 나를 찾아왔다.
"어서 오십시오."

"환대해 주셔서 감사합니다."

나는 그에게 자리를 권했고, 팔갑이 차와 다과를 가져다주었다.

차를 한 모금 마신 그가 감탄했다.

"역시 은해상단입니다. 차가 참으로 맛있습니다."

"저희 조부님께서 차에 진심이셔서 차는 항상 신경 쓰고 있습니다."

잠시 정적이 감돌았고, 성청민 소단주가 먼저 입을 열었다.

"저, 은정호 소단주께 이야기 들으셨습니까?"

"이번에 남경으로 갈 때 동행하는 일에 대한 것 말씀입니까?"

"네. 그렇습니다."

"동행하는 이들의 수는 어떻게 됩니까?"

"저까지 모두 다섯 명입니다. 제 호위 두 명과 그곳에서 파견할 사람이 두 명입니다."

"그렇군요."

"이번에 같이 온 창인표국의 사람들은 잠시 이곳에 머물게 할 생각입니다. 그리고 그들이 머무는 동안의 비용은 제가 따로 지불하겠습니다."

"괜찮습니다. 저희 은해상단이 그런 걸로 쩔쩔매는 곳은 아니니, 그런 걱정은 하지 않으셔도 됩니다."

창인표국은 설풍궁의 이들.

내가 설풍궁의 소궁주인데, 그들이 먹고 사용하는 것들

이 아까울 리가 없지.

"출발은 내일입니다."

"내일…… 입니까?"

"네. 제법 일정이 지체되어서 빠르게 진행할 예정입니다. 그리고 태자 전하와 동행할 예정입니다."

"헉! 태자 전하 말입니까?"

"네. 하지만 태자 전하보다 주의해야 할 이는 따로 있습니다."

그는 이해했다는 듯 심각한 표정으로 고개를 끄덕였다.

"금의위와 동창 말이군요."

"네."

그도 아는 것이다.

이 제국에서 금의위와 동창이 얼마나 악명 높은 곳인지 말이다.

나야 황제 폐하가 뒷배이고, 금의위와 동창의 높으신 분들이 나를 좋게 여기고 있으니 그런 걱정을 하지 않지만, 보통 사람들은 다르다.

자칫 잘못했다가는 정신을 잃고 눈을 떴을 때, 무시무시한 방 안에 갇혀 있을 수도 있으니까.

"모두에게 단단히 일러두겠습니다."

동행하는 다른 이들이 있긴 하지만, 그들에 대해 지금 말하지 않아도 되겠지.

나는 자리에서 일어나며 말했다.

"알겠습니다. 그리고 여정을 위해 배를 든든히 채워 두는 게 좋겠습니다. 주루에서 같이 저녁을 드시죠."

 그날 저녁.
 나는 약속대로 모두를 데리고 인근 주루로 향했다.
 내가 자주 찾는 단골 주루이기도 하지.
 가장 높은 층 하나를 통째로 전세 냈고, 북경지부의 사람들과 명명상단의 사람들 모두가 맛있는 식사를 즐길 수 있었다.
 "오늘 이 자리를 마련할 수 있게 된 건 제 동생 서호 덕분입니다."
 정호 형이 대표로 일어나 모두를 격려하면서 나에 대해 언급했다.
 아, 진짜…….
 그런 말은 안 해도 되는데.
 정호 형은 계속해서 말을 이어 갔고, 마지막으로 잔을 들며 말했다.
 "그럼, 은해상단의 발전을 위하여! 그리고 명명상단과의 우호를 위하여!"
 우리는 모두 술잔 대신 찻잔을 들었다.
 아직 금주령이 풀린 건 아니니까.
 화기애애한 시간이었다.
 나는 이렇게 모두가 함께 먹고 마시며 떠드는 이런 시간이 좋다.
 그건, 현재 상단에 걱정이 없다는 의미니까.

만약 뭔가 일이 터졌다면, 이럴 겨를도 없다. 일을 해결하기 위해서 눈코 뜰 새 없이 움직여야 하니까.

이런 평온한 은해상단을 위해서 내가 열심히 움직이는 것이기도 하다.

내가 고생한 것에 대한 보상이랄까?

"아, 그런데 연 공자는 잘 돌아갔느냐?"

"응. 아마 조만간 돌아올 거야. 혹시 내가 돌아오기 전에 돌아오면 잘 기다리고 있으라고 전해 줘. 만약 내가 없는 사이에 사고라도 치면 가만 안 둔다고도 전해 주고."

"흐흐흐, 알았다."

형이 시원하게 웃으며 말했다.

"아무쪼록 잘 다녀와라. 북경은 걱정하지 말고."

그렇게 화기애애한 시간이 지나고, 자리를 파했다.

오늘 저녁을 먹은 후에는 연준상단으로 가야 했다. 선일 형님이 보자고 하셨으니까.

생각보다 자리가 일찍 끝났기에 시간이 좀 남아 있었고, 그래서 북경의 저잣거리를 걷기로 했다.

남경에 다녀왔다가 돌아왔을 때 바뀐 것을 확인하려면 오늘 돌아봐야지.

서향 소저는 북경지부 사람들과 같이 돌아갔다.

다른 이들도 돌아가서 쉬라고 했지만, 거부하는 바람에 호위무사 전원과 팔갑까지 동행하게 되었다.

북경의 저잣거리는 제법 길었다.

그리고 각 구역마다 파는 것들이 거의 정해져 있는 편이었다.

사실, 이곳만큼이나 상인들의 결속이 좋은 곳도 없긴 하다.

특히 난상이라 불리는 노점상을 단속하는 일에 대해서는 그렇게 적극적일 수도 없다.

그도 그럴 게, 그들은 성실하게 세금을 내면서 장사를 하는데, 난상들은 세금 한 푼도 내지 않고 장사를 하니 곱게 볼 수가 없겠지.

그래서 그들은 황궁 앞의 저잣거리에는 절대 기웃거리지 않는다.

하지만 이제 그것도 곧 바뀐다.

난상들에게 임시 허가증을 발급하는 일이 추진되니까.

"음? 킁킁! 이거 서책 냄새 아닙니까요?"

"서책 냄새?"

그러고 보니 우리는 지금 막 서책 거리 안으로 들어와 있었다.

"완전 개코가 따로 없네."

내 감탄에 팔갑이 고개를 저으며 말했다.

"사실 제가 서책을 싫어해서 말입니다요."

"그런 것 치고, 서책을 많이 읽지 않아?"

팔갑이 겉모습과 달리 제법 아는 게 많은 편인데, 이는 서책을 많이 읽었기 때문이다.

"아버지께서 강제로 읽히셔서 말입니다요."

그러고 보니, 팔갑의 아버지 역시 무척이나 거구였지.

팔갑이 새끼 곰으로 보일 정도.

문득 아비 곰이 새끼 곰의 목덜미를 잡고, 강제로 서탁 앞에 앉히는 모습이 상상되는 건 왜일까?

"어릴 땐 그랬는데, 지금은 제가 스스로 읽습니다요."

"왜?"

"도련님께 부족함 없는 시종이 되고 싶어서 말입니다요."

"……."

아니, 팔갑아.

그렇게 갑자기 훅 들어오면 어떻게 하냐?

나 감동받잖아.

147장. 황제의 밀지

황제의 밀지

곧 우리는 연준상단에 도착했다.
"어서 오거라."
고모님께서 나를 맞아 주셨고, 나는 정중하게 인사를 드렸다.
"그간 잘 지내셨습니까?"
"들었다. 이번에 사천에 구호를 위해 갔었다지?"
"네. 얼마 전에 돌아왔습니다."
고모님이 웃으며 말씀하셨다.
"수고 많았다. 힘들었지?"
"하하하. 힘들지 않았다고 하면 거짓말이겠지요."
"네가 있어 참으로 든든하단다. 얼른 들어가자꾸나. 네 고모부도 금방 돌아올 것이고, 선일이와 새아가도 곧 퇴청할 테니까."

"네."

나는 그냥 들어가려다가 걸음을 멈추며 물었다.

"고모님, 시나아 공주마마도 퇴청하신다는 건, 지금 황궁에 계신다는 말씀입니까?"

"맞아."

고모는 고개를 끄덕였다.

"황제 폐하께서 부르셨거든."

접빈실에서 차와 다과를 즐기며 고모님과 근황 이야기를 하고 있자 고모부께서 먼저 돌아오셨다.

"어서 오십시오, 고모부님. 사업은 잘 되고 있습니까?"

"네가 소개해 준 이들이 다시 소개해 준 자들이 있어서 최근 사업을 확장했지."

"그렇군요. 연준상단이 날로 커져서 기쁩니다."

"하하하. 그리 말해 주니 고맙구나."

그렇게 고모부와는 사업에 관한 이야기를 나누었다.

그러던 중 선일 형님과 시나아 공주가 돌아왔다.

"아버지, 어머니. 소자 퇴청했습니다."

"아버님, 어머님, 소녀도 집에 돌아왔습니다."

"그래, 수고 많았다."

고모부와 고모님은 인사를 나누고는 자리에서 일어나셨다.

"나는 처리해야 하는 일이 있어서 먼저 일어나마."

"나도 바쁜 일이 있어서."

"들어가십시오."

곧 접빈실에는 나와 선일 형님 내외만이 남았다.

선일 형님이 먼저 말을 꺼냈다.

"오늘, 황제 폐하를 뵙고 왔다."

"그러셨군요."

"이번에는 은해상단의 선박을 이용한다고 말씀드렸다. 그나저나 이번에 정말 함께 가지 않는 것이냐?"

선일 형님의 물음에 나는 고개를 끄덕였다.

"네."

"어째서냐?"

"그건, 공주마마께서 혼인 후 처음으로 부모님을 뵙는 자리이기 때문입니다."

나는 말을 이었다.

"그런 자리에서 사업적인 이야기가 섞이게 되면 그리 좋지는 않습니다. 아마 공주마마께서도 넌지시 말씀만 드리는 정도일 거라고 생각합니다. 그렇지 않습니까?"

내 물음에 시나아 공주가 고개를 끄덕였다.

"네. 맞아요."

"그런 자리에 소단주인 제가 가게 된다면 너무 속 보이는 일입니다. 마래서국 국왕 전하의 입장에서 기분이 별로 좋지 않으실 겁니다."

"확실히. 그렇군."

"마래서국의 국왕께서 부르시면, 그때 가면 됩니다."

선일 형님이 고개를 끄덕였고, 시나아 공주는 빙그레

웃었다.

"역시, 셋째 도련님이시군요."

"공주마마께서 칭찬해 주시니, 몸 둘 바를 모르겠습니다."

"형수님이라고 불러도 된다니까요."

"하하하. 나중에 익숙해지면요."

공주라는 신분 때문인지 왠지 형수님이라고 부르기에는 좀 부담스럽거든.

"내일 남경까지 가는 길에 대해 얘기할 겸 잘 부탁한다고 말하고 싶어서 보자고 했다."

이번에 선일 형님도 시나아 공주와 함께 마래서국에 가니까.

그리고 나는 태자가 동행하자고 권해서 남경에 같이 가게 되었다.

아무래도 '너는 내 사람이다'라고 점 찍어 두는 그런 의미겠지.

이렇게 다음 대 황제 아래에서도 굴려지는 건 확정인가?

뭐, 설령 그게 아니었더라도 내 쪽에서 동행을 요청했을 거다.

선일 형님과 시나아 공주가 남경까지 가는 길에 대해 고모님께 개인적으로 부탁 받은 것도 있거든.

나는 저번에 시나아 공주가 했던 말을 떠올렸다.

"혹시 마래서국과의 무역에 관심이 있으신가요?"
"......!"
"원하신다면, 아버지께 말씀드려서 다리를 놔 드릴 수 있답니다."
그리고 그녀는 나에게 이와 관련하여 요청했다.
"그렇다면 다음 교역 때 이를 위한 준비를 해 두세요. 그리고 그때 저와 함께 마래서국으로 가 주시면 됩니다."
"네? 직접 가신다는 말씀입니까?"
"정확하게 말하면 제 부군과 함께 갈 생각입니다. 부모님께서 제 부군이 보고 싶다고 하시네요."

하여 나도 함께 갈 예정이었지만, 아무리 생각해도 이번에는 때가 아닌 듯해서 말이지.
나는 이에 대해 아버지께 말씀드렸고, 아버지는 즉시 준비를 해 주셨다.
사실 우리 은해상단에서 건조하고 있는 배가 한 척이 더 있었거든.
선장은 창해상단에서 소개해 준 선장이다.
창해상단은 이제 우리 은해상단의 산하에 들어온 한 만큼 믿을 만하지.
그리고 행수들 역시 백부익상단에 가서 교육을 받았고.
나는 미소 지으며 말했다.
"걱정하지 마십시오."

"아, 그리고……."

선일 형님이 품에서 봉투 하나를 꺼내 내게 내밀었다.

"황제 폐하께서 이걸 너에게 전해 달라고 하셨다."

나는 그것을 받았다.

그 앞에 적힌 글자는, [본인 외 개봉 금지 / 혼자 있을 때 열어 보아라]라고 적혀 있었다.

"전해 주셔서 감사합니다."

나는 선일 형님 부부와 헤어져 북경지부로 돌아왔다.

그리고 씻고 침소로 향했다.

후, 오늘도 제법 힘들었군.

그냥 이대로 잠들고 싶지만…….

나는 쓴웃음을 지으며 침상에 앉아 선일 형님에게 받은 봉투를 꺼냈다.

찌이이익.

그리고 그 안에 들어 있던 서신을 펼쳤다.

"……."

바스락.

나도 모르게 서신을 잡은 손에 힘이 들어가며 밀지가 구겨졌다.

이걸 선일 형님을 통해 전해 주셔서 다행이군.

아무래도 이런 것까지 예상하셔서 혼자 보라고 하신 것 같은데.

안 그랬으면 불경죄로 질책받았을 테니까.

.
.
.

다음 날 아침.

우리는 준비를 마쳤다.

"조심히 잘 다녀오너라."

"응."

"선일이 내외도 잘 부탁한다. 그리고 성 소단주도 잘 부탁하고."

"알았어."

"조심히 다녀오세요."

서향 소저는 북경에 남아서 나 대신에 일을 처리해 주기로 했다.

우리는 작별 인사를 나누고 황궁으로 향했다.

이미 그 앞에서는 분주하게 출발 준비가 한창이었다.

내가 가까이 다가가자 나와 안면이 있는 이들이 아는 척을 했다.

우리 은해상단의 은풍대원들과 행수들은 그들과 이런 저런 것들을 논의하기 시작했다.

그때 황궁 안에서 한 무리의 이들이 나왔다.

태자를 비롯해 선일 형님과 시나아 공주 일행이었다.

우리는 정중하게 예를 갖추었다.

"그럼, 남경까지 가는 길. 잘 부탁하네."

"충심을 다해, 목숨을 다해 모시겠습니다."

그렇게 준비가 마무리되었고 남경으로 출발했다.

.

.

.

북경에서 남경까지는 매우 편안한 여정이다.

워낙 관도가 잘 닦여 있고, 도적들도 거의 없기 때문이다.

제국 입장에서 워낙 중요한 길목이다 보니 신경 써서 관리하는 곳이기 때문이다.

하지만 그 분위기와 달리 나는 나름 심각했다.

그건 어제 황제 폐하가 나에게 비밀리에 전해 준 밀지 때문이었다.

그리고 그 밀지의 내용은······.

"왜 그런 표정이십니까요?"

"응?"

팔갑이 나에게 다가와 모닥불 앞에 앉으며 말했다.

"차 한 잔 드릴까요?"

"응."

마침 차가 마시고 싶었는데, 역시 팔갑이다.

"여기 있습니다요."

"고마워."

나는 차를 마시며 천천히 주변을 둘러보았다.

그리고 태자 주변에 붙어 있는 내관 한 명을 발견하고, 그에게 시선을 고정했다.

황제가 전해 준 밀지의 대상이다.

저 아정이라는 내관이 태자에게 기생하려는 움직임을 보인다면 사고사로 위장해서 그를 죽이라는 내용이었다.

아니, 황제 폐하.

제가 뭐, 해결사입니까?

저는 살수가 아니란 말입니다.

속으로 그리 투덜거리면서도 황제가 말미에 적어 준 내용을 떠올렸다.

그에 대해 조사해 본다면, 자신이 왜 그런 명을 내렸는지 알게 될 거라고.

그렇다면 이에 특화된 인물이 있지.

"진유 무사님, 부탁이 있습니다."

"네. 말씀하십시오."

"저기 저 내관 보이십니까? 턱에 점이 있는 내관 말입니다."

"아, 네. 보입니다."

"저자의 감시를 좀 부탁드립니다. 실력이 그리 낮지는 않은 것 같으니 유의하시고요."

"알겠습니다."

아정이라는 내관은 황궁을 드나들면서 한 번도 본 적이 없는 자였다.

그리고 황제 폐하가 따로 알려 주신 게 없기에 그에 대한 정보가 하나도 없다.

아마 선입견 없이 내 눈으로 살펴보라는 의미겠지.

"팔갑아."
"네."
"저 아정이라는 내관에 대해서 좀 알아봐."
"알겠습니다요."

그렇게 이틀 정도가 흘렀다.
"도련님. 알아봤습니다요."
"그래?"
"네."
팔갑이 나에게 아정이라는 자에 대해서 설명해 주었다.
아정의 나이는 올해 마흔다섯.
황궁에 들어온 건 아주 어릴 때라고 했다.
그의 아버지가 고작 일곱 살이었던 그의 양물을 자른 후 황궁에 넘겼다고.
"제법 야망이 있는 인물이라고 합니다. 그래서 동창으로 제법 활약도 했다고 합니다요."
팔갑은 고작 이틀 만에 꽤 상세한 정보를 알아왔다.
"……그리고 제법 요령도 있어서 저번 내관들의 숙청 때에도 살아남았다고 합니다요."
"그렇구나."
확실히 팔갑의 정보 조사 능력은 뛰어나다니까.
"그나저나 그런 건 다 어떻게 알아낸 거야?"
"물어보는 것도 있고, 그냥 숨어서 들은 것도 있습니다요."

확실히…….

화경의 고수도 알아차리지 못하는데, 다른 이들이 알아차릴 리가 없지.

점심이 되자 이번엔 진유 무사가 내게 다가와 보고했다.

"아직은 그리 이상한 점을 발견하지 못했습니다."

"그렇습니까?"

나는 잠시 고민하다가 말했다.

"팔갑이 알아본 것들을 전해 드릴 테니 혹시 생각나는 게 있으면 말해 주세요."

"알겠습니다."

나는 진유 무사에게 팔갑이 조사해 온 정보를 전해 주었다.

"잠시만요."

진유 무사가 손을 들어 내 말을 멈추었다.

"방금 강소성 둔향현에서 혼자 살아남았다고 하셨습니까?"

"네. 맞습니다."

나는 고개를 끄덕였다.

"팔갑이 알아 온 바에 의하면, 강소성에 반란의 무리들이 있다는 정보를 듣고 조사를 위해 다섯 명의 동창들이 파견되었다고 합니다. 그런데 중간에 그들의 정체가 발각되어서…… 아무튼, 그때 혼자 살아남았다고 하더군요."

"음…… 그럴 리가 없습니다. 당시의 일은 저도 알고 있습니다. 그때 그들을 지원했던 곳이 무림맹이기 때문입니다."

진유 무사가 심각한 얼굴로 말을 이었다.

"그 동창 중에 무림맹에 충성하는 자가 있었고, 그의 밀고로 그 일이 발각될 뻔했던 일을 막을 수 있었다고 합니다."

"네?"

"그리고 그는 살아남아 계속해서 내관으로 일을 한다고 들었습니다."

잠깐.

그러니까 진유 무사의 말대로라면, 그때 유일하게 살아남은 자가 맹에 충성하는 자였다는 말이잖아?

그렇다면 저 아정이라는 자는 황제가 아니라 무림맹에 충성하는 인물이라는 뜻.

그런 자가 태자의 옆에 붙어 있다면 그 의미는 뻔하다.

향후 태자를 자신들의 입맛에 맞게 움직이겠다는 거지.

후, 젠장…… 왜 황제가 내게 그런 말을 했는지 알겠군.

대놓고 그를 제거하기에는 물증이 없었던 것이다.

표면적으로 그는 공을 세우고 황실에 충성하는 인물이니까.

그런 그를 마땅한 죄목 없이 처리한다면 내관들이나 동창이 흔들릴 터.

즉, 사고사로 위장해서 그를 제거함으로써 그 혼란을 최소화하고, 무림맹에 경고를 하시려는 거다.

그리고 이는 동시에 나에 대한 황제의 또 다른 시험이

기도 하다.

내 능력이 어디까지인지 보시려는 거겠지.

후, 황제의 장단에 놀아 주는 건 마음에 들지 않지만 어쩔 수 없지.

내 입장에서도 아정이라는 자는 없어져야 하니까.

안 그러면 은해상단을 천하제일상단으로 만들고 무림맹에 복수하려는 내 계획이 어그러지니까.

특히, 태자가 저들에게 놀아난다면 나로서는 상당히 짜증나는 상황이 될 터.

.
.
.

며칠이 지났다.

그동안 나는 진유 무사에게 부탁하여 계속해서 아정을 감시했다.

그러는 한편, 어떻게 하면 아정을 사고사로 위장해서 제거할 수 있을지 고민했고.

그러던 중 내게 아정이 찾아왔다.

"자네가 은서호 소단주인가?"

"네. 그렇습니다."

"태자 전하께서 부르시네."

무슨 일이시지?

나는 태자의 막사로 향했고, 태자에게 예를 갖추었다.

"소상, 은서호가 태자 전하를 뵙습니다."

"이 근처에 경치가 기가 막힌 곳이 있다는데 혹시 그에 대해 아는가?"

아, 그러고 보니 이 주변의 산세가 꽤나 수려하지.

"예, 알고 있습니다."

"좋군. 이곳에서 쉬어가는 김에 그곳을 구경하고 싶은데 안내를 부탁해도 되겠는가?"

"물론입니다. 제가 안내하겠습니다."

내 말에 태자가 자리에서 일어나며 말했다.

"그러고 보니, 저번에 사천에서 지진으로 인해 산사태가 일어났을 때 자네가 나를 구해 줬던 일이 생각나는군."

"그야말로 천운이었습니다."

그때 태자가 의미심장한 표정으로 말했다.

"이번에도 그런 천운이 따라 주었으면 좋겠군."

그 말에 나는 태자를 보며 순간 눈을 깜박였다.

어라?

방금 그 말은······.

나는 태자의 말뜻을 알 것 같았다.

왜 이런 곳에서 산수가 수려한 곳을 보고 싶다고 하는 것인지도.

산수가 수려하다는 의미는, 그 지형이 무척이나 험하다는 의미이기도 하다.

까딱하다가는 천 길 절벽 아래로 떨어져 사망할 정도로 말이다.

아니, 황제 폐하.

태자 전하가 너무 순둥이라서 걱정이라고 하셨습니까?
대체 어딜 봐서 순둥이라는 겁니까?
역시, 호부 밑에 견자는 없다니까요.

.

.

.

나는 채비를 하고 태자와 함께 길을 나섰다.
"태자 전하. 지금 저희가 갈 곳은 무척이나 험한 곳이기에 안전에 문제가 생길 수도 있습니다."
나는 밑밥을 깔았다.
그래야 아정이 불의의 사고를 당한다고 해도, 이에 대해 "왜 그런 위험한 곳에 모시고 가서 그런 일이 벌어지게 한 것인가?"라는 질책을 피할 수 있기 때문이다.
"신경 쓰지 말게. 좋은 풍광을 감상하기 위해서라면 그 정도는 감수해야지."
태자가 자연스럽게 말을 이었다.
"그렇다고 번거롭게 모두가 따라갈 필요는 없네. 꼭 필요한 이들만 같이 움직이지."
"알겠습니다."
이에 태자의 호위를 담당한 두 명의 시위와 내관 두 명, 그리고 나와 내 호위무사들이 함께 움직이기로 했다.
그 두 명의 내관 중에는 아정도 포함되어 있었다.
그렇게 우리는 산을 올랐다.
내가 태자에게 소개해 주려는 곳은, 절벽이었다.

그 절벽에서 보는 경치가 그렇게 아름다울 수가 없다.

아무리 이 경치 구경에 숨겨진 목적이 있다고 해도 겉으로 보이는 과정이 자연스러워야 한다.

그래야 의심받지 않으니까.

그 경치를 보러 가기 위해서는 산길을 한 식경 정도는 걸어야 했다.

그러면서 자연스럽게 아정이라는 자에게 가까이 갈 수 있었다.

덕분에 확신할 수 있었다.

그에게서 느껴지는 것은 분명 수라혈교의 기운이라는 것을.

그가 익힌 무공은 내관들이 익히는 무공이었기 때문인지 그 기운이 강하지 않았다.

그러나 그 기운이 분명하게 느껴지는 것을 보면 그들과 관계가 있다는 것은 확실하지.

만약 이자가 섭혼술까지 익혔다면 그건 심각한 문제가 될 수 있다.

어느새 우리는 목적지에 다다랐다.

"이쪽입니다."

내가 안내한 절벽에 선 태자는 그 모습을 보며 감탄했다.

"오오! 참으로 아름다운 풍경이군."

"마음에 드신다니 다행입니다."

태자가 그리 감탄할 정도로 참으로 아름다운 곳이다.

내가 이곳에 대해 알게 된 것은 이전 삶에서 남경으로

갈 때 동행했던 표두 덕분이다.

그가 근처에 경치가 제법 좋은 곳이 있다며 알려 줬거든.

"이렇게 아름다운 풍경이라니! 힘들게 산을 오른 보람이 있습니다."

"그러게 말입니다. 모처럼 눈이 즐겁군요."

태자의 시위들과 내관들도 모두 고개를 끄덕이며 그 경치에 대해 감탄했다.

그러나 나는 속으로 긴장하고 있었다.

이곳에서 아정을 사고사로 위장하여 그 목숨을 거두어야 했으니까.

하지만 그것만을 생각한다면 이렇게까지 긴장할 필요는 없지.

나는 그것을 넘어 아정 말고도 다른 자가 황궁에 암약하고 있다면 그것까지 밝혀내고자 한다.

이왕 하는 것 제대로 해야지.

나는 귀찮은 것을 싫어한다.

그래도 어쩔 수 없이 해야 한다면 최소한의 품을 들이든가, 최대한의 효과를 내든가 하는 게 내 신조다.

"어? 저것은……."

나는 무언가를 발견한 듯 한 곳을 가리켰고, 이에 태자가 물었다.

"왜 그러는가?"

"저기에 영초가 있습니다. 저건 분명히 험한 절벽에서만 자라는 영초로서, 그 열매를 먹으면 무병장수에 도움이 된다는 귀한 영초입니다."

나는 말을 이었다.

"허락해 주신다면 저것을 가져와 전하께 바치겠습니다."

그리고 공명심이 강한 아정이라면 이 기회를 놓칠 리가 없지.

내 예상대로 그가 눈을 빛내며 나섰다.

"번거롭게 은 소단주까지 나서지 않아도 될 듯합니다, 전하. 제가 다녀오겠습니다."

"그리하게."

태자의 허락을 받은 아정이 내가 가리킨 곳으로 향했다.

"어디에 있는 것인가?"

"좀 더 절벽 가까이에 있습니다."

"이곳…… 인가?"

그렇게 그가 몸을 굽혀 절벽 끝 쪽을 살필 때, 나는 슬쩍 보이지 않게 그의 엉덩이를 밀었다.

"웃!"

그가 놀라 버둥거렸지만, 절벽 밑으로 떨어지는 것은 막을 수 없었다.

"앗! 아 내관님!"

나는 얼른 손을 뻗어 그의 손을 잡았다.

그리고 내 호위무사들과 태자의 시위들이 달려오는 것을 보며 몸에서 힘을 뺐다.

스륵.

그렇게 나 역시 절벽 아래로 떨어져 내렸다.

"주군!"

내 호위무사들이 다급히 나를 부르는 소리가 들려왔다.

나는 그들에게 손을 내밀며 구해 달라는 척을 하며 그대로 떨어졌다.

- 꾸이!

어느 정도 떨어져서 저들이 보이지 않을 때쯤 금령이가 등으로 나를 받쳐 주었고, 덕분에 나는 절벽 아래로 떨어지고도 상처 하나 없었다.

문득 사천에서 절벽 아래로 떨어졌을 때가 생각나네.

그때도 금령이 덕분에 절벽의 나무뿌리를 잡고 구출될 수 있었는데 말이지.

이번에는 일부러 바닥까지 떨어졌다.

시간이 필요했으니까.

그나저나 그때와 비교하면, 금령이의 힘이 상당히 좋아진 것 같단 말이지.

최근에 금자를 좀 많이 줘서 그런가?

나는 그런 생각을 하며 기절해 있는 아정에게 다가갔다.

일부러 죽지 않을 만큼만 그에게 충격이 미치게 했거든.

혹시 모르는 일이니, 그의 혈도를 점해서 몸을 움직이지 못하게 한 후 비고에서 밧줄을 꺼내 근처의 기다란 바위에 묶었다.

이곳은 수려한 경치만큼이나 기암괴석이 많아서, 내가 원하는 기둥 모양의 바위도 있었으니까.

그리고 손에 차가운 기운을 담아 뺨을 쳤다.

짜악!
"허억!"
그러자 마치 차가운 물을 뒤집어쓴 듯 화들짝 놀라며 깨어났다.
"이, 이곳은?"
"절벽 아래입니다."
"뭐?"
"기억 안 나십니까? 저 위에서 떨어지셨는데 말입니다."
"……."
그는 자신이 바위에 묶여 있는 상황을 깨닫고 버둥거리며 소리쳤다.
뼈가 어그러진 탓에 제법 아플 텐데.
"이, 이게 무슨 짓인가?"
"별것 아닙니다. 제가 내관님과 대화를 좀 하고 싶어서 이렇게 모셨습니다."
"무슨 말도 안 되는 소리를!"
그는 상황을 깨닫고는 나를 노려봤다.
"그렇다면 그 열매에 대한 건 거짓말이었군!"
"네. 맞습니다."
"이런 무엄한 자 같으니라고! 감히 나를……."
"수라혈교."
"……!"
내 말에 그는 잠시 멈칫했지만, 이내 담담하게 대답했다.
"갑자기 무슨 말인가? 처음 듣는 이름인데."

"그런데 왜 눈가가 떨리는지 궁금하군요."

"……."

"이미 당신이 수라혈교의 부역자라는 것을 알고 있습니다. 황제 폐하께서도 알고 계시지요."

"……!"

"아, 그리고 태자 전하께서도 알고 계시더군요. 그러니까 제가 이렇게 내관을 협박하는 짓을 태연하게 저지르는 게 아니겠습니까?"

"그, 그럴 리가 없다!"

"정말입니다만?"

"이, 이미 태자는 내가 섭혼술을 걸어…… 헙!"

그가 얼른 입을 닫았지만, 이미 들어야 할 말은 다 들었다.

젠장, 진짜로 그랬을 줄이야.

내가 우려했던 일이 이미 벌어진 탓에 나는 심각한 표정이 되었다.

"언제 섭혼술을 걸었습니까?"

"……."

대답이 없군.

나는 혀를 차며 그의 혈도를 건드렸다.

혹시 모르니 검상 같은 것을 남기면 안 되니까.

그도 분골착근의 고통을 이길 수는 없는 듯, 결국 비명을 지르고 말았다.

이미 뼈가 어긋난 탓에 고통은 더 심하겠지.

"끄아아악!"

하지만 비명이 울려 퍼져도 이곳에 우리가 있음은 아무도 모른다.

내가 기운으로 소리를 막았으니까.

나는 혈도를 풀어 주고는 그를 추궁했다.

"자, 이제 대답할 생각이 들었습니까?"

"최, 최근이었다."

"정확하게 어떤 내용이었습니까?"

"……."

"안 되겠군요. 아직 본인의 처지를 깨닫지 못하고 계시네요."

"끄아악!"

그가 순순히 입을 열지 않자, 나는 그에게 다시 고통을 선사했다.

사실 나는 고문을 그리 좋아하지는 않는다.

사람에게 일부러 견디기 힘든 고통을 주어, 자백을 강요하는 일이니까.

고문을 당하는 자가 내 사람이라면, 그 사실만으로도 나는 괴로워 견딜 수 없을 거다.

하지만 이자는 그런 고통을 당해도 싸다.

이자가 지금까지 저지른 일 때문에 무고한 이들이 여럿 희생당했으니까.

게다가 태자에게 섭혼술까지 썼다.

이는 미래에 어마어마한 파장을 일으킬 수도 있는 일.

나는 계속해서 고문을 이어 갔다.
"거짓말은 통하지 않습니다. 제대로 말하시죠."
"끄! 끄읍! 끄아악!"
내가 상단 일을 하면서 익힌 것 중 하나가 다른 사람들의 거짓말을 알아채는 것이다.

물론 쉽지는 않지만, 나는 꽤나 그 확률이 높은 편이다.

그래서 아정이라는 자가 거짓말을 할 때마다 괘씸죄를 적용해서 더 고통스럽게 하니 결국 그는 진실을 털어놓았다.

사실 나 역시 내 체질로 인해 단명하는 것을 치료하는 과정에 겪은 고통 덕분에, 어떻게 해야 더 고통스러운지 안다.

중요한 건 고통에 내성이 생기게 해서는 안 된다는 것.

음, 이러고 있으니 내가 좀 악당 같긴 하군.

나는 그가 태자에게 섭혼술을 썼다는 말에 몇 가지 의문이 들었다.

첫째로, 그건 그 본인이 섭혼술을 익히고 있다는 의미인데 어째서 나에게 섭혼술을 쓸 시도를 하지 않는지에 대해서.

둘째로, 태자에게 섭혼술을 썼음에도 어째서 저들의 말에 고분고분하지 않고 아정을 제거하려고 했는지에 대한 것이다.

아정이 대답했다.

"내가 섭혼술을 쓸 줄 아는 게 아니라서 일회용 기물을 사용했다."

"언제였습니까?"

"최, 최근이었다."

"이상하군요. 그런데 태자께서 내관님을 제거하라고 한 것을 보면 섭혼술이 완벽하지 않았나 보군요?"

"아니! 완벽했다! 그러니까 태자가 나를 수행 내관으로 골랐지."

그것도 맞는 말이긴 하네.

그렇다면 태자는 어떻게 섭혼술을 깨고 나에게 아정 내관을 죽이라는 지시를 내릴 수 있던 것일까?

그렇게 고민하던 중 시원한 바람이 불어왔다.

시원함…… 차가움……?

아, 그것 때문이구나!

내 기운에는 정화의 기운이 담겨 있다.

그리고 가끔 내 의지와 상관없이 주변을 정화하곤 하지.

허! 뭐야?

나 때문이었어?

태자가 잠깐 섭혼술에 걸렸다가 내 기운으로 인해 정신을 되찾고, 자신에게 섭혼술을 건 아정을 제거하기 위해 나에게 기회를 준 것이다.

그리고 태자가 아정을 수행 내관으로 삼는 과정에서 뭔가 석연찮음을 알아차린 황제는 내게 그런 밀지를 내린 것이고.

이제야 이번 일의 전모를 알 것 같았다.

이런 능구렁이 같은 황제.

그렇다면 그 기대에 부응해 주어야겠지.

"다음 질문이 있습니다."

"헉, 허억, 제발, 이제 제발 그만 죽여 주게나."

그가 차라리 죽여 달라고 호소했지만, 나는 그에게 일말의 연민도 느끼지 않았다.

"그건 안 되지요. 제가 궁금한 것이 참 많습니다."

.

.

.

잠시 후.

나는 바위에 묶인 채 절명한 아정을 보았다.

듣고 싶었던 것을 전부 들은 후 사혈을 점해서 그를 죽여 버렸으니까.

이제는 슬슬 위로 올라가야겠군.

그나저나 다른 사람들에게 좀 미안하네.

이번 작전에 대해서는 금령밖에 모른다.

내 호위무사들의 연기력을 믿지 못하는 건 아니지만, 그래도 알고 있는 것과 모르는 것 사이에는 상당히 차이가 있을 수밖에 없다.

그래서 일부러 알리지 않은 거다.

적을 속이기 위해서는 아군을 먼저 속이라는 말이 있지 않은가.

그래서 서향 소저를 데리고 오지 않은 것도 있었다.

내가 죽은 줄 알고 걱정할 내 호위무사들과 팔갑에게 미안하네.
 태자에게도 미안하고...... 미안한 사람이 너무 많군.
 얼른 돌아가야겠다.
 우선 나는 아정의 시신을 묶은 것을 풀었다.
 털썩.
 힘없이 바닥에 쓰러지는 시신.
 나는 그 시신을 들고 바닥을 박찼다.
 슈우욱!
 그리고 공중에 최대한 떠오른 채 일부러 시신을 놓았다.
 퍽-!
 그를 묶었던 바위에 정확하게 떨어진 시신의 모습은 처참하기 짝이 없었다.
 보기에 좋진 않지만, 이 정도는 되어야 사인을 속일 수 있지.
 나는 그에게 다가가 내가 입고 있던 장포로 그의 시신을 싸서 등에 짊어졌다.
 에고, 내 팔자야.
 여기에 대한 대가는 단단히 받아 내고 말 거다.
 장포값도 포함해서.

 * * *

 태자와 은해상단의 행렬이 멈춘 곳.

그곳은 지금 침통한 분위기에 휩싸여 있었다.

태자에게 경치가 좋은 곳을 보여 준다고 길을 나섰던 은서호의 사망 소식이 전해졌기 때문이다.

"그, 그럴 수가!"

당연히 이에 대해 들은 은서호의 일행들은 망연자실했다.

"서, 서호가······."

특히 은서호의 사촌인 홍선일이 느끼는 비통함은 다른 이들보다 훨씬 심했다.

"서방님······."

"어, 어쩌면 좋습니까? 서호가······ 서호가······."

그런 홍선일 앞에 태자가 털썩 무릎을 꿇었다.

"내 잘못이네."

"태, 태자 전하! 어찌 소신에게······."

"내 어리석은 행동으로 인해 큰 인재를 잃었네. 험한 곳이라고 주의를 주었는데······."

"아닙니다. 어서 일어나십시오."

"내 모두에게 미안하여 면목이 없네."

태자 역시 비통하기는 마찬가지였다.

그는 남경으로 향하는 그날, 은서호와 마주한 자리에서 이상함을 느꼈다.

자신이 아정이라는 자를 수행 내관으로 골랐다는데 그를 선택했을 당시의 기억이 전혀 없었기 때문이다.

하여 이에 대해 고민하던 그는 은서호에게 도움을 청하

기로 했다.

그래서 일부러 사천에서의 산사태를 언급했고, 이에 은서호는 고개를 살짝 끄덕였다.

자신이 해결해 주겠다는 신호였다.

하지만 그렇다고 해서 아정이란 자와 동귀어진을 할 줄은 상상도 해 본 적이 없었기에 그 충격은 매우 컸다.

"내, 자네들에게도 사과하겠네. 내 탓으로 인해 자네들의 주군을 잃게 했으니."

"괜찮습니다."

그들의 반응에 태자는 고개를 갸웃했다.

그들은 괴로워하면서도 포기하지 않는 눈빛을 하고 있었기 때문이다.

"저희 주군은 그리 나약한 분이 아닙니다."

"분명히 살아 돌아오실 겁니다."

"맞습니다요. 도련님은 억세게 명이 질긴 분입니다요."

그 말에 태자는 눈물을 흘렸다.

자신에게도 저들과 같은 신하가 있을까?

그리 생각하니 은서호가 부러워졌다.

'자네의 사람들은 내가 책임지고 보살피도록 하겠네.'

그리 생각하고 있을 때였다.

진유가 어딘가를 향해 고개를 돌렸다.

"주군……."

이에 다른 사람들이 모두 진유를 보았다.

진유는 잠시 눈을 감았다가 뜨며 말했다.

"주군의 기운이 느껴집니다."

* * *

나는 절벽을 기어오르고 있었다.

호위무사들에게 언질을 해 놓은 게 아니기 때문에 나 혼자 올라갈 수밖에 없었으니까.

사부님의 수련 덕분에 내 체력과 근력은 동급 무사들과 비교하면 제법 강한 편이었고, 덕분에 시신을 등에 메고도 까마득한 절벽을 쉽게 오를 수 있는 것이다.

아, 손가락 아파라.

일부러 내공으로 손가락을 보호하지 않고 있다.

절벽을 기어올라왔는데, 너무 멀쩡하면 내 실력을 의심받을 수 있으니까.

그리고 다른 이들에게 동정심도 얻어야 이번 일이 수월하게 마무리된다.

그렇게 한 시진 정도 힘겹게 절벽을 기어오르자, 내가 떨어졌던 곳까지 올라올 수 있었다.

탁.

그때 내 손을 잡는 누군가가 있었다.

"주군."

"아, 진유 무사님."

절벽을 오르는 데 너무 신경을 썼는지, 진유 무사가 다가오는 것도 알아차리지 못했다.

그의 경지가 나와 같기 때문에 그럴 수도 있겠지만.

"제 손을 잡고 올라오십시오."

"네."

나는 그 손을 잡고, 절벽 위로 올라왔다.

"허억, 허억."

나는 거칠게 숨을 몰아쉬며 저 멀리에서 달려오는 태자를 보았다.

"은 소단주! 은서호 소단주!"

"소, 소상, 태자 전하께 심려를 끼쳐드려 송구합니다."

"그게 무슨 말인가? 이렇게 살아 돌아온 것만으로도 다행이거늘……."

나는 내 등에 묶어 놓았던, 아정의 시신을 풀어 놓으며 말했다.

"아정 내관의 시신입니다. 저는 천운으로 나무뿌리를 잡고 살아날 수 있었지만, 아정 내관은 바위에 떨어지는 바람에……."

"……."

"아정 내관을 살리지 못한 소신을 벌하여 주십시오."

나는 떨리는 몸으로 무릎을 꿇으려 하면서 일부러 옆으로 넘어졌다.

털썩.

그리고 그대로 눈을 감고 혼절한 척했다.

"은 소단주!"

"주군!"

그때 서우 무사가 내 맥을 짚어 본 후 말했다.

"너무 긴장한 채로 오래 무리한 듯합니다. 맥이 불안정하니 조용한 곳에서 편하게 쉬어야 할 듯합니다!"

"어서 막사로 옮기도록!"

.
.
.

나는 주변이 조용해진 것을 느끼고는 슬쩍 눈을 떴다.

내가 머물던 막사 안이군.

"도련님, 이제 편히 눈 뜨셔도 됩니다요. 일부러 기절하신 척했던 거 압니다요."

하긴 서우 무사가 내 맥을 짚어 보았으니 내가 건강하다는 것은 알아차렸겠지.

단지 내 장단에 맞춰주기 위해 아픈 것처럼 표현한 것뿐이다.

팔갑의 말에 나는 눈을 깜박거리며 몸을 일으켰다.

탁!

하지만 나는 몸을 일으키지 못했다.

팔갑이 내 몸을 다시 눕히고는 작게 속삭였다.

"눈만 뜨시라고 했지, 몸을 일으키라는 말은 하지 않았습니다요."

"그, 그렇구나."

나는 다시 간이침상에 누웠다.

"그래서, 어찌 된 것입니까요? 저희가 얼마나 걱정했

는지 아십니까요?"

 팔갑은 계속해서 내 귀에 잔소리를 속삭였고, 나는 꼼짝없이 누워서 그 잔소리를 들을 수밖에 없었다.

 덕분에 알게 되었다.

 같은 잔소리라고 해도 이렇게 누워서 귓가에 속삭이는 것을 듣는 게 정말 힘들다는 것을.

 물론, 나를 걱정해서 하는 소리겠지만.

 "미안. 어쩔 수 없었어. 좀 즉흥적으로 정한 것도 있지만, 미리 말을 맞췄다면 티가 날 수도 있었어."

 나는 한숨을 내쉬며 말을 이었다.

 "너도 알잖아? 태자를 수행하는 사람들이 얼마나 눈치가 빠른지."

 "그건 알고 있습니다요."

 그때 옆에 있던 진유 무사가 전음으로 물었다.

 - 그래서 어찌 된 것입니까? 정말 수라혈교의 부역자가 맞았습니까?

 - 네. 그랬습니다.

 - 역시……

 - 뿐만 아니라 태자 전하에게 섭혼술을 걸어서 자신을 수행 내관으로 선택하도록 했다고 합니다.

 - 네? 그럼 지금도…….

 - 그건 아닙니다. 아무래도 제 기운으로 인해 섭혼술이 풀린 듯합니다.

 자초지종을 들은 진유 무사는 고개를 끄덕였고, 다른

호위 무사들에게 정보를 전해 주기 위해 막사에서 나갔다.

나는 조용히 누워서 생각을 정리했다.

그런데 피곤해서 그런지 계속 눈이 감기려 했다.

솔직히 요즘 수면이 좀 부족하기도 했고.

그러던 중, 태자의 목소리가 들려왔다.

"은서호 소단주! 잠시 들어가겠네."

덕분에 잠이 확 깼다.

곧 막사의 천이 걷히고 태자가 들어왔다.

"태자 전하……."

나는 일부러 힘겨워하는 표정을 지으며 자리에서 일어났다.

"예를 차릴 필요 없네! 그냥 앉아 있게나."

"아, 아닙니다. 어찌……."

"그냥 앉아 있어도 되네."

태자는 강제로 내 어깨를 눌렀고, 나는 침상에 다시 누웠다.

"소상이 전하께 죄를 청합니다. 제대로 주변을 살피지 못해 이런 일이 생기고 말았습니다. 제가 조금만 더 무공 실력이 뛰어났다면, 그랬다면 아정 내관을 구할 수 있었을 텐데…… 흐흑……."

나는 침통한 표정을 지으며 눈물을 흘렸다.

"제가 할 수 있는 것은 그 시신을 수습해 돌아오는 것밖에 없었습니다."

"아니야, 자네는 그것만으로도 충분히 잘했네."

그리고 피투성이가 된 내 손을 어루만지며 말했다.

"손이 이렇게 엉망이 되도록, 돌아오기 위해 그 절벽을 기어올랐지 않나? 따지고 보면 이런 일이 생긴 것도 다 내가 주변의 경치를 보고 싶다고 한 탓이지."

태자가 말을 이었다.

"과실을 따지자면, 나에게 더 많은 과실이 있네."

"아닙니다. 소상이 잘 보필하지 못한 탓입니다."

이에 주변의 시위와 하나 남은 내관이 그 자리에 무릎을 꿇으며 말했다.

"소신들의 잘못입니다."

"소신들을 벌하여 주십시오."

태자가 고개를 저으며 말했다.

"아니네. 그만 일어나게."

그리고 말을 이었다.

"그에 대한 애도라도 잘해 주어야겠지. 그의 시신을 잘 수습해서 북경으로 보내도록 하라. 북경에 그의 남성이 있으니 함께 매장해 주는 게 좋겠지."

"전하의 성은이 참으로 하해와 같습니다."

내관들에게 가장 중요한 건 자신의 남성을 담은 단지이다.

그것이 없으면 승진에 지장이 생길 정도.

그리고 죽으면 그것과 함께 매장해야 내세에 흠결 없는 온전한 모습으로 환생한다고 믿었기 때문이다.

"자네라도 무사해서 정말 다행이네. 그럼 쉬도록 하게나."

"네."

태자는 막사에서 나갔고, 나는 한숨을 내쉬었다.

다행히 모두가 '불행한 사고'라고 생각하고 있는 듯했다. 내가 의도한 대로.

하지만 난 미처 생각하지 못했다.

내 병문안을 올 자들이, 태자 말고도 무척 많다는 것을 말이다.

"주군. 홍선일 도련님 내외께서 오셨습니다."

"아……."

.
.
.

어느새 저녁이 되었는데도 나는 침상에 누워 있었다.

아파서 누운 것은 아니지만, 지쳐서 누워 있을 수밖에 없다.

"팔갑아. 나 왜 이렇게 인기가 많은 걸까?"

"인기가 많은 걸 투덜거리시는 겁니까? 인기가 많은 것을 감사하게 여기시는 것이 좋습니다요."

"나도 알아."

나는 한숨을 내쉬었다.

그게 상인에게 얼마나 행운인지도 알고.

"나는 그냥 투정 한 번 부려 본 건데, 그것도 몰라주고.

나 속상하다."

내 말에 팔갑은 어쩔 줄 몰라 하는 표정으로 눈동자만 또르륵 또르륵 굴리고 있었다.

후, 그만 놀려야지.

"됐어. 그냥 한번 해 본 말이야."

나는 씨익 웃고는 자리에서 일어나 침상에 걸터앉으며 말했다.

"배고프네. 저녁이나 먹자."

그날 밤.

아정의 시신은 불에 태워졌다.

북경에 그냥 시신을 보내도 될 테지만, 혹여 나중에 문제가 될 수도 있으니 여기서 화장을 해 버리는군.

시신이 부패하는 것이 문제기는 하지만, 이를 방지할 방법이 없는 건 아니다.

그렇게 그의 시신은 어느덧 재와 뼈만이 남았고, 그것은 상자에 담겨 북경으로 떠났다.

다음 날, 우리는 다시 남경으로 출발했다.

.
.
.

며칠 후, 우리는 남경에 도착했다.

"소신, 태자 전하를 뵙습니다."

남경의 악 도지휘사가 우리를 마중 나왔다.

"이리 맞아 주니 고맙네."

"별말씀을 다 하십니다. 궁으로 모시겠습니다."

남경에는 황제가 머물 수 있는 궁이 있었다.

황제가 종종 남경으로 와서 제국 남부를 감찰하곤 하기 때문이다.

하여 북경의 황궁보다는 작지만 웬만한 친왕부보다는 웅장한 궁이 있다.

이름은 조천궁.

태자가 황제의 명을 받아 남경에 적잖은 기간 동안 머물 예정이었기에 조천궁으로 가는 것이다.

"여기가 조천궁입니까요?"

"응. 그런가 봐."

사실 조천궁에 처음 와 보는 것은 아니다.

이전 삶에서는 와 본 적이 있으니까.

하지만 이번 삶에서는 처음이니 아는 척을 할 수 없지.

그때 태자가 말했다.

"다들 들어가지."

"네."

조천궁의 주인이 된 자의 정식 초대이기에, 우리 모두 궁 안으로 들어갈 수 있었다.

그래 봤자 손님을 맞이하는 건물에만 출입할 수 있고, 머무는 것은 허락되지 않지.

그러나 선일 형님과 시나아 공주는 제외다.

출항 때까지 조천궁에서 머물도록 황제의 명을 받았다고 하니까.

"조천궁의 새로운 주인을 뵙습니다."

조천궁에서 생활하는 모든 내관과 궁녀들이 태자에게 예를 갖추었다.

"모두 만나서 반갑네. 앞으로 잘 부탁하지."

"성심을 다해 모시겠습니다."

"이들은 나를 이곳까지 보필해 왔던 자들이네. 오늘 저녁에 저들을 위한 연회를 베풀고자 하니 준비해 주게."

"명을 받듭니다."

그리고 태자는 나를 보았다.

"은서호 소단주."

"네."

"잠시 나를 좀 보지."

"……."

나는 혼자서 태자를 따라 안으로 들어갔다.

호위무사가 따라 들어갈 수 있는 곳이 아니니까.

내부는 제법 복잡해 보였지만 그는 길을 헤매지 않았다.

하긴 몇 번이나 와 봤을 테니까.

태자는 집무실처럼 생긴 곳으로 들어가더니, 내게 다탁에 앉을 것을 권했다.

"앉게나."

"성은이 망극……."

"그냥 앉게."

"네."

나는 다탁에 앉았고, 태자가 그 앞에 앉았다.

그때 내관이 들어와 차를 놓았다.

"주변을 물리도록."

"네."

내관이 그 명을 충실하게 이행하였는지, 곧 주변에는 그 누구의 기척도 느껴지지 않았다.

그나저나 무림맹은 대체 무슨 꿍꿍이인지 모르겠다.

흑도뿐만 아니라 수라혈교의 이들까지 움직여 뭔가 일을 꾸미고 있으니 말이다.

"이번에 걱정 많이 했네."

태자의 말에 나는 얼른 정신을 차리고 그를 보았다.

"심려를 끼쳐 드려 송구합니다."

"아니네. 오히려 내가 자네에게 무리한 부탁을 한 것 같아서 미안할 따름이네."

"어찌 그리 말씀하십니까? 애초에 무리한 명이었다면 제 쪽에서 안 된다고 말씀드렸을 것입니다."

"하긴……."

태자는 고개를 끄덕였다.

"자네는 안 되는 건 안 된다고 말하는 자니까. 하지만 나는 아직 자네에게 안 된다는 말을 들은 기억이 없네만?"

"아…… 그건."

나는 멋쩍은 표정으로 말했다.

"아직까지 불가능한 일이 없었기 때문입니다."

내 대답에 그는 웃었다.

"왜 황보 어르신께서 자네에게 내 조언자가 되어 달라고 하셨는지 알 것 같네."

태자는 아까 내관이 놓고 간 차를 마셨다. 그것을 보며 나 역시 차를 한 모금 마셨다.

역시 황궁의 차라서 그런지 무척 향이 좋고 맛이 깊군.

잠시 말없이 차를 마시던 내가 태자를 불렀다.

"태자 전하. 드릴 말씀이 있습니다."

"무엇인가?"

"쥐를 잘 잡으십니까?

내 물음에 태자의 표정이 변했다.

"……그건 무슨 소리인가?"

지금은 단둘이만 있는 자리니 말을 해도 되겠지.

"사실 그자를 처리하면서 조금 심문을 해 보았습니다. 그자는 중요 참고인이 아닙니까?"

나는 말을 이었다.

"덕분에 알게 되었습니다. 황궁과 이 조천궁에도 암약하는 이들이 있음을 말입니다."

"그게, 정말인가?"

"네. 황궁의 일은 황제 폐하께서 잘 처리하실 겁니다. 하지만 이 조천궁은 태자 전하께서 맡으셔야 합니다."

황제가 나에게 내린 밀명은 딱 아정을 처리하는 것까지다.

그러니 그 이후의 일까지 내가 해야 할 필요는 없지.

"그를 처리할 때 그 마음을 단단하게 먹은 것처럼, 이번에도 잘 해내실 수 있을 거라고 생각합니다."

"두렵군. 쥐는 잡식성이라서 사람도 물어뜯지 않나?"

"그건 맞습니다만, 움직이는 사람을 물지는 않습니다. 겁이 많기에 오히려 후다닥 숨어 버리지요."

나는 말을 이었다.

"새끼 호랑이가 쥐를 무서워하는 건, 접해 본 적이 없기 때문입니다. 마찬가지로 쥐가 새끼 호랑이를 무서워하지 않는 건 호랑이가 무섭다는 것을 모르기 때문입니다."

"그런가?"

"네."

"그래도 난 자네가 도와줬으면 하네."

나는 고개를 저으며 부드럽게 말했다.

"태자 전하. 손에 피를 묻히는 것을 두려워해서는 안 됩니다. 이제 곧 이 조천궁에 태자비마마와 어린 왕자마마께서 오시지 않습니까? 그분들이 태자 전하께서 당한 대로 당하게 하실 겁니까?"

"그건, 그건 아니네."

"태자 전하. 그분들을 지킬 수 있는 분은 태자 전하뿐입니다."

그러니까 이후의 일은 스스로 하십시오.

저에게 일을 미루지 마시고요.

내가 이리 말하는 건, 태자에겐 그런 일을 해낼 능력이 충분히 있기 때문이다.

그동안은 아마도 너무 두각을 나타내면 힘들어지니 적당히 순둥이인 척했을 거다.

그러나 핏줄이 어디 갈까?

황제도 만만치 않은 분이지만, 황후 역시 결코 만만한 분이 아니다.

두 분의 핏줄을 타고 태어났으니 태자 역시 만만한 분이 아니지.

황제는 격세유전이라며 걱정하셨지만.

그러니까 지금부터 태자에게 질질 끌려가면 내가 많이 힘들어질 거다.

하지만 매몰차게 거절하기만 하면 또 그러니까…….

"만약, 도저히 안 될 것 같으면 그땐 약간의 도움을 드리도록 하겠습니다. 아니면 차라도 함께 마셔 드리지요."

나도 참, 마음이 너무 여리다니까.

- 꾸이?
- 음? 금령아, 너 배부르구나?
- 꾸! 꾸이!

네가 방금 헛소리 했다고?

내 마음이 무척 여린 것이 마치 비단 같다고?

알긴 아는구나.

.
.
.

그날 저녁.

태자는 이번에 남경으로 데려온 일행들 모두를 위해 연회를 베풀었다.

아직 금주령이 해제되지 않았기에 모두 제정신으로 음식을 맛있게 먹고 해산했다.

물론 술을 마실 수 있었다고 해도 태자의 앞이니 무리하는 사람은 없었겠지만.

아무튼, 그렇게 연회를 마친 나는 우리가 남경에 올 때마다 머물렀던 객잔으로 향했다.

그런 우리를 객잔주가 반갑게 맞아 주었다.

"어서 오십시오. 다시 모실 수 있게 되어 기쁩니다."

"저 역시 마찬가지입니다. 그나저나 다른 사람들은 도착했습니까?"

"네. 차를 담당한 행수들이 도착해 있습니다."

"그렇군요. 들어가시죠."

해외 교역에 필요한 물품은, 각 지역의 행수들이 출항 날짜에 맞춰 남경으로 운반했다.

호북성을 거쳐 가는 경우에는 그곳에서 배에 싣고 움직였고, 그렇지 않은 경우에는 그냥 남경으로 운반했다.

그리고 호북성에서 배에 싣고 온 물품들도 남경에서 다시 재정비한다.

최대한 많은 양을 싣고 장기간 항해가 가능하도록 짐을 전체적으로 다시 싣는 것이다.

무게의 균형도 맞춰야 하고.

내가 안으로 들어가니, 안에서 차를 마시고 있던 이들

이 자리에서 일어나 나를 반겨 주었다.
"어서 오십시오. 소단주님."
"소단주님을 뵙습니다."
나는 그들과 인사를 주고받았다.
"여기까지 오시느라 고생 많으셨습니다. 아직 약속 기일까지는 시간이 남았으니 푹 쉬십시오."
"감사합니다."
나는 내 객실에 도착했고, 그대로 침상에 누우려 했지만……
"도련님, 씻고 오셔야지 않겠습니까요? 그대로 누우시면 이불이 더러워지는데, 그거 괜찮으십니까요?"
팔갑에 의해 저지당했다.
하긴, 지금 내 꼴이 말이 아니긴 하지.
그렇게 향조를 이용해서 깨끗하게 씻고 새 옷으로 갈아입으니, 기분이 한결 좋아졌다.
그렇게 침상에 눕자 문득 아정 내관과의 대화가 떠올랐다.

"흐흐흐, 그리고 그거 아나 몰라? 너희 은해상단에도 백천상단에서 집어넣은 자가 있다는 것을. 하지만 누구인지는 절대 말해 주지…… 쿨럭! 않을 거다."
"그렇군요."
"다, 당황하지 않은 척하기는……."
"미안하지만 너무 당연한 소리를 하셔서요. 정말 저를

당황하게 하려고 그런 소리를 하신 거 맞죠?"

"쿨럭! 뭐, 라고?"

"솔직히 저희 상단이 좀 잘나가잖아요. 그러니 당연히 백천상단에서도 저희 상단을 경계하고 있겠죠."

"……."

"그리고 저희 상단에 끄나풀을 심은 곳이 백천상단뿐이겠어요? 알면서도 놔두는 거죠."

"그게 무슨…… 왜 제거하지 않지?"

"굳이요? 이용해 먹을 수 있는데 왜 긁어 부스럼을 일으킵니까?"

그들을 이용해서 오히려 끄나풀을 심어 놓은 곳에 큰 손해를 안겨줄 수 있는 기회인데 그들을 왜 제거할까?

애초에 은해상단을 적대하기에 끄나풀을 심어 놓은 자들이다.

그러니 이로 인해 손해를 보게 된다면 자업자득이지.

그들을 이용하기 위해서 이미 사람을 붙여서 감시하고 있으니 별로 걱정도 하지 않는다.

"그나저나 그런 쓸데없는 소리로 시간 끌지 말고, 빨리 황궁에 암약하고 있는 자들이나 말하시죠?"

탁! 탁탁!

"끄읍! 끄아아아악!"

황제의 밀지 〈273〉

내 시간을 허비한 것이 괘씸해서 더 심한 고통을 줬지.

그 대화가 떠오른 건, 조금 전에 본 행수들 중에 첩자가 있기 때문이다.

그때 바깥에서 창운 무사의 목소리가 들려왔다.

"주군. 오 행수님께서 오셨습니다."

나는 상념을 지우며 침상에서 일어났다.

"드시라고 하세요."

"네."

문이 열리며 오 행수가 들어왔다.

이번에 복건성에서 철관음을 가져온 행수 중 한 명.

그나저나 호랑이도 제 말 하면 온다더니…….

"쉬시는데 방해하여 송구합니다."

"아닙니다. 들어오세요."

그가 방으로 들어오자, 문이 닫혔다.

그는 그 자리에서 무릎을 꿇으며 부복했다.

"소단주님. 소인이 큰 죄를 지었습니다."

"갑자기 왜 그러십니까?"

"소인은…… 사실, 이 은해상단에 심어진 첩자입니다."

"네? 그게 정말입니까?"

나는 그 정체를 알고 있었음에도 놀란 척하며 물었다.

"대체 누가 오 행수님께 그런 명을 내렸단 말입니까?"

"백천상단입니다."

그것도 알고 있었고.

그렇다면 문제는, 왜 갑자기 지금 그것을 나에게 고백

하는 것인지다.

분명히 백천상단으로부터 상당한 보상을 약속받았을 텐데 말이지.

그러니 위험을 감수하고 첩자 노릇을 하는 것일 테니까.

"그랬군요. 행수님은 어떤 지령을 받았습니까?"

"제게 내려진 지령은 주기적으로 은해상단의 동향을 전달하라는 것이었습니다."

"그 정도라면 특별한 것은 아닌데, 이리 저를 찾아왔다는 건 뭔가 큰일이 있다는 거겠군요."

그는 내 말에 입술을 깨물었다.

"그게…… 이번 지령은 도저히 수용할 수가 없었습니다."

"무슨 일이길래 그러십니까?"

"이번에 운반하는 철관음에 죽은 쥐를 넣으라는 지령을 받았습니다."

아니, 이 미친 놈들이…….

그도 나와 비슷한 생각이었는지 괴로워하는 표정으로 말을 이었다.

"양심이 찔려서 도저히 그리할 수 없었습니다. 그 차가 생산되어 팔리기까지 얼마나 많은 이들의 노고가 필요합니까. 그런데 그 상품에 죽은 쥐를 넣으라니요! 그건 그 모든 수고를 짓밟는 것 아닙니까?"

그 반응을 보니 괜찮은 사람인 것 같군.

"맞습니다. 용납할 수 없는 일이지요."

나는 그를 잡아 일으키며 말했다.

"바닥이 차갑습니다. 그만 일어나시지요."

"제가 어찌…… 그럴 면목이 없습니다."

"저는 그리 생각하지 않습니다. 그걸 말하기까지 얼마나 많은 갈등이 있었겠습니까? 그럼에도 이리 용기를 내어 말해 주신 것이 감사할 따름입니다."

내 따뜻한 말에 그는 눈시울을 붉혔다.

"흐흑, 소단주님……."

"너무 걱정하지 마십시오. 아시다시피 저희 은해상단의 제도 중에는 '선의의 자백'이라는 것이 있지 않습니까?"

선의의 자백.

그건 우리 은해상단의 제도 중 하나로서, 비리를 알게 된 것을 자백했을 때 그의 비밀을 지켜 준다.

또한, 누군가에게 매수당했을 때 이를 자백하는 경우도 마찬가지고.

그리고 상단에서는 그렇게 자백한 이들의 죄를 경감해 준다.

이는 내가 이전 삶의 경험을 반면교사로 삼아 이번 삶에서 일찍부터 도입한 제도 중 하나다.

덕분에 꽤 많은 첩자들이 전향을 해 왔는데, 솔직히 첩자를 투입한 자들 입장에서는 꽤 골치 아픈 일일 거다.

다른 상단에 첩자로 투입할 정도라면 어느 정도 유능한 인물이어야 하니까.

우리는 간단히 그 유능한 이들을 고용할 수 있고.

"그래서 말씀드리는 겁니다. 부디 저 하나만 벌하시고

제 식솔들은 먹고살 수 있도록 자비를 베풀어 주십시오."

그 말에 나는 속으로 씩 웃었다.

우리 상단에 심어진 첩자들이 전향하는 데는 여러 이유가 있지만, 가장 큰 이유는 바로 은해상단의 복지다.

은해상단에서 일하다 보면 그들은 심각하게 고민할 수밖에 없다.

어느 쪽에서 계속 일하는 편이 나은지 말이다.

그리고 오 행수처럼 갈림길에 서게 되면 답은 나오지.

"왜 오 행수님을 벌합니까? 지금까지 오 행수님께서 얼마나 열심히 일하셨는지 잘 아는데 말입니다. 그러니 앞으로도 잘 부탁드립니다."

"소단주님······."

"이에 대해 아버지와 첫째 형님께 말은 해야겠지만, 걱정하지 마십시오. 별일은 없을 겁니다."

"감사합니다. 정말 감사합니다."

그는 감격한 표정으로 연신 고개를 숙이다가, 문득 어두운 얼굴이 되었다.

"하지만, 백천상단에서 연락이 오면······."

"너무 감시가 심해서 실패했다고 하십시오. 그리고 그 후로는 저희 은해상단의 정보대에서 일러주는 대로 움직이면 됩니다. 너무 걱정하지 않으셔도 됩니다."

"감사합니다."

"그나저나 최근에 부인께서 건강한 사내아이를 출산했다고 들었습니다."

"맞습니다. 그런데 그건 어찌……."
"소단주로서 행수님들의 가족에 대해서 정도는 알고 있어야죠."
나는 씨익 웃고는 서탁 위에 올려놓았던 주머니에서 금자 하나를 꺼내어 그에게 건넸다.
"헉! 이, 이건 금자가 아닙니까?"
깜짝 놀라는 오 행수.
금자는 그가 몇 달치 월봉을 모아도 벌 수 없는 거금이니까.
나는 그런 그에게 부드럽게 당부했다.
"아이를 키우는 데 돈이 얼마나 많이 듭니까? 아드님을 키우는 데 보태 쓰십시오."
"아, 아닙니다! 이 죄인에게 어찌……."
"어허! 죄인이라니요! 이리 용감하게 자백하신 분이니 저희 상단의 입장에서는 영웅이지요."
백천상단 입장에서는 배신자지만.
"고마워서 드리는 겁니다. 그러니 받으십시오."
내 강권에 그는 더 이상 거절하지 않았다.
"감사합니다. 정말 감사합니다."
"그럼 아무 걱정하지 말고, 복귀해서 맡은 일에 최선을 다해 주십시오."
"감사합니다, 감사합니다. 소단주님."
그는 연신 감사를 표하고는 내 처소를 나갔다.
"후……."

힘드네.

솔직히 첩자의 자백을 듣고도 화를 내지 않고 그를 달래 주는 것은 쉬운 일이 아니다.

하지만 그로 인해서 상대를 견제할 수 있는 패가 하나 더 생겼으니 기뻐할 일이지.

나는 피식 웃으며 다시 침상에 누우려는데, 문이 열리며 팔갑이 들어왔다.

"차, 더 드릴까요?"

"아니, 마시지도 않았어. 그나저나 마침 잘 왔어. 여기 남경에도 정보대가 있지?"

"물론입니다요."

나는 침상에서 일어나 서신을 작성해서 팔갑에게 건넸다.

"이걸 정보대에 전해 줘."

"알겠습니다요."

"그러고 보니, 하화 대원이 능력을 인정받아서 정보대의 조장이 되었다던데?"

"맞습니다요. 하 소저가 제법 능력이 좋습니다요."

"하 소저?"

삽시간에 얼굴이 붉어지고 어쩔 줄 몰라 하는 팔갑을 보며 나는 피식 웃었다.

사실, 남경으로 오기 전에 우연히 보게 되었다.

전에 팔갑이 샀던 비녀를 그녀가 머리에 꽂고 있던 것을 말이지.

"그래서, 어디까지 간 거야?"
"어, 어디까지 가다니, 무, 무슨, 말씀을 하십니까요?"
"차라리 귀신을 속여라."
"……그냥 손만 잡았습니다요."
참 그것도 재주네.
동서남북, 종횡무진 움직이는 나를 보필하는 와중에도 벌써 거기까지 사이가 진행되다니 말이지.
내 이전 삶에서 팔갑은 죽을 때까지 혼자였다.
좋은 여자를 만나 혼인하라고 해도, "도련님이 혼인하지 않으셨는데 제가 무슨 염치로 혼인을 합니까요?"라고 대답해서 내 양심이 찔리게 했지.
"그런데 괜찮아?"
"뭐가 말입니까요?"
"하화 대원은, 기녀잖아?"
내가 이리 물은 건 팔갑의 진심이 궁금했기 때문이다. 단지 호기심 때문에 접근하는 것인지, 아니면 진심인지.
내 말에 팔갑은 무릎을 꿇었다.
"도련님, 소인이 부탁이 있습니다요!"
아니, 갑자기 왜 무릎을 꿇는 거야…….
"뭐, 뭔데?"
솔직히 당황스럽기도 했다.
그간 팔갑이 이런 모습을 보인 적이 한 번도 없었으니까.
"하 소저를 기적에서 빼낼 돈을 빌려주신다면 소인이 반드시 갚겠습니다요."

"……."

진심이구나.

"일어나."

"돈을 빌려주신다고 말씀하실 때까지 소인은 일어나지 않을 것입니다요."

"하화 대원, 이미 기적에 없어."

"……네?"

"그럼, 그렇게 유능한 대원을 그냥 기적에 두겠어? 이미 진작에 기적에서 빼냈어."

나는 얼빠진 표정의 팔갑을 보며 웃었다.

"좀 자세히 알아보고 무릎을 꿇지 그랬어?"

평소의 팔갑이라면 이 정도는 파악했을 텐데, 이걸 몰랐다는 건 그만큼 진심이었다는 의미다.

조사의 대상이 아닌, 마음으로 다가간 상대였을 테니까.

팔갑은 부끄러워 죽겠다는 표정으로 고개를 숙였고, 어느새 내 소매에서 나온 금령이 그런 팔갑의 어깨를 토닥였다.

* * *

조천궁.

태자는 자신의 집무실에서 서류를 살피고 있었다. 그러다가 고개를 들어 북경에서부터 자신을 따라온 내관을 불렀다.

"장 내관."

"네, 전하."

"아 내관의 시신은 북경으로 보냈는가?"

"네. 지금 북경으로 이송 중입니다."

"그렇군. 그나저나 내가 아 내관을 선택했을 때 의아하지는 않았나?"

"소신은 그저, 태자 전하의 의중을 따를 뿐입니다."

그런 장 내관을 보며 태자는 한마디를 툭 던졌다.

"그자가 나에게 사술을 사용했다."

"네?"

"듣자 하니, 내가 이미 선택이 된 자를 물리고 아정 내관을 선택했다지."

"……."

"이유를 알 수 없지만, 갑자기 정신이 들었다. 하여 나는 그자를 제거했지. 살려 둬서는 아니 될 자였으니까."

비정했던 태자의 눈빛이 살짝 누그러졌다.

"장 내관은 은서호 소단주에 대해 어찌 생각하나?"

"전하께서 묻는 의도를 모르겠습니다."

"의도는 무슨, 그냥 느낀 그대로를 말해 보라."

장 내관은 잠시 생각하다가 대답했다.

"겉으로는 물렁해 보이지만, 실제로는 매우 단단한 자입니다."

"나 역시 그리 생각한다."

태자는 고개를 끄덕이며 장 내관을 보았다.

그는 은서호가 믿어도 될 거라고 말한 자였으니까.
그렇기에 이렇게 진솔하게 말하는 것이다.
"이 남경, 조천궁에 사특한 자들이 암약하고 있다지. 내가 직접 겪어 보니 그들은 한시라도 빨리 처리해야 하는 이들! 은 소단주가 제법 능력이 좋으니 이를 부탁하기 위해 그에게 우는 소리를 했는데 안 통하더군."
태자는 쓴웃음을 지었다.
그가 은서호에게 매달렸던 것은 그의 능력이 부족해서가 아니라 은서호의 능력을 빌리기 위해서였다.
"뭐, 좋은 생각 없는가?"
이에 장 내관이 잠시 고민하다가 입을 열었다.
"강제로는 불가능할 겁니다. 저희 내관들 사이에서도 그의 능력이나 강직함은 제법 정평이 나 있으니까요."
"그렇군……."
"하지만 방법이 없지는 않습니다."
그에 태자가 눈을 빛내며 물었다.
"그게 무엇인가?"
"그는 상인입니다. 그리고 상인과는 협상을 해야 하는 법입니다. 이쪽에서 가는 게 있어야 그쪽에서도 오는 게 있지 않겠습니까?"

* * *

나는 조천궁으로 향했다.

태자가 왜 불렀는지 확신할 수는 없지만, 짐작 가는 부분은 있었다.

 집무실로 들어가자 서탁에 앉아 일을 처리하던 태자가 보였다.

 "소상이, 태자 전하를 뵈옵……."
 "앉게."
 "네."

 내가 자리에 앉자 태자도 내 맞은편에 앉아 나를 바라보았다.

 그 눈빛은 이전에 봤던 것과는 확연히 달라 보였다.

 마치, 황제의 눈빛을 떠올리는 모습이었기에 나도 긴장하며 마음을 단단히 먹었다.

 "은 소단주. 자네는 너무 비싸게 군단 말이지."
 "칭찬 감사합니다."
 "칭찬이라 생각하는 건가?"
 "모름지기 상인이란 본인이 가진 패가 비쌀수록 기뻐하는 법입니다. 태자 전하의 말씀대로라면 제가 가진 패의 가치가 높다는 의미인데 어찌 기뻐하지 않을 수 있겠습니까?"
 "내가 뭔 말을 못 하겠군."

 태자는 투덜거렸다.

 "그래서, 내가 뭘 해 주면 되겠는가?"
 "어인 말씀인지 모르겠습니다."
 "후, 내가 먼저 말해야겠군."

태자가 고개를 절레절레 흔들며 말을 이었다.

"조천궁에 차를 납품하는 곳과의 계약이 끝났고, 그리 좋은 납품처가 아니었기에 납품처를 바꿀 생각이네. 하여 내 차를 납품하는 권리를 은해상단에 넘길 생각이네."

이건 거래다. 나는 즉시 물었다.

"소상이 무엇을 도와드리면 되겠습니까?"

"아주 잘 드는 칼이 필요한데, 구해다 줄 수 있겠는가?"

잘 드는 칼.

단어 그대로 명검을 요구하는 게 아니다.

이 조천궁에 암약하고 있는 무림맹의 끄나풀들을 제거해 달라는 뜻이다.

이전에는 태자에게 스스로 하시라고 했지만, 이렇게 되면 말이 달라지지.

조천궁에 차를 납품하는 권리는 상당한 가치가 있다.

황궁만큼은 아니지만 친왕부를 능가할 정도로 큰 곳이니까.

게다가 이런 곳에서 일하는 이들이 쓰는 차는 일반 백성들이 쓰는 차와는 급이 다르지.

그만큼 얻을 수 있는 금전적인 이익도 엄청나거니와 홍보 수단으로서의 가치도 매우 높다.

조천궁에 납품한다고 하면 그 신뢰도와 명성은 증명된 것이나 다름없으니까.

나는 가볍게 포권하며 말했다.

"소상이 아주 잘 드는 칼로 구해다 드리겠습니다."

"그 말을 기다렸다. 잘 부탁하지."

조금 귀찮은 일이지만, 출항까지는 아직 시간도 남아 있으니까.

그 정도를 얻기 위해서라면 조금 부지런히 움직일 수 있다.

게다가 어떻게 움직여야 할지도 생각해 둔 게 있었고.

나는 곧바로 태자에게 전음을 보냈다.

- 태자 전하. 그러면 부탁드릴 것이 있습니다.

"……?"

나는 전음으로, 태자에게 몇 가지를 부탁했다.

* * *

은서호가 태자의 집무실에서 나가고 얼마 뒤.

태자는 저도 모르게 호탕한 웃음을 터뜨렸다.

"푸하하하!"

그런 그를 보며 장 내관은 눈을 동그랗게 뜰 수밖에 없었다.

"왜 아바마마께서 은 소단주를 보며 괘씸하다고 하셨는지 알겠군."

"무슨 말씀이십니까?"

"이미 해결책을 머릿속에 가지고 있더군. 그러면서 시치미를 뚝 떼고 있었단 말이지."

태자의 말에 장 내관은 대략적인 정황을 알아차렸다.

은서호 소단주는 무인이니 전음으로 태자에게 해결책을 전한 모양이었다.

"그럴 만합니다. 은서호 소단주는 유능한 상인이니 말입니다. 자신의 가치를 최대한 높인 것일 겁니다."

"알고 있네. 처음 봤을 때부터 자신의 가치를 높이는데 능한 자였지. 이거 너무 유능해서 관리로 부리고 싶단 말이지. 관리가 된다면 곁에 두고 아무 부담 없이 일을 맡길 수 있으니까. 어차피 녹봉으로 대가가 지급되니."

"그걸 알기에 은서호 소단주가 그걸 피하는 것이 아닌가 싶습니다."

장 내관이 말을 이었다.

"은서호 소단주가 벌어들이는 돈에 비하면 관리의 녹봉은 보잘것없으니 말입니다. 돈을 좋아하는 그가 관리의 녹봉으로 만족할 수 있겠습니까?"

"그렇겠지."

태자는 고개를 끄덕였다.

"내가 이런데 아바마마는 오죽하시겠나? 하지만 그를 계속 상인으로 놔두시는 건 그게 더 낫다고 판단하신 거겠지. 그렇다면 나 역시 아바마마의 의중에 따르는 게 맞다고 생각한다."

"저 역시 그리 생각합니다."

"하지만 놀리고 싶은 건 어쩔 수 없군."

태자의 입가에 진한 미소가 지어졌다.

'물론 적당히 해야겠지.'

은서호를 조언자로 삼으라고 말한 황보휘가 그에게 당부한 게 있었다.

"그 녀석이 흥미롭고 탐나시겠지만, 너무 무리해서 막 굴리지는 마십시오. 차라리 도망가면 다행이지, 자칫하면 물립니다."

그러니 황제도 그를 적당한 선에서 부려 먹고 이용하는 것일 터.
그리고 이제는 은서호가 부탁한 대로 움직일 시간이다.
"장 내관."
"네, 전하."
"아직 아정 내관의 물건이 남아 있지?"
"아, 네. 중요한 물품만 보내서 남아 있는 게 좀 있습니다."
"그럼 적당한 거 하나 보관해 두고 있게나. 그리고 입이 무겁고 손재주 좋은 궁녀 하나를 내 침전 나인으로 들여보내게."
"그리하겠습니다."

* * *

나는 지금 포구에 나와 있었다.
은해상단의 상선이 도착했다는 전언을 받자마자 움직

인 것이다.
 강을 따라 은해상단의 깃발을 단 배들이 들어오고 있었다.
 그들이 차례차례 선착장에 정박했고, 임시 가교가 놓였다.
 쿵!
 그 가교를 통해 은해상단의 행수들이 내렸고, 그 뒤를 따라 네 명의 선장이 내렸다.
 그들은 내게 다가와 포권하며 인사했다.
 "소단주님을 뵙습니다."
 "오시느라 고생 많으셨습니다. 자세한 이야기는 씻고 배를 채운 후에 합시다."
 "네."
 그리고 객잔으로 향할 때, 나는 용 선장이 그의 형에게 다가가는 모습을 보았다.
 두 형제는 오랜만에 만난 해후를 풀었다.

 잠시 후.
 배를 타고 온 인원들은 모두 씻고, 객잔의 식탁에 둘러앉았다.
 "이렇게 풍성한 상차림이라니! 감사합니다."
 "앞으로 수고하실 분들에게 이 정도는 해 드려야지요."
 지금 우리가 앉은 식탁에는 내 특별 주문으로 인해 상다리가 부러질 정도로 음식들이 화려하게 차려져 있었다.

그때 한 행수가 말했다.

"소에게 일을 시키기 전에 여물을 먹이는 것 같다는 생각이 드는 건 왜인지 모르겠습니다."

이에 내가 장난스럽게 대답했다.

"이거, 감이 좋으십니다."

"헉!"

"하하하. 농담입니다."

그렇게 우리는 음식을 먹고 마시며 이야기를 나누었다.

"아, 그런데 유 내총관과 조 부관은 어떻습니까? 혼례가 미루어져서 많이 서운해하는 것 같습니다만."

원래는 올해 삼월에 유소악 총관과 조영영 부관의 혼례가 예정되어 있었다.

그러나 사천에 벌어진 지진으로 인해 식이 미루어졌다.

사천에 파견을 나갔던 조 부관의 아버지의 귀환이 늦어졌기 때문이다.

신부의 아버지가 세상에 없는 것도 아니고, 일 때문에 늦는 건데 그냥 식을 올릴 수는 없지.

그나저나 이 시점이면 금주령이 해제되었어야 하는데…… 생각보다 미뤄지고 있다.

하지만 이건 나쁘게 생각할 게 아니다.

이전 삶에서 금주령을 푼 것은 성난 민심을 달래기 위해서였으니 말이다.

하지만 이번 삶에서는 전체적인 민심이 나쁘지 않기에 무리하게 금주령을 풀지 않는 것이다.

내가 개입함으로써 벌어진 일들이 대체로 좋게 흘러가고 있는 것이 꽤 만족스럽다.

금주령 해제가 미뤄진 것이나, 유소악 내총관과 조영영 부관의 혼인 모두 내 덕분이니까.

물론 내가 바꾼 미래로 인해 벌어지는 모든 일이 좋은 쪽으로 흐른다고 할 수는 없지만, 솔직히 그건 너무 이상적인 생각이지.

나이가 제법 있는 행수가 대답했다.

"너무 걱정하지 않으셔도 됩니다. 아마도 소단주님의 혼례가 끝난 뒤에 바로 식을 올릴 듯합니다."

"그렇군요."

그렇다면 좋은 혼인 선물을 해 줄 수 있겠군.

"해남도의 공사는 잘 진행되고 있습니까?"

해남도에 짓고 있는 제국의 해군 기지도 있지만 내가 묻는 건 은해상단의 모항이다.

이를 알아차린 용 선장이 대답했다.

"네. 아주 순조로이 진행되고 있으며 현지인들의 반응도 좋습니다."

"다행이군요."

"아마 내년 정도면 공사가 얼추 마무리될 거라고 생각됩니다. 그래서 이번에 대월국에 다녀오면서 그곳을 중간 기항지로 삼아 볼 생각입니다."

"그렇군요. 부디 그때까지 완성되어 있으면 좋겠군요."

우리는 이번 해상 교역에 대해 계속하여 이런저런 이야

기를 나누었다.

"아, 양 선장님."

"네, 소단주님."

양 선장은 마래서국과의 교역을 담당하는 백부익상단으로부터 소개받은 인물이다.

우리가 마래서국과의 교역에 뛰어드는 일에 대해 백부익상단은 두 팔 벌려 환영의 뜻을 밝혔다.

보통 경쟁 상단이 생기면 이를 경계하고 싫어하는 것이 보통이지만, 이 경우는 그렇지 않다.

"은해상단에서 마래서국 교역에 나선다니! 이거 정말 반가운 소식이군요."

"너무 좋아하시는 거 아닙니까?"

"그럴 수밖에 없지 않습니까? 은해상단의 그 무적궁대가 함께 하는 것이 얼마나 든든한데 말입니다! 게다가 저희 제국 측 상인의 수가 많지 않으니 마래서국 쪽에서 가격을 후려쳐도 이에 대응하지도 못하고……."

"그동안 제법 힘드셨군요."

해상 무역에서의 안전 확보와 거래에서의 경쟁력 증진.

이 두 가지만 해도 백부익상단에서는 우리 은해상단을 환영하기에 충분했다.

그래서 그런지 그들은 발 벗고 나서서 선장을 찾아 주었다.

용 선장의 말에 의하면 기대 이상이라고 한다.
그래서 진심으로 우리 은해상단의 사람이 될 수 있도록 차근차근 작업하는 중이지.
"내일은 저와 함께 조천궁으로 가시면 됩니다. 이번에 함께 마래서국으로 가실 선일 형님과 시나아 공주마마를 소개해 드리겠습니다."
"알겠습니다."
그때 한 행수가 나에게 조심스레 말을 꺼냈다.
"저…… 이곳에 도착해서 들었습니다. 지금 남경에 계신 태자 전하께서 미령하시다는 이야기가 들리던데, 무슨 일인지 여쭈어도 되겠습니까?"
그 말에 나는 한숨을 내쉬며 고개를 끄덕였다.
"아…… 그 이야기가 말씀이군요. 후, 모두 이 못난 저 때문에 벌어진 일입니다."
그들의 의문스러운 표정에 나는 그들에게 아정 내관의 사망과 관련된 일에 대해 설명해 주었다.
"문제는 그 이후입니다."
나는 침통한 표정으로 말을 이었다.
"아정 내관의 원혼이 떠나지 못하고 태자 전하의 꿈에 나타나 원통하다고 말하고 있어, 태자 전하께서 통 잠을 이루지 못하고 계십니다."
"저런……."
"잠이 가장 큰 보약이라고 하는데, 잠을 주무시지 못하니 다들 걱정이 많습니다."

"그런 사정이 있었군요."
"그것 참 큰일입니다."
"그래서 내일 그 원통함을 달래는 제를 올린다고 합니다. 그리고 저 역시 그 일에 관련되어 있으니 참여하게 되었습니다."

.

.

.

다음 날.
나는 양 선장을 데리고 조천궁으로 향했다.
그 앞마당에는 아정 내관의 영혼을 달래기 위한 제를 지낼 준비가 한창이었다.
나는 그들을 지나쳐 선일 형님 내외에게 향했다.
"왔느냐?"
"네. 형님, 그리고 공주마마."
"형수님이라고 부르니까요. 정말 그러시면 아바마마께 일러 버릴 거예요."
선일 형님도 웃으며 말했다.
"형수님이라고 부르는 것이 그렇게 어려운 것은 아니지 않느냐?"
아직 어렵긴 한데…… 어쩔 수 없지.
입에 잘 붙지는 않지만 노력해 봐야겠군.
"네. 형수님."
"듣기 좋네요."

그제야 시나아 공주의 입가에 미소가 지어졌다.
나는 내 옆의 양 선장을 소개했다.
"이번에 두 분을 마래서국으로 모시고 갈 양 선장님입니다. 그리고 이쪽은 제 사촌 형님과 형수님입니다."
내 소개에 그들은 각자 서로를 소개했다.
"한림원의 시강 홍선일입니다. 이번에 황제 폐하의 명을 받아 마래서국에 사신으로 가게 되었습니다."
"시나아입니다."
"홍 시강 대인과 공주마마를 뵙습니다. 양도직이라고 합니다. 최선을 다해 두 분을 모시겠습니다."
"감사합니다."
나는 자리에서 일어났다.
"그러면 여정에 관해 이야기를 나누고 계세요. 저는 태자 전하를 뵙고 오겠습니다."

나는 그 길로 곧바로 태자의 집무실로 향했다.
내게는 황제가 준 목걸이가 있었기에 언제든지 태자를 만날 수 있다.
"태자 전하, 은서호 소단주가 뵙기를 청하옵니다."
"들라 하게."
"네."
문이 열리고 나는 집무실 안으로 들어갔다.
"소상 은서호, 태자 전하를 뵈옵니다. 천……."
"그냥 앉게."

"네. 전하."

나는 다탁 앞에 앉았고, 내 앞에 앉은 태자를 보았다.

하얗게 뜬 얼굴.

그리고 시커먼 눈 밑.

"그 얼굴은 직접 하신 겁니까?"

"설마? 입이 무거운 궁녀를 시켰지. 어떤가?"

"소문이 퍼질 만하군요."

"그 궁녀의 솜씨가 제법 쓸 만하더군."

그리 말하며 태자는 피식 웃었다.

태자가 악몽을 꾸어서 힘들다는 건 일부러 그리 소문을 낸 거다.

그렇다고 얼굴이 너무 멀쩡하면 그것도 이상하기에 일부러 잠을 못 자서 힘든 얼굴로 분장을 한 것이고.

"오늘 제를 올리는 과정이 제법 볼 만할 겁니다."

"모처럼 좋은 구경을 하겠군."

그날 저녁.

"어서 오십시오. 도사님."

나는 조천궁에 도착한 청수 도사님께 반갑게 인사를 했다.

마침 남경 근처에 모산파의 본단이 있었기에 내가 직접 모산파를 찾아가 도사님을 초빙했다.

마침 그곳에 일전에 나와 연이 있던 청수 도사님이 계셨고, 그분에게 부탁하니 흔쾌히 연극에 어울려 주셨다.

"허…… 이런! 이런!"

청수 도사님은 손에 든 요령을 흔들며 말했다.

"이 조천궁에 망자의 혼이 이렇게나 가득하다니! 그 중에 가장 악한 혼이 있군요. 설마 저곳이 태자 전하의 처소입니까?"

"벌써 보이시는 겁니까?"

"빈도의 부족한 재주일 뿐입니다."

짤랑, 짤랑.

그리고 요령을 흔들며 제가 준비된 곳으로 걸어가는 모습을 보며 나는 고개를 갸웃했다.

그 연기가 너무 사실적이었기 때문이었다.

이 정도면 진짜 아닌가 싶을 정도로.

이에 팔갑이 기겁했다.

"으! 도련님. 이 궁에 진짜 귀신이 많은가 봅니다요."

아니, 덩치는 곰 같은 놈이 왜 떨고 있는 건데?

그보다…….

"그런데, 왜 내 옆에 딱 붙어 있는 거냐?"

"왠지 귀신도 도련님은 피해갈 것 같아서 말입니다요."

"……."

.
.
.

이미 태자가 마당으로 나와 우리를 기다리고 있었다.

청수 도사님은 태자에게 다가가 공손히 예를 갖추었다.

"빈도가 태자 전하를 뵙습니다. 천세! 천세! 천천세!"
"일어나게."
"성은이 망극하옵니다."
자리에서 일어난 도사님에게 태자가 말했다.
"이리 만나게 되어 반갑네. 자네가 이번 제를 맡을 도사인가?"
"그렇습니다. 모산파의 청수라고 합니다."
"잘 부탁하네. 요즘 도통 잠을 잘 수가 없네."
"얼마나 힘드셨겠습니까? 미력하나마 최선을 다하겠습니다."
"고맙네."
청수 도사님은 다시금 요령을 흔들며 마당을 빙글빙글 돌았다.
덕분에 적당한 분위기가 만들어졌다.
이거, 내 생각보다 연기를 더 잘 해 주셔서 만족스러운 걸.
어느새 사방은 완전히 어두워졌고 본격적으로 제가 시작되었다.
"망자의 물건을 가지고 오시지요."
이에 장 내관이 상자를 들고 왔고, 그것을 상 위에 올려놓았다.
청수 도사님이 직접 상자를 열었다.
그 안에는 옷가지가 들어 있었다.
청수 도사님은 옆에 준비되어 있던 병을 들어 그 옷가

지 위에 내용물을 부었다.

꼴꼴꼴꼴.

원래는 술이어야겠지만, 지금은 술을 쓸 수 없어서 찻물로 대체했다.

그리고 촛불을 켜고 향을 피워 향로에 꽂은 후 본격적으로 경문을 외우며 방울을 흔들었다.

그 모습에 집중하는 척하며 사람들을 살폈다.

지금 이곳에 모인 사람들은 나와 내 일행을 제외하면 조천궁의 사람들뿐이니까.

아정 내관에게 들은 이들 이외에도 정순하지 못한 기운을 지닌 자들이 몇 보였다.

이번에 저들까지 싹 정리해야겠군.

얼마나 지났을까?

짤랑, 짤랑, 짤······.

요령을 흔들던 청수 도사님의 손이 멈추었다. 모두 긴장된 눈으로 그를 보았다.

"아정이라······ 죽은 내관의 이름이 아정이 맞습니까?"

이에 내가 대답했다.

"맞습니다. 도사님은 정말 용하시군요. 죽은 내관 분의 이름을 말씀드린 적이 없었는데······."

"지금 그가 제 앞에서 애타게 자신의 이름을 말하고 있습니다."

이에 팔갑은 더더욱 내 옆에 붙었다.

아니, 팔갑아.

이거 누가 봐도 역할이 바뀐 거 같지 않냐?

그리고 지금 올리는 제가 연극이라는 것을 팔갑도 알고 있을…… 아니구나.

내가 말을 안 했군.

나는 뒷목을 긁적이고는 다시 청수 도사님을 보았다.

모산은 강시술과 주술을 전문적으로 익히는 문파이며, 그들이 익히는 주술 중에는 제령도 있다.

이런 것만 보면 무당과 별반 다를 게 없어 보이지만, 매우 큰 차이가 있다.

모산파는 귀신을 모시지 않기에 신내림이 없다는 것.

모산파에서 사용하는 기술 대부분은 무공에 기반한 것들이다.

그리고 그 목적이 사적인 이익이 아닌, 세상의 평안을 추구한다.

객사한 이들을 고향 땅에 돌려보내는 것이 그 목적의 일환이지.

그렇기에 나라에서 무당을 탄압할 때도, 모산파는 그 대상에서 피해갈 수 있었다.

그런 사정이 있기 때문에 지금 제를 지켜보는 이들에게 이 연극이 진짜처럼 여겨지는 거겠지.

청수 도사가 안타까운 표정으로 허공을 향해 말했다.

"저런! 절벽에서 떨어져 죽었군요."

"맞습니다."

나는 일부러 비통한 표정을 지었다.

"제가, 영초의 열매가 그곳에 있다고 말하지만 않았어도 그는 절벽으로 가지 않았을 겁니다."

"하지만 은서호 소단주를 원망하지 않는다고 합니다. 본인이 죽은 건 본인의 팔자였다고 말하는군요."

"아닙니다! 제가 조금만 더 무공이 강했더라면…… 크흑!"

그렇게 괴로워하며 고개를 숙였다.

원망하지 않기는 개뿔.

내 손에 고문당하다가 죽었는데, 원망하지 않을 리가 있을까?

뭐, 청수 도사님과 짜고 치는 연극이니까.

"소단주가 살아남아서 기쁘다는군요."

"역시, 아정 내관님의 심성은 죽어서도 여전히 아름다우시군요."

청수 도사가 몸을 돌려 태자를 보았다.

"태자 전하께 무병장수의 열매를 따다 드리지 못해 송구하다고 하는군요."

이에 태자가 안타까운 표정을 지었다.

"그걸 아직까지 마음에 품고 있다니! 못난 사람 같으니라고……."

확실히, 태자의 연기도 수준급이다.

황실에서 따로 배운 건가 싶을 정도.

"그런데 왜 내 꿈에 나타나서 원통하다고 하는 것인지 궁금하네."

이에 청수 도사가 요령을 몇 번 더 흔들다가 대답했다.

"그것은 태자마마께서 베풀어 주신 은혜에 보답하지 못하고 죽어서 그렇답니다."

"저런……."

그때 청수 도사의 표정이 어두워졌다.

"아정 내관이 고하고 싶은 사실이 있다고 합니다. 사실, 자신은 무림맹에서 따로 지시를 받고 있었다고 합니다."

"뭐라고? 그게 사실인가?"

이에 태자의 눈이 커졌다. 무척이나 놀란 얼굴.

하긴…… 놀랄 일이긴 하지.

"네. 그렇다고 합니다."

청수 도사가 말을 이었다.

"자신 말고도 이 조천궁에 무림맹의 지시를 받아 들어온 동료들이 있다고 합니다. 그들의 정체를 고함으로써 태자 전하께 받은 은혜를 조금이라도 갚겠다고 합니다."

"어서, 어서 말하라고 하게나!"

태자는 분노했다.

"감히 아바마마와 나를 배신하고, 이곳에서 첩자 노릇을 해? 산 채로 박피형에 처해도 모자람이 없을 터!"

박피형이란, 피부를 벗기는 형벌로서 그 끔찍함은 이루 말할 수 없었다.

그리고 지금 태자의 모습은 연기가 아니다.

그 사실에 분노하지 않을 사람이 어디 있을까.

내게 그 사실을 들었을 때 분노하지 않은 것은 내 앞이었기 때문이겠지.

그렇기에 지금 주변의 분위기는 살얼음판이 따로 없었다.

"그래서 누구냐?"

뭐, 이쯤하면 되겠지.

나는 내공을 끌어 올려서 계획대로 촛불을 향해 바람을 보냈다.

휙!

촛불이 꺼졌고, 청수 도사는 한숨을 내쉬며 말을 이었다.

"이런! 정말 송구합니다. 전하. 혼을 부를 수 있는 시간이 다 되었습니다."

"뭐라? 그럼 지금 당장 다른 도사를 불러오도록 하라!"

"송구합니다만, 한 번 부른 혼은 열두 시진이 지나야만 다시 부를 수 있습니다."

"그런가?"

"예. 내일 이 시간에 다시 제를 재개하겠습니다."

"하는 수 없지. 그리하도록 하라."

태자는 주변을 노려보며 씹어뱉듯이 말했다.

"내일 이 시간이 되면, 누가 배신자인지 똑똑히 알게 되겠지."

그렇게 오늘의 제는 마무리되었다.

그리고 태자의 말에 혼란스러워하는 이들이 보였다.

안절부절못하는 이도 있고, 몰래 고개를 숙이며 입술을 깨무는 이도 있고, 떨리는 눈으로 누군가를 보는 이도 있었다.

즉, 이 연극이 효과가 있다는 의미다.

이제 저들은 각자 생각에 따라 행동할 것이다.

청수 도사를 죽이려는 이도 있을 것이고, 도망치려는 이도 있을 테고, 기회를 노리며 상황을 지켜보려는 이도 있을 것이다.

그 말은 즉, 오늘 밤 내가 무척 바빠질 거라는 거다.

* * *

깊은 밤.

은밀하게 움직이는 이가 있었다.

그가 당도한 곳은 조천궁 안, 어느 창고.

그 안으로 들어가자, 그곳에서 기다리고 있던 자가 그를 반겼다.

"어서 오시게."

"늦어서 죄송합니다. 다른 이들의 눈을 피해 오다 보니 시간이 많이 걸렸습니다."

"이해하네. 나도 여기까지 몰래 오느라 힘들었으니까."

"후…… 대체 이게 무슨 일인지 모르겠습니다."

"그러게 말이야."

"아정, 그 새끼는 살아서도 민폐더니…… 죽어서도 민폐군요."

사실 아정은 그리 좋은 동료가 아니었다.

다른 동료들이 해야 할 일을 가로채 놓고는, 그게 다른 이들이 능력이 없어서 자신이 대신해 준 거라고 말하면서 성질을 긁어 놓곤 했으니까.

 이번에 사고로 죽었다고 들었을 때 속이 시원했다.

 그런데 갑자기 원혼이 되어 태자를 괴롭힌다는 말에 대체 뭔가 싶었는데…… 이렇게 사달을 일으킨 것.

 그들은 그것이 은서호가 꾸민 연극이라는 건 전혀 생각하지 못했다.

 그도 그럴 게, 모산파의 본거지인 모산은 남경과 지척에 있다.

 그렇기에 모산파 도사들의 활약에 대해 들을 기회가 많을 수밖에 없었다.

 "그나저나 이를 어찌해야 합니까? 내일 아정 그 새끼가 우리에 대해 다 불게 되면……."

 "우린 끝장이겠지."

 그가 잠시 고민하다가 다시 입을 열었다.

 "우선 시간을 좀 벌어야겠군. 내 듣기로 모산파의 도사가 지금 본 궁 안에서 묵는다고 하네."

 "저도 들었습니다."

 "그를 죽이면, 잠시 시간을 벌 수 있을 터. 그 틈을 타서 위에 연락을 해 보도록 하지."

 "알겠습니다."

 그들은 조천궁에 속한 금군들이다.

 그렇기에 조천궁 안에서도 무기를 지니고 다닐 수 있었

고, 무공 실력도 제법 있는 편이었다.

 그런데 다른 이들은 어찌 움직인다고 합니까?"

 "후, 그건 그들이 알아서 하겠지. 우리와 다른 조원들 아닌가?"

 "그렇긴 하군요."

 무림맹이 조천궁에 잠입시킨 자들은 그들만이 아니었다.

 대체로 두 명씩 짝을 지어서 몇 조 정도가 되는 것으로 아는데, 정확히 얼마나 되는지는 아무도 모른다.

 서로가 서로를 감시하는 역할도 하는 바람에 결코 배신할 수가 없었다.

 혼자 움직인 아정이 특이한 경우였다.

 그들은 자신들을 조천궁에 집어넣은 무림맹의 냉혹함과 철저함에 대해 두려워할 수밖에 없었다.

 "그럼, 움직이지."

 "네."

 그들은 결정한 대로 은밀하게 이동했고, 청수 도사가 묵고 있는 곳으로 이동했다.

 조천궁은 그들의 집이나 다름없을 정도로 훤한 곳이기에 그들의 움직임에는 거침이 없었다.

 잠시 후.

 그들은 청수 도사의 처소가 보이는 곳에서 발걸음을 멈추었다.

 이미 잠이 들었는지, 방 안에서는 불빛이 보이지 않았다.

문제는 그 앞을 지키는 병사였다.

그를 어찌 처리해야 할지 고민하던 중, 마침 병사의 목소리가 들려왔다.

"에이, 젠장! 이 자식은 왜 이리 안 와? 소변 마려워 죽겠는데!"

그는 소변이 많이 마려운 듯 온몸을 배배 꼬았다.

"에잇, 이러다가 지리겠네. 어쩔 수 없지."

그러다가 못 참겠는지 투덜거리며 자리를 떴다.

그 모습을 본 두 사람은 서로를 보며 고개를 끄덕였다.

그들은 재빨리 처소로 다가갔고, 조용히 문을 열고 안으로 들어갔다.

그리고 침상에 누워 있는 청수 도사에게 접근해 그의 목을 향해 검을 휘둘렀다.

퍽!

그 순간, 그는 이상함을 감지했다.

소리도 이상했을 뿐 아니라, 사람의 살과 뼈를 가르는 감각이 아니었기 때문이다.

"아뿔싸! 함정이다!"

그리 외치며 도망치려 했지만, 이미 늦었다.

퍽!

퍼억!

그들은 갑작스럽게 뒷목에 가해지는 충격에 그대로 기절하고 말았다.

* * *

나는 바닥에 쓰러지는 이들을 보았다.
"이걸로 여섯 명째군요."
"그렇군요."
"미끼가 좋았나 보네요. 이렇게 여럿이 잡히는 것을 보면 말입니다."
내 말에 서우 무사가 피식 웃었다.
"주군께서는 원래 낚시를 잘 하지 않으셨습니까?"
"그런가요?"
그때 병사 옷을 입고 있는 여응암 무사가 다가왔다.
"그럼 계속해서 경비를 서면 되겠습니까?"
"네. 수고해 주세요."
아까 여응암 무사는 저들이 온 것을 알아차리고 일부러 소변이 마려운 척하면서 자리를 피했지.
극단에 속해 있던 부모님의 재능을 물려받았는지, 연기가 아주 수준급이란 말이지.
"그럼, 이들을 치우죠."
"네."
다른 무사들이 그들을 짊어지고 어디론가 슬그머니 사라졌다.
지금 청수 도사님은 이곳에 계시지 않는다.
이곳에 누워 있는 모습은 내가 지닌 허매경으로 만든 허상이다.

청수 도사님은 태자 전하의 옆방에서 철통같은 호위를 받으며 안전하게 쉬고 계시지.

그 호위는 바로 금령이와 팔갑이다.

팔갑이 무서워하길래 청수 도사님을 최선을 다해 호위하면 뭔가 선물을 주실 거라고 꼬드겼지.

그렇게 날이 밝았다.

나는 태자에게 향했다.

"소상이 태자 전하를……."

"그냥 앉게."

"네."

나는 다탁 앞에 앉으며 말했다.

"간밤에 잘 주무셨습니까?"

"사람 놀리는가? 상황이 궁금해서 잠도 잘 오지 않더군."

"고생하셨습니다. 우선 간략히 보고드리겠습니다."

나는 차분히 말을 이었다.

"도사님을 암살하려 한 자가 여섯 명, 야반도주한 자가 여덟 명입니다."

"열네 명이나 있었다고? 어처구니가 없군."

태자는 허탈한 표정으로 한숨을 내쉬었다.

"송구합니다만, 더 있습니다."

"사태를 지켜보기로 결정한 자들이로군."

"그렇습니다."

"그럼, 오늘 밤 다시 제를 드리는 것인가?"

"아, 그건 아닙니다."

"아니라고?"

"네. 원래 연극이라는 건, 내용이 극적이어야 재밌는 것 아니겠습니까?"

"그렇긴 하지."

"간밤의 제에서 청수 도사님은 다음 날 아정 내관의 영혼을 불러내어 누가 배신자인지 밝히겠다고 했습니다. 그런데 간밤에 납치되고 만 것입니다. 그렇다면 범인은 누구겠습니까?"

"자신들이 배신자라는 것이 밝혀질 것이 두려운 이들이겠지."

"여기서, 태자 전하께서 직접 나서서 청수 도사님을 구출하는 것입니다."

내 말에 잠시 생각하던 태자는 빙그레 웃었다.

"호오라, 이 일을 통해 갑자기 사라진 이들에 대한 감정을 다른 방향으로 틀자는 말이군. 덤으로 나에 대한 영웅담도 만들고?"

현재 갑작스럽게 십수 명이 갑자기 사라진 일로 인해 조천궁은 혼란스러운 상황이다.

그들이 왜 사라졌는지 짐작이 가는 만큼, 배신감도 느끼겠지.

여기서, 청수 도사님을 구하기 위해 동분서주하게 움직이는 과정이 추가된다면 저들은 분노하게 될 거다.

누구든 자신을 개고생하게 만들면 그 대상을 원망하는

것이 당연하니까.

 그 짜증이 극에 달했을 때 태자가 이를 해결하면, 배신자들에 대한 분노는 태자에 대한 충성이 되겠지.

"그런 겁니다."

 잠시 나를 바라보던 태자가 말했다.

"자네가 내 편이라서 정말 다행이네."

 그 말에 나는 미소 지으며 대답했다.

"안심하셔도 됩니다. 태자 전하께서 제 편이 되어 주시는 한, 저도 태자 전하의 편이니 말입니다."

"거참, 무서운 말이군."

.

.

.

 우리는 즉시 움직였다.

 우선 믿을 만한 궁인들을 몰래 풀어서 조천궁에 소문을 퍼뜨렸다.

"지금 난리 난 거 알아?"

"응? 무슨 난리?"

"어제 모산파 도사님이 오늘 밤, 배신자들의 이름을 밝히겠다고 했잖아. 그런데 그 배신자들이 선공을 해 버렸어. 도사님을 납치했다고."

"뭐?"

"그래서 지금 도사님을 찾기 위해서 금군이 동원된 것으로도 모자라서 우리 내관들도 동원되는 거라고."

"진짜! 그 새끼들 때문에 이게 무슨 고생이야!"

그때였다.

한 무리의 병사들이 우르르 달려왔고, 그들 가운데 한 내관이 소리쳤다.

"처소에 머무는 이들은 모두 밖으로 나오도록 해라! 다섯을 셀 때까지 나오지 않으면 적과 내통한 자라 간주하고 추포하겠다. 하나! 둘……."

그 추상같은 명령에 내관들은 후다닥 밖으로 나왔다.

그도 그럴 게, 그 내관은 감찰원 소속 내관이었으니까.

관리들을 감찰하는 게 도찰원이라면, 내관이나 궁녀들을 감찰하는 곳은 감찰원이었다.

그리고 감찰원에 찍힌 이들은 쥐도 새도 모르게 사라지곤 했다.

"그럼, 지금부터 모든 방을 수색하도록 해라!"

"네!"

그 모습을 보며 한 내관의 가슴이 덜컹했다.

자신의 처소에는 '서신' 하나가 숨겨져 있었기 때문이다.

아무리 잘 숨겨 놨다고 해도 감찰원에서 이렇게 본격적으로 나서면 못 찾을 리가 없을 터.

그는 어제 들었던 태자의 말을 떠올렸다.

"감히 아바마마와 나를 배신하고, 이곳에서 첩자 노릇을 해? 산 채로 박피형에 처해도 모자람이 없을 터!"

감찰원에서 그 서신을 찾아낸다면, 자신은 박피형에 처해질 게 확실하다.

그는 몰래 바깥으로 빠져나가려 했다.

그러나…….

"멈추시오!"

"나, 나는 지금 급한 일이 있네!"

"그 누구도 전하의 명 없이 조천궁에서 나갈 수 없다는 명이 있었습니다."

그때 그 뒤에서 한 무리의 병사들이 달려오는 소리가 들렸다.

"죄인을 추포하라!"

"네!"

그 말은 즉, 그 서신을 찾아냈다는 의미.

결국, 그는 그 자리에 털썩 주저앉고 말았다.

* * *

그 시각.

나는 진유 무사에게 현재 조천궁 내부의 상황에 대해 듣고 있었다.

"하여 저들이 내통하고 있다는 증거를 발견했고, 그 와중에 눈치를 보고 있다가 도망치려던 이들 세 명을 추포했습니다."

"좋습니다."

나는 고개를 끄덕였다.

모든 처소를 뒤지라는 명을 내리게 한 건, 몇 가지 이유가 있다.

첫째는 갑자기 사라진 이들이 사실은 쥐새끼였다는 것을 밝히기 위한 증거를 찾기 위해서.

둘째는 눈치를 보고 있는 이들을 정리하기 위해.

그리고 마지막으로, 궁녀들도 작금의 상황에 대해 불만을 품게 하고 이를 배신자들에게 향하게 해야 했기 때문이다.

내관들은 강제로 청수 도사님의 수색에 동원되었지만, 궁녀들은 함부로 궁밖에 나갈 수 없으니 수색에 동원할 수가 없었으니까.

그래서 이런 식으로 궁녀들의 원망을 이끌어 낸 것이다.

내가 알기로, 궁녀들은 각자의 방 안에 이런저런 것들을 숨겨 놓거든.

이번 수색에서 그것들을 들켰으니, 청수 도사님을 찾을 때까지 그에 대한 처벌을 받게 되겠지.

듣기로, 마당에서 석고대죄하게 될 거라고 하던데.

나는 피식 웃었다.

"이거 분노가 어마어마하겠군요."

"말도 못 합니다."

"그럼 이제 슬슬 움직여 볼까요?"

여자가 한을 품으면 오뉴월에도 서리가 내린다는데, 뭐든 적당한 게 좋지.

그리고 지금 조천궁의 불온한 자들은 모두 제거되었으니까.

우리는 즉시 몸을 날려, 태자가 있는 곳으로 향했다.

태자는 무장을 한 채 직접 수색 작업을 진두지휘하고 있었다.

조천궁의 사람들에게 청수 도사님을 찾아내고, 배신자들을 처단하는 모습을 보이기 위해서지.

이제 슬슬, 이 연극도 끝이 다가오고 있다.

나는 태자에게 달려갔다.

"태자 전하. 수상한 곳을 발견했습니다."

"그런가? 지금 당장 가 보지!"

"네!"

나는 인근의 동굴로 태자를 안내했다.

그리고 그 동굴 안으로 쭉 들어가자, 기둥에 묶여 있는 청수 도사님을 발견할 수 있었다.

그 주변에는 무기를 든 채 주변을 경계하고 있는 이들이 보였다.

이에 태자가 외쳤다.

"너희들은 포위되었다! 지금 당장 항복하지 않으면 남은 건 죽음뿐이다!"

우리를 본 그들은 혼란에 빠졌고, 개중 우두머리로 보이는 자가 우리에게 외쳤다.

"헛소리! 이 포위를 풀지 않으면 이 도사의 목숨은 없다!"

"젠장!"

태자가 분통을 터트렸고, 그때 내가 말했다.

"제가 청수 도사님을 구하겠습니다. 그러니 걱정하지 말고 공격하십시오."

"알겠네."

태자의 호위들도 무공이 고강한 편이지만, 그들은 함부로 태자의 곁을 벗어날 수 없다.

그러니 내가 도사님을 구출하는 임무를 맡을 수밖에.

"쳐라!"

"네!"

태자의 명에 모두 그곳에 있는, 배신자들에게 달려들었다.

그사이 나는 품에서 단검을 꺼내어 청수 도사를 해하려는 자를 향해 던졌다.

"으악!"

그리고 그 틈을 놓치지 않고 청수 도사님에게 달려가 그 포박을 풀어 주었다.

"괜찮으십니까?"

"나는 괜찮다네."

쓴웃음을 지으며 고개를 흔드는 청수 도사님.

- 이런 경험도 해 보고, 참 인생 재밌네. 하하하.

전음을 쓰시는 것을 보니, 역시 청수 도사님도 절정 이상의 경지에 오르셨구나.

다만 그 실력을 싸우는 데 쓰는 게 아니라, 강시술이나 제령 등에 사용하실 뿐.

그때, 내가 날린 단검을 맞고 쓰러졌던 자가 눈을 뜨고 전음을 보냈다.
- 이 정도면 되겠습니까?
- 네.
그는 여응암 무사다.

신이변용술을 써서 배신자 중 한 명의 얼굴로 꾸며서 청수 도사님을 해하려는 것처럼 위장한 것이다.

아까 당황한 척 연기했던 이들 역시 내 호위무사들로, 신이변용술로 무림맹이 심어 놓은 배신자인 척 연기를 한 것이다.

그는 살그머니 일어나 몰래 숨겨 두었던 진짜 배신자의 시체를 꺼낸 후 병사들의 옷으로 갈아입었다.

투구까지 쓰자 여응암 무사의 정체를 알아볼 사람은 없어졌다.

그사이, 태자 쪽도 정리가 되었다.

태자가 직접 벤 자들은, 진짜 배신자들이다.

혈도를 짚어, 제 기량을 펼치지 못하는 이들을 벤 것.

물론 내 호위무사들은 재빨리 그들을 앞으로 보내고, 뒤로 빠진 후 병사들로 위장했고.

무림맹의 첩자로 들어온 그들은, 어차피 사형당해 죽을 이들이다.

그들에게 연극에 어울려주고 단칼에 죽는 것과 산 채로 박피형을 당해 죽는 것 중에 하나를 선택할 수 있게 해 줬다.

만장일치로 첫 번째 선택지를 선택했고.
"청수 도사! 괜찮은가?"
"네. 저는 괜찮습니다. 이렇게 이 빈도를 구하러 직접 와 주시다니! 이 은혜를 어찌 갚아야 할지 모르겠습니다."
"아닐세. 오히려 내 요청으로 제를 지내다가 이런 고초를 당하게 되었으니, 내가 미안하지."
그리고 태자는 모두를 돌아보며 말했다.
"청수 도사님을 구했다! 모두 궁으로 복귀한다."
"네!"

.
.
.

조천궁의 사람들은 태자를 연호하며 태자의 귀환을 환영했다.
그도 그럴 게, 청수 도사의 납치 사건으로 인해 모두가 고생하고 있었기 때문이다.
후, 이것으로 이번 일은 일단락된 건가?
사실 이번 계획에는 사소한 구멍이 몇 개 있기는 했다.
예를 들어서 청수 도사가 납치되었는데, 모산파에 지원 요청을 하지 않은 것도 있겠지.
하지만 사건이 해결된 이상 잊힐 문제들이다.

.
.
.

그날 저녁.

예정대로 제가 다시 시작되었다.

딸랑. 딸랑.

청수 도사님이 한참 요령을 흔들더니 태자에게 말했다.

"모든 배신자들이 이 조천궁에서 사라졌으니, 자신이 굳이 말하지 않아도 될 것 같다고 합니다."

"그렇군."

"이제 자신은 마음 편히 저세상으로 가겠다고 합니다. 그러니 만수무강하시라고 합니다."

"고맙네."

태자의 그 말과 함께, 나는 기운을 움직여 촛불을 껐다.

훅!

이렇게 길었던 연극은 끝이 났다.

다음 날 아침.

나는 조천궁에 도착해 우선 청수 도사님의 처소로 향했다.

청수 도사님은 아직 조천궁에 머물고 있으니까.

이번 일을 도운 것에 대한 감사의 인사와 함께 약간의 사례를 위해서다.

"도사님, 저 들어가도 되겠습니까?"

"들어오십시오."

도사님은 이미 짐을 싸고 계셨다. 이제 막 아침을 드시지 않았나?

"이렇게 일찍 떠나시려고요?"

"빈도를 찾는 다른 인연이 있으니, 이곳에 오래 머물면 그 인연이 슬퍼할 겁니다."

"그러면 잡을 수도 없네요."

나는 아쉬운 얼굴로 그에게 포권했다.

"이번 일, 도와주신 것 진심으로 감사드립니다."

"아닙니다. 별로 힘든 일도 아니었습니다. 그리고 그런 자들이 조천궁에 남아 있었다면, 이 남경은 물론이고 강소성 전체에 나쁜 영향이 미쳤을 겁니다."

"그리 생각해 주셔서 감사합니다."

나는 그에게 돈주머니를 내밀었다.

"이건, 얼마 되지 않지만, 이번 일에 대한 제 성의입니다."

"감사히 받겠습니다."

역시 거절하지 않으시는군.

"이번에, 저를 지켜 준 이들 덕분에 무사할 수 있었습니다. 본인의 수족 같은 이들을 내주어 감동했습니다."

"제 부탁 때문에 오셨는데, 당연히 지켜 드려야지요."

하지만 나는 이상함을 느끼고 머뭇거렸다.

내가 청수 도사님을 지키러 보낸 이는 팔갑과 금령이다.

하지만 금령은 눈에 보이지 않으니 수족 같은 이들이 아니라 수족 같은 이라고 해야 맞다.

설마…… 진짜로 알아차리신 건가?

나는 시치미를 떼며 청수 도사님을 떠보았다.
"저는 한 사람만 보냈습니다만……."
청수 도사님은 옅은 미소를 지으며 대답했다.
"그리 경계하실 것 없습니다. 그 녀석의 특별함은 이미 알고 있습니다."
아…….
"소중한 친우가 되어 줄 겁니다."
그 말에 나는 미소 지으며 대답했다.
"이미 소중한 친우입니다."
금령이 이 녀석, 쑥스러운가 보네.
아무 반응도 없는 것을 보면 말이지.
"그렇군요. 그런데 팔갑 소이는 같이 오지 않았습니까?"
"예. 여기까지 들어올 수가 없어서 객잔에 머무르고 있습니다."
어제까지는 특별한 상황이었으니 출입을 허가받았지만, 오늘부터는 예전으로 돌아갔다.
그렇기에 나 혼자만 조천궁에 들어올 수 있었다.
그러자 도사님께서는 품을 뒤적거리더니 뭔가를 꺼내어 내게 내밀었다.
"이거 받으십시오."
"이게 뭡니까?"
"팔갑 소이가 겁이 참 많은 것 같더군요."
그 말에 나는 피식 웃었다.
"그렇긴 합니다. 덩치와는 다르게 겁이 좀 많죠."

"그래서 팔갑 소이를 위해 준비한 것입니다."

청수 도사님을 열심히 지켜 주면 선물을 주실 거라고 했던 내 말을 들으셨나?

나는 그냥 내가 작은 선물 하나 하고, 도사님이 주신 거라고 둘러댈 생각이었는데.

도사님이 내게 주신 건 몇 가지 색의 무명실을 엮어 만든 팔찌였다.

"거기에 제 공력을 담았으니, 사특한 것으로부터 착용자를 지켜 줄 것입니다."

"팔갑이 무척 좋아하겠네요."

우리는 함께 태자에게 향했다.

청수 도사님은 그 자리에서 태자에게 작별 인사를 전했고, 내가 청수 도사님을 배웅하기로 했다.

황제나 태자쯤 되면 아랫사람을 함부로 배웅할 수 없는 위치니까.

그리고 태자가 바빠 보이기도 했고.

우리는 곧 제가 진행되었던 마당을 지나게 되었다.

"그나저나, 연기가 정말 실감났습니다. 처음 조천궁에 들어오시자마자 요령을 흔드시며 말씀하신 것이 아직 기억이 납니다."

그런데 내 말에 도사님의 표정이 묘해졌다.

"그게 연기로 보였습니까?"

"……네?"

하지만 도사님은 내 의문에 답하지 않고 성큼성큼 걸어서 궁을 나서셨다.

아니, 도사님…….

그게 무슨 뜻인지 말해 주고 가셔야지요.

갑자기 으스스해지는 건 기분…. 탓이겠지?

.
.
.

며칠이 지났다.

이제 곧 출항일이 다가오고 있는 가운데, 은해상단의 배에는 차곡차곡 물건이 선적되고 있었다.

나는 객잔의 어느 방 앞에 서서 문을 두들겼다.

"성 소단주님, 들어가도 되겠습니까?"

"들어오십시오."

내가 안으로 들어가니, 성 소단주는 탁자 앞에 앉아 서류를 보고 있었다.

현재 성 소단주는 명명상단의 행수들의 비리를 의심하고 있는 상황이니까.

그래서 그들은 남경에 도착해서도 이 객잔에 틀어박힌 채 바깥 출입을 자제하고 있었다.

명명상단의 행수들에게 들키게 되면 비리를 적발할 수 없게 되니까.

그래서 바깥소식에 대해서는 내가 그들에게 직접 전해 주고 있었다.

"출항까지 사흘 남았습니다."
"그렇군요."
성 소단주는 서류를 정리하며 말했다.
"그럼, 내일 저녁쯤에 움직이면 되겠군요."
그는 잠시 생각하다가 내게 물었다.
"혹시 명명상단의 행수들에게서 뭔가 이상한 낌새 같은 건 없었습니까?"
"유난히 친밀하다는 것을 제외하면 별로 이상한 낌새는 보이지 않더군요."
"그렇습니까?"
행수는 서로가 경쟁하는 관계이다.

대행수까지 올라갈 수 있는 사람의 수는 정해져 있으니 경쟁을 할 수밖에.

행수가 대행수가 될 때 가장 중요한 것은 바로 실적이다.

그 실적을 두고 경쟁해야 하는 사이이니 사이가 친밀할 수는 없지.

물론 같은 상단이니만큼 적대적이지는 않겠지만, 필요 이상으로 친밀하기는 어렵다.

그런데 사이가 지나치게 친밀하다면 무언가 같은 배를 탔을 가능성이 높다는 의미.

성 소단주도 내 말의 숨겨진 의미를 알아차린 모습이다.

"은 소단주는 내가 왜 이렇게까지 하는지 궁금하지 않

습니까?"

"비리를 저지른 자들을 잡아내는 건 당연한 일 아닙니까?"

"그렇긴 합니다만, 저는 제 아들에게 좋은 상단을 물려주고 싶기 때문입니다."

그 얼굴은 바로 아들인 성유진 공자를 생각하는 아버지의 모습이었다.

나는 부드럽게 웃으며 그에게 말했다.

"명명상단은 좋은 상단이 될 겁니다."

그건 장담할 수 있었다.

명명상단은 이후에 후추뿐만 아니라 대월국에서 생산되는 약재까지 유통하여 그 위치를 굳건히 하기 때문이다.

이전 삶에서는 그 이문을 엄한 곳이 가로챘지만, 이번에는 그런 일 없을 거다.

.

.

.

성 소단주를 만난 나는 조천궁으로 향했다.

드디어 기다리고 기다리던, 정산의 시간이 다가왔기 때문이다.

사실 어제 정산을 하려고 했지만, 태자가 내일 다시 찾아오라고 해서 오늘 조천궁으로 향하는 것이다.

태자의 집무실에 들어가 예를 갖춘 인사를 위해 몸을 굽혔다.

"태자 전하를 뵈……."
"앞으로 나에게 예를 갖추지 않아도 되네."
"하오나……."
"명령이네."

그러면 나야 좋지. 안 그래도 이렇게 찾아올 때마다 예를 차리는 게 귀찮았으니까.

나는 공손히 읍을 하고는 다탁 앞에 앉았다.

"태자 전하. 제가 이렇게 찾아온 것은……."

그때 내 앞에 종이 한 장이 펼쳐졌다.

"되었는가?"

나는 그 종이를 받아 살펴보았다.

은해상단이 조천궁에 철관음을 납품하는 상단이 되었다는 증명서다.

황제를 닮아서 그런지 일 처리가 빠르고 확실하시군.

그렇게 생각하며 그것을 그대로 말아서 소매에 넣으려다가 태자의 입가에 미소가 지어져 있는 것을 발견했다.

설마?

나는 다시 종이를 풀어서 내용을 자세히 살펴보았다.

"납품 기간이 반년입니까?"

"그렇다네."

"하지만……."

"잘 생각해 보게나. 은해상단을 철관음 납품 상단으로 선정한다고 했지, 얼마 동안 해 준다고 하지는 않았네."

그러고 보니…… 그렇네.

새삼, 태자가 황제의 아들이라는 사실을 느끼면서 나도 모르게 미소를 짓고 말았다.

"뭔가? 그 웃음은?"

하지만 반대로 태자는 내 미소가 의미심장하게 느껴진 듯했다.

"안심했습니다."

"뭐가 말인가?"

"제 요구를 들어주시면서도, 고삐를 놓지 않으시는 모습을 보니 이 제국의 앞날이 밝게 느껴졌기 때문입니다."

"칭찬으로 들어도 되겠는가?"

"네. 칭찬 맞습니다."

나는 미소 지었다.

"이렇게 제게 주신 증명서에 손을 쓰셨다는 건, 태자 전하께서 지니고 계신 것의 가치를 잘 알고 계시며 이를 어떻게 사용해야 할지도 잘 알고 계신다는 의미니까요."

적어도 멍청한 황제는 되지 않을 거라는 의미다.

"이렇게 현명하시면서 굳이 제게 조언을 얻으실 필요가 있는지 잘 모르겠습니다."

내 말에 태자의 얼굴이 살짝 굳었다.

"음…… 그래서 내 조언자의 자리를 포기하겠다는 의미인가?"

"오해하지 마십시오. 제가 그 자리를 왜 포기하겠습니까? 황보 어르신께서도 부탁하신 일이고, 황제 폐하께서도 제게 이 목걸이를 주셨는데 말입니다."

나는 말을 이었다.

"오히려 제가 조금 더 능력을 키워야겠다는 생각이 들었습니다. 그래야 태자 전하께 더 좋은 조언을 해 드릴 수 있지 않겠습니까?"

"허! 거기서 능력을 더 키운다고?"

"네."

나는 고개를 끄덕였다.

솔직히 조금 방심하기는 했지만, 이번에 태자에게 한 방 먹으면서 짜릿함을 느꼈다.

내가 원하던 대로 되지 않아서라기보다는 은해상단을 천하제일상단으로 만들기 위해서는 아직도 넘어야 할 산이 많다는 생각이 들었다랄까?

그런데 왠지 태자는 기가 찬다는 표정이다.

"아니! 거기서 능력을 더 키우다니! 대체 얼마나 뜯어먹을 생각인가?"

"뜯어먹다니요? 태자 전하."

나는 부드럽게 웃으며 고개를 저었다.

"이대로는 제 목표를 달성하지 못할까 저어했을 뿐입니다."

그러고는 다시 증명서를 돌돌 말아 품에 넣었다.

그런 나를 보며 태자가 물었다.

"자네 혹시, 내가 반년치만 납품하라고 해서 삐친 건가?"

"……."

솔직히, 그게 없진 않았지만······.

내가 얼마나 고생했는데!

"멈칫한 것 보니, 그 이유 때문인가 보군."

"험험. 아닙니다. 저희 상단에서 품질 좋은 철관음을 납품하면 반년 뒤에 재계약을 할 수 있는 것 아닙니까?"

나는 말을 이었다.

"현재에 안주하지 말고 계속해서 신경을 쓰라는 태자 전하의 윤음으로 알겠습니다."

잠시 생각하던 태자가 내게 손을 내밀었다.

"그 증명서 잠시 줘 보게나."

나는 고개를 갸웃하면서도, 품에 넣었던 증명서를 꺼내 내밀었다.

"여기 있습니다."

태자는 그 증명서에 적힌 유월(六月)의 가운데에 열 십(十)자를 써 넣었다.

"앞으로 육십 개월 동안 잘 부탁하네."

.
.
.

객잔으로 돌아온 나는 금령에게 부탁하여 아버지에게 서신을 보냈다.

"도련님, 차 가지고 왔습니다요."

팔갑이 문을 열고 들어왔다. 차를 탁자 위에 내려놓는 팔갑의 손목에는 일전에 청수 도사님이 주신 색실 팔찌가 있었다.

"그 팔찌는 잘 차고 다니네."

"이걸 주신 분의 성의를 어찌 무시합니까요? 귀신이 무섭거나 해서는 절대 아닙니다요."

"그래그래."

나는 고개를 끄덕이며 말을 이었다.

"그래도 다행이야. 하화 소저는 귀신을 무서워하지 않는 것 같아서 말이지."

일전에 잠시 대화를 나누던 중에 그녀가 했던 말이 아직 기억에 남아 있다.

"귀신보다 무서운 게 사람의 악의라서요."

그녀의 말에 공감했었지.

내 말에 팔갑은 두 눈을 깜박거리다가 이내 얼굴이 붉어졌다.

"저를 놀리는 게 재미있으십니까요?"

"응."

"……."

"그렇다고 내가 아무나 놀리겠어? 내가 믿고 의지하는 사람이니까 놀리는 거지."

내가 살살 달래 주자 팔갑은 다시 히죽 웃었다.

"그런데, 도련님. 오늘 조천궁에 가셨던 일은 어찌 되셨습니까요?"

"아…… 우리 은해상단이 육십 개월 동안 철관음을 납품하기로 했어."

"좋은 소식입니다요. 그런데……."

팔갑이 고개를 갸웃했다.

"왜 육십 개월입니까요? 보통 오 년이라고 하지 않습니까요?"

"그건 사정이 있어. 왜? 알고 싶어?"

"아, 아닙니다요."

그렇게 내 볼일을 마친 나는 성 소단주를 만나러 갔다.

"어서 오십시오."

"저녁 가져왔습니다."

"감사합니다."

내 뒤를 따라 들어온 팔갑이 만두와 차를 탁자 위에 올려놓았다.

"드시지요."

아무래도 제대로 돌아다니지 못하고 객잔 방 안에만 틀어박혀 있다 보니, 이렇게 간단하게 끼니를 때우기로 했다.

일반적인 식사를 하니 제대로 소화가 되지 않았기 때문이다.

그걸 보며 고생도 이런 고생이 없는 것 같았지만, 그런 성 소단주를 보면 이렇게 독하니 십대상단 안에 안착할 수 있는 거구나 싶었다.

나는 만두를 먹으며 성 소단주를 보았다. 뭔가 고민이 있는 모습.

"무슨 고민이라도 있으십니까?"

"네?"

"고민이 있어 보이는 얼굴입니다."

"아, 실례했습니다."

그는 멋쩍게 웃으며 말을 이었다.

"사실, 내일 세 명의 행수 중 두 명을 교체해야 하는데 누구를 교체해야 하는지 아직 결정하지 못했기에 고민하고 있는 중입니다."

"그렇군요."

"이왕 교체할 거라면 그들 중에 수장 격인 인물을 교체하는 게 효과가 좋을 텐데, 누가 그 역할을 맡고 있는지 알 방법이 없으니 말입니다."

그는 나를 보았다.

"그래서 말인데, 은 소단주께 도움을 청하고자 합니다."

"제게 말입니까?"

"네. 물론 아무 대가 없이 도움을 달라는 건 아닙니다. 이번 상행으로 얻는 순이익의 일 할을 드리겠습니다."

나는 속으로 놀랄 수밖에 없었다.

후추는 꽤 고가의 사치품으로, 이문이 많이 남는 품목이다.

그렇기에 순이익의 일 할이라는 것은 상당히 큰 액수.

"그리 무리하지 않으셔도 됩니다."

"아닙니다. 저도 상인인 만큼, 언제 돈을 써야 하는지 잘 알고 있습니다. 그리고 제 판단에 의하면 그때가 바로 지금입니다."

그의 확고한 의지에 나는 한숨을 내쉬며 만두를 집으며 말했다.

"알겠습니다. 제가 한 번 알아보도록 하겠습니다."

"감사합니다."

.
.
.

나는 성 소단주와 저녁을 먹은 후 잠시 준비를 하고, 일 층으로 내려왔다.

그곳에는 많은 사람들이 모여 삼삼오오 이야기를 나누고 있었다.

그들 중에는 명명상단의 행수들도 있었고, 그들은 구석의 작은 탁자에서 차를 마시며 이야기를 나누고 있었다.

나는 선장들이 모여 있는 식탁으로 다가갔다.

"소단주님."

"식사는 맛있게들 하셨습니까?"

"네. 바다에서의 식사에 비하면 육지에서의 식사는 항상 진수성찬이지요."

"드디어 내일모레면 출항이군요. 떨리십니까?"

"물론입니다."

"바다 사나이에게 출항은 늘 가슴이 떨리는 일 아닙니까?"
"그렇죠."
나는 팔갑을 불렀다.
"팔갑아. 모두에게 나누어 드려."
"네. 알겠습니다요."
팔갑은 내 명에, 바구니에 담겨 있던 것을 모두에게 하나씩 나누어 주었다.
그건 나무로 만든 손바닥 크기의 패였다.
"이게 뭡니까?"
"이제 출항을 앞둔 여러분들을 격려하기 위해 만든 것입니다. 그 패는 은자 반 냥의 가치가 있습니다."
"네에?"
내 말에 모두 깜짝 놀랐다.
은자 반 냥은, 흉년인 요즘 백미 반 가마를 살 수 있는 거금이다.
"하지만 그건 오늘이 지나면 그 가치가 사라집니다. 그러니까 그 돈으로 오늘 밤, 은자 반 냥 이내에서 먹고 싶은 것을 드시면 됩니다."
"물건을 사도 됩니까?"
"가능합니다만, 그건 전체 금액의 반을 넘어서는 안 됩니다."
"알겠습니다."
"그 나무패의 뒤에 사용처와 금액을 적어 오시면 제가

나중에 지불하겠습니다. 이미 남경의 모든 상점에 알려 둔 상황이니 편하게 쓰고 오시면 됩니다."
"감사합니다."
그때 명명상단 측 행수들이 물었다.
"저희도 주시는 겁니까?"
나는 고개를 끄덕였다.
"함께 배에 오르면, 모두 동료 아닙니까?"
"……."
나는 손뼉을 쳤다.
짝짝!
"그럼 모두 나가서, 즐거운 시간 보내십시오."
"네!"
그들은 삼삼오오 짝을 지어 객잔을 나섰다.
갑작스러운 횡재에 기뻐하는 모습.
그들 중에는 명명상단의 세 행수들도 있었다.
내가 이런 지출을 하면서까지 저들을 내보낸 이유가 있다.
저들에 대해 자세히 알아보려면 저들이 객잔이 아니라 다른 곳에 있어야 하기 때문이다.
겸사겸사 우리 상단 사람들과 선장들을 격려해 줄 필요도 있고.
나는 그 모습을 일별하며 말했다.
"서우 무사님, 진유 무사님. 두 분은 저랑 외출 좀 합시다."

"네."
"따르겠습니다."

* * *

그날 저녁.

은해상단이 묵던 객잔 주변의 상점들은 갑작스러운 손님들의 방문에 기뻐했다.

"이쪽으로 오십시오!"

"저희 반점에서는 추가로 어향두부를 드립니다."

호객을 하는 점소이들에게 이끌려 이곳저곳 향하는 이들.

그 가운데에는 세 명의 명명상단의 행수들도 있었다.

"이게 웬 횡재야!"

"어디를 갈까?"

그때 누군가 지나가며 말했다.

"이 남경의 가장 유명한 기루가 옥수루라지?"

"맞아. 여기까지 와서 그곳에 가 보지 않으면 남경에 왔다 간 게 아니라지."

그 대화에 그들은 눈을 빛냈다.

사실 옥수루는 그들도 알고 있는 곳이다.

그곳은 무척 비쌌기에 평소에는 쳐다보지도 못하는 곳이다.

하지만 이렇게 그곳을 갈 만한 돈이 생겼기에 그들은

용기를 내서 옥수루로 향했다.

그리고 각자 기녀들까지 끼고 즐거운 시간을 보내기 시작했다.

"그런데, 임 행수. 위에서 저번 일을 눈치챈 것 같은데 괜찮은 거 맞수?"

"눈치채면 뭐? 증거가 없는데?"

"하긴, 그렇지."

"이번에도 후추 질이 좋지 않으면 문책을 받을 텐데……."

"날씨가 좋지 않아서 작황이 좋지 않았다고 둘러대면 되는 거 아닌가?"

"하긴 먼 나라의 일이라 쉽게 알아볼 수도 없을 테니까. 설령 들통나더라도 이미 거하게 챙긴 후일 거고."

그들은 그렇게 이번에도 한몫 크게 챙길 꿈을 꾸고 있었다.

* * *

나는 밑에서 들려오는 소리에 피식 웃었다.

지금 나와 서우 무사, 그리고 진유 무사는 옥수루에 잠입해 있었다.

사실 이곳은 우리 은해상단의 정보가 모이는 곳이기도 하지.

각 방의 천장은 비단으로 장식되어 있었는데 이 역시 의도한 것이다.

여기서 엿듣는 이들이 보이지 않도록 말이지.

그리고 저들이 이곳으로 오게 바람잡이를 한 이들과 저들 옆에 있는 기녀들 역시 우리 상단의 정보대원들이다.

지금 저들이 마시고 있는 건, 술에 가까운 음자였다.

어디에나 편법은 있는 법.

그리고 그 편법 중 하나가 바로 과실배였다.

포도나 사과 같은 것을 사탕과 함께 숙성시키면 달콤하고 시큼한 맛이 나는 액체가 되는데 이걸 물에 타서 마시면 알딸딸해지는 것이 마치 술을 마신 것 같은 기분이 나지.

오랜만에 술을 마시는 듯한 기분을 느껴서인지, 긴장이 풀어져서인지 그들은 비밀스러운 이야기를 주저리주저리 떠들고 있었다.

그리고 그 대화 속에서 임 행수라 불리는 자가 저들의 수장 격이라는 것을 알 수 있었다.

이 정도면, 명명상단의 후추 교역의 수익의 일 할을 먹을 정도는 되겠지.

객잔으로 돌아가는 길.

우리가 머무는 객잔 입구 쪽에 한 사람이 서 있었다.

그런데 그에게서 느껴지는 기도가 심상치 않았다.

- 초절정의 고수입니다.

진유 무사의 말에 나는 살짝 고개를 끄덕였다.

나는 조심스럽게 객잔으로 향했다.

그리고 그와의 거리가 가까워지면서 그에게서 익숙한

기운이 느껴졌다.

 황궁무공을 익힌 사람 특유의 기운.

 ─ 황궁의 사람이군요.

 나는 호위무사들에게 전음으로 말해 주며 그에게 다가갔다.

 저 정도 경지의 황궁의 고수가 이곳을 찾아올 정도라면…… 나를 찾아온 것 같은데, 무슨 일이지?

 그 역시 나를 보고는 고개를 돌리며 내게 다가왔다.

 "자네가 은서호 소단주로군."

 "네. 그렇습니다만……."

 "황제 폐하의 성지를 가져왔네."

 그 말에 나는 즉시 무릎을 꿇었고, 그에게서 두루마리 하나를 받았다.

 나는 그 두루마리를 펼쳤다.

 "……."

 그 두루마리의 내용은 참으로 간단하고 명료했다.

[볼일 끝나면, 미적거리지 말고 튀어 오도록]

급하신가 보네.

(은해상단 막내아들 30권에서 계속)

환상이 숨쉬는 공간 파피루스 blog.naver.com/gnpdl7

서생, 제갈현몽은 꿈을 꾸었다
무와 협이 아닌, 마법과 모험이 공존하는 신세계를!

『무림 속 마법사로 사는 법』

제갈세가 방계 중의 방계로서
표국의 문사로 일하던 제갈현몽

꿈에서 깸과 동시에 마법을 깨우치고
비범한 활약을 통해 명성을 떨치며
감당하기 힘든 별호를 얻게 되는데

"무후재림께서 오셨다! 무후재림 만세!"
"악······아아······."

세상은 영웅을 원하고, 출사표는 던져졌다
고금제일의 마법사, 제갈현몽의 행보를 주목하라!

무림속 마법사로 사는 법

김형규 신무협 장편소설